读客文化

春有百花秋有月
夏有凉风冬有雪
若无闲事挂心头
便是人间好时节

无门慧开

诗中自有修心法

费勇 著

全国百佳图书出版单位
时代出版传媒股份有限公司
安徽人民出版社

图书在版编目（CIP）数据

诗中自有修心法 / 费勇著. -- 合肥：安徽人民出版社, 2025.5. -- ISBN 978-7-212-11843-3
Ⅰ．I207.2
中国国家版本馆 CIP 数据核字第 2025UA3121 号

诗中自有修心法
SHI ZHONG ZI YOU XIUXIN FA

费勇 著

责任编辑：李 莉　肖 琴	责任印制：董 亮
特约编辑：孙雪纯　赵芳葳	封面设计：温海英
插画设计：温海英	

出版发行：安徽人民出版社 http://www.ahpeople.com
地　　址：合肥市蜀山区翡翠路 1118 号出版传媒广场 8 楼
邮　　编：230071
电　　话：0551-63533259
印　　刷：三河市中晟雅豪印务有限公司

开本：880 mm×1230 mm　1/32　　印张：10.25　　字数：237 千
版次：2025 年 5 月第 1 版　　2025 年 5 月第 1 次印刷

ISBN 978-7-212-11843-3　　　　　　　　　　定价：59.90 元

版权所有，侵权必究

为什么我们需要诗歌?

  这个世界上很多事都不确定,我们能确定的只有两种能力:一是我们自我治愈的能力,二是我们自我重塑的能力。唯有这两种能力,能够带给我们真正的平安。所以,我选择了一百首古典诗词来开启新的一年。因为我觉得这一百首诗词,不仅可以带给我们美的体验,还能激发我们内在的自我治愈能力和自我重塑能力。

  我七八岁时,得到过一本《唐诗三百首》,封面是绿色的,不是鲜绿色,是有点古典的暗绿色,书不太厚,作者署名是"蘅塘退士",繁体字竖排本。我坐在阳台上,翻阅这本书时不太理解那些诗歌是什么意思,只是觉得那些字词句让人有一种莫名的感动。因为书里第一首诗是张九龄的《感遇》(其一),所以我对张九龄这个名字印象特别深;又因为注释里说他是岭南韶关人,这个地名就不经意地留在了一个孩童的心里。多年以后,我研究生毕业后本来已经确定了要去北京的一所大学工作,但一件很偶然的小事让我临时决定去广州。后来我又对禅宗产生了兴趣,便经常去韶关的南华寺和新兴的国恩寺。现在想来,是孩童时代读《唐诗三百首》里的那一点文字而生发的意识产生的一种奇妙因缘吧,这世上并没有偶然。

《感遇》(其一)对于当时的我来说,太难理解了,又或是张九龄后面的《望月怀远》在《唐诗三百首》里太有名了,以至于我很长一段时间,记忆里《唐诗三百首》的第一首是《望月怀远》。开头那一句"海上生明月,天涯共此时"成为我印象最深的一句唐诗,也成为我心中中国古典文化的基本意象,一想到从前,就觉得应该有月亮从海上慢慢升起的画面,而月光下,是散落在天涯的人。

小时候的夜晚,抬头就能见到月亮,很平常,但这句"海上生明月,天涯共此时"让我觉得月亮有点不平常,也让我对从未见过的大海有了向往。直到今天,每次到了海边,我都会不知不觉地想起"海上生明月,天涯共此时"。更奇妙的是,有时候遇到烦恼,脑海里一浮现这句诗,就会有一个画面把我从烦恼里带出来,好像自己一下子就被治愈了。

我很庆幸,很小的时候读到《唐诗三百首》便喜欢上了诗歌,从此就有了读诗的习惯,甚至有一段时间,还梦想着长大要当一个诗人。这个梦想当然没有实现,但诗歌一直留在了我的生活里。虽然我没有能力用诗歌来表达自己,但一读到某些诗句,我就好像见到了另一个自己。咦?这个人怎么把我内心想表达却又表达不出来的想法清晰地说了出来?而更为重要的是,一首好诗总是能够触动、激发我们自己都已经遗忘了的深藏在我们内心的激情,以及蓬勃的洞察力。每当我们无精打采、心生厌倦时,常常只要一首诗,甚至只是一句诗,就能重启我们的生命。

诗歌为什么有这样的魅力呢？亚里士多德在《诗学》中提到，诗有宣泄情感的作用。而在弗洛伊德的论述里，诗是白日梦，是无意识的升华，也是被压抑的自我愿望的曲折实现。荣格进一步探讨，每一个人其实都是潜在的诗人，都具有一种潜在的创造力，可以构建自己独特的意义体系和世界。这些论述奠定了诗歌具有疗愈作用的心理学基础。人们可以通过读诗，甚至写诗来释放内心的压抑，获得治愈。

对此，中国汉代的诗歌理论文本《毛诗序》里也有类似的看法，即诗歌是一种内在情感和心志的抒发：

> 诗者，志之所之也。在心为志，发言为诗。情动于中而形于言，言之不足，故嗟叹之；嗟叹之不足，故永歌之；永歌之不足，不知手之舞之，足之蹈之也。

诗，是蕴藏在人们内心的情感和志向。藏在心里的叫作志，用语言表达出来的叫作诗。情感在内心激荡，禁不住表现为语言；当语言不足以表达时，就会通过嗟叹来表达；当嗟叹不足以表达时，就会通过歌唱来表达；当歌唱不足以表达时，就会情不自禁地通过手舞足蹈来表达。

这一段文字讲了诗歌是一种内在情感的自然表达，这种表达是人的一种必需；也讲了诗和音乐及舞蹈是一体的。同时，这种表达揭示了一个历史事实，就是人类从动物进化为人，有一个重要的标志：以语言、声音、图画来表达情感。在原始社会，当有人在岩壁上画下第一幅画时，当有人哼出第一个旋律时，当有人唱出第一句诗时，人的生命就觉醒了，人的世界就开始了。

诗歌是一种生命的感动。当这种感动被表达出来后，达到的不仅是治愈的效果，而且能"正得失，动天地""厚人伦，美教化，移风俗"：可以端正人的得失行为，撼动天地，感召鬼神。诗好像有一种神秘的力量，会让我们成为一个人，也会唤起我们与天地鬼神的共鸣。

《毛诗序》里的说法源于孔子，孔子在《论语》中说："诗，可以兴，可以观，可以群，可以怨。"兴，兴致的"兴"。诗可以让我们产生兴致、联想、感动，这是偏于审美的功能；我们阅读诗歌，可以观察到各种社会现象及自然现象，也可以观察到微妙的精神世界，这是偏于认知的功能；诗可以让我们产生共情，增进人与人之间的相互理解、相互宽容，让社会变得和谐，这是偏于社会的功能；我们可以借着诗歌，把内心的不满、怨恨，有节度地疏导出来，这是偏向于心理的功能。

所以，一个人想要成为一个健全的人、一个生动的人，按照歌德的说法："至少是每天都要听一支动人的歌，读一首好诗，看一幅美的画，并且如果有可能，还要说上几句明智的话。"这是以艺术来进行自我救赎。权力、金钱、地位、名声，这是现实，充斥着算计、平庸、丑陋、争斗，如果我们沉溺其中，就会慢慢沉沦，成为现实的奴隶。

而诗是情感的抒发，也是情感的净化，能唤醒我们心中的诗意。荷尔德林有一句有名的诗："人生在世，成绩斐然，却还依然诗意地栖居在大地上。"哲学家海德格尔把这句话升华为一种信念：人应该诗意地栖居在大地上。诗根植于大地，源于大地上人类最原初的情感，既联结了文学、音乐、美术，也联结了哲学和宗教。因为没有了诗意，大地上的日常生活会失去光辉；没有了诗意，文学、艺术的审美就难以实现；没有了诗意，哲学和宗教就会失去温暖人心的力量。

一句话，没有了诗意，人的心会枯萎。所以，叶嘉莹在谈到为什么要读中国古典诗词时说：学习古典诗词，最大的好处就是让我们的心灵不死。假如心死了，活着，还有什么意义呢？只要心活着，生命就会有无限成长的可能。

说到古典诗词，我想起海德格尔的另一句话："诗乃是一个历史性民族的原语言。"也就是说，古典诗词是汉语的原语言。三千多年来，流传下来的那些美好的句子，沉淀着汉语的美，沉淀着中国人的审美经验。

在这本书里，我选择了一百首治愈人心的古典诗词，开启一次回归汉语源流的旅行，一次回归中国人精神故乡的旅行，一次诗意中国的心灵之旅，一次治愈之旅。第一条线路，以二十首诗词构成了"情之路"，爱情的"情"，体验从前中国人的情爱之美。阅读这二十首情诗，可以唤醒我们爱的能力。很多时候，我们之所以觉得活着没有什么意思，是因为我们丧失了爱的能力。第二条线路，以二十首诗词构成了"骚之路"，牢骚的"骚"，体验从前中国人的风骚之美。第三条线路，以二十首诗词构成了"隐之路"，隐藏的"隐"，体验从前中国人的隐逸之美。第四条线路，以二十首诗词构成了"禅之路"，禅宗的"禅"，体验从前中国人的禅悦之美。第五条线路，以二十首诗词构成了"境之路"，境界的"境"，体验从前中国人的意境之美。

通过对一百首古典诗词的学习，我们一起以美来抵御时间，一起让诗意照进现实，就像格雷戈里·柯索说的："我爱诗歌，因为它让我爱并带给我生活。"

目录

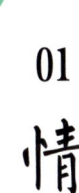

01 情

第1首	《诗经》：窈窕淑女，君子好逑	003
第2首	《诗经》：所谓伊人，在水一方	008
第3首	《诗经》：执子之手，与子偕老	011
第4首	卓文君：愿得一心人，白首不相离	014
第5首	古诗：迢迢牵牛星，皎皎河汉女	017
第6首	王昌龄：忽见陌头杨柳色，悔教夫婿觅封侯	021
第7首	李白：郎骑竹马来，绕床弄青梅	024
第8首	杜甫：遥怜小儿女，未解忆长安	027
第9首	张籍：还君明珠双泪垂，恨不相逢未嫁时	029

第10首	白居易：天长地久有时尽，此恨绵绵无绝期	032
第11首	元稹：曾经沧海难为水，除却巫山不是云	039
第12首	杜牧：春风十里扬州路，卷上珠帘总不如	042
第13首	李商隐：锦瑟无端五十弦，一弦一柱思华年	045
第14首	柳永：衣带渐宽终不悔，为伊消得人憔悴	050
第15首	苏轼：十年生死两茫茫，不思量，自难忘	054
第16首	秦观：两情若是久长时，又岂在朝朝暮暮	057
第17首	李清照：一种相思，两处闲愁	060
第18首	陆游：山盟虽在，锦书难托	063
第19首	元好问：问世间，情是何物，直教生死相许	067
第20首	纳兰性德：人生若只如初见，何事秋风悲画扇	070

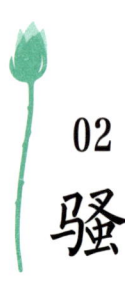

02
骚

第21首	阮籍：夜中不能寐，起坐弹鸣琴	077
第22首	王勃：海内存知己，天涯若比邻	079
第23首	张九龄：海上生明月，天涯共此时	083
第24首	陈子昂：前不见古人，后不见来者	087
第25首	李白：天生我材必有用，千金散尽还复来	091
第26首	李白：人生在世不称意，明朝散发弄扁舟	095
第27首	杜甫：天明登前途，独与老翁别	099
第28首	杜甫：万里悲秋常作客，百年多病独登台	103

第29首	白居易：同是天涯沦落人，相逢何必曾相识	106
第30首	刘禹锡：沉舟侧畔千帆过，病树前头万木春	114
第31首	李煜：问君能有几多愁？恰似一江春水向东流	118
第32首	范仲淹：人不寐，将军白发征夫泪	122
第33首	苏轼：小舟从此逝，江海寄余生	125
第34首	秦观：雾失楼台，月迷津渡	130
第35首	李清照：这次第，怎一个愁字了得	134
第36首	陆游：世味年来薄似纱，谁令骑马客京华	139
第37首	辛弃疾：而今识尽愁滋味，却道天凉好个秋	142
第38首	辛弃疾：我见青山多妩媚，料青山见我应如是	147
第39首	王阳明：险夷原不滞胸中，何异浮云过太空	150
第40首	顾炎武：大海无平期，我心无绝时	154

03 隐

第41首	古诗：日出而作，日入而息	161
第42首	《诗经》：衡门之下，可以栖迟	163
第43首	嵇康：目送归鸿，手挥五弦	165
第44首	左思：非必丝与竹，山水有清音	170
第45首	陶渊明：少无适俗韵，性本爱丘山	174
第46首	陶渊明：既耕亦已种，时还读我书	177
第47首	陶渊明：人生归有道，衣食固其端	181

第48首	谢灵运：池塘生春草，园柳变鸣禽	184
第49首	孟浩然：开轩面场圃，把酒话桑麻	190
第50首	李白：我本楚狂人，凤歌笑孔丘	194
第51首	高适：乍可狂歌草泽中，宁堪作吏风尘下	198
第52首	王维：明月松间照，清泉石上流	201
第53首	王维：深林人不知，明月来相照	204
第54首	寒山：一住寒山万事休，更无杂念挂心头	208
第55首	白居易：水竹花前谋活计，琴诗酒里到家乡	211
第56首	皎然：报道山中去，归时每日斜	214
第57首	苏轼：轻舟短棹任斜横，醒后不知何处	216
第58首	林逋：疏影横斜水清浅，暗香浮动月黄昏	219
第59首	陆游：山重水复疑无路，柳暗花明又一村	223
第60首	沈周：微吟不道惊溪鸟，飞入乱云深处啼	225

04

禅

第61首	慧能：本来无一物，何处惹尘埃	231
第62首	傅大士：空手把锄头，步行骑水牛	235
第63首	寒山：无物堪比伦，教我如何说	237
第64首	布袋和尚：六根清净方成稻，退步原来是向前	239
第65首	无尽藏：尽日寻春不见春，芒鞋踏遍岭头云	241
第66首	鸟窠禅师：何须更问浮生事，只此浮生是梦中	243

04

第67首	德诚禅师：千尺丝纶直下垂，一波才动万波随	245
第68首	无门慧开：春有百花秋有月，夏有凉风冬有雪	248
第69首	川禅师：竹密不妨流水过，山高岂碍白云飞	249
第70首	志芝禅师：千峰顶上一茅屋，老僧半间云半间	251
第71首	王维：薄暮空潭曲，安禅制毒龙	253
第72首	王维：行到水穷处，坐看云起时	255
第73首	常建：曲径通幽处，禅房花木深	257
第74首	李翱：我来问道无余说，云在青天水在瓶	260
第75首	杜荀鹤：逢人不说人间事，便是人间无事人	262
第76首	王安石：还似梦中随梦境，成就河沙梦功德	264
第77首	苏轼：不识庐山真面目，只缘身在此山中	266
第78首	苏轼：溪声便是广长舌，山色岂非清净身	268
第79首	朱熹：问渠那得清如许？为有源头活水来	269
第80首	王阳明：饥来吃饭倦来眠，只此修行玄更玄	271

05 境

第81首	陶渊明：此中有真意，欲辨已忘言	275
第82首	张若虚：春江潮水连海平，海上明月共潮生	278
第83首	王之涣：欲穷千里目，更上一层楼	281
第84首	孟浩然：野旷天低树，江清月近人	283
第85首	崔颢：日暮乡关何处是？烟波江上使人愁	284

第86首	王维：空山不见人，但闻人语响	286
第87首	李白：举头望明月，低头思故乡	287
第88首	杜甫：随风潜入夜，润物细无声	288
第89首	张继：姑苏城外寒山寺，夜半钟声到客船	289
第90首	张志和：西塞山前白鹭飞，桃花流水鳜鱼肥	290
第91首	柳宗元：千山鸟飞绝，万径人踪灭	292
第92首	白居易：晚来天欲雪，能饮一杯无	293
第93首	韦庄：人人尽说江南好，游人只合江南老	294
第94首	宋祁：绿杨烟外晓寒轻，红杏枝头春意闹	296
第95首	欧阳修：泪眼问花花不语，乱红飞过秋千去	297
第96首	张先：沙上并禽池上暝，云破月来花弄影	299
第97首	苏轼：归去，也无风雨也无晴	301
第98首	晏几道：落花人独立，微雨燕双飞	303
第99首	贺铸：一川烟草，满城风絮，梅子黄时雨	304
第100首	马致远：夕阳西下，断肠人在天涯	306

参考书目 308

01

情

中西方古代诗歌相比,中国的偏于抒情,西方的偏于叙事。西方有《荷马史诗》,中国有《诗经》,差别一目了然。爱情在中西方的抒情诗中都很有分量。朱光潜先生在《诗论》中认为,西方人往往将爱情看作生命的目的,为爱情而爱情;而中国人往往把爱情看作消遣,更重视婚姻。中国古典诗词中写爱情的,一是写夫妻之情(悼亡诗占了多数),二是模拟女子的口吻写相思之类的情绪,三是写文人和歌妓之间的情感,四是写民间的爱情故事。巫山云雨和牛郎织女,是中国古典诗词中常用的爱情典故,能够很明显地看出古典诗词里微妙的爱情心理,既有情爱的一面,又有伦理的一面,把男女之爱表现得曲折缠绵。中国古典诗词另一个独有的特点是:古代士大夫常用男女关系来比喻君臣关系,以致人们很难区分一些爱情诗要表达的到底是男女之情,还是君臣之意。

第1首 │ 《诗经》：窈窕淑女，君子好逑

关关雎鸠，在河之洲。窈窕淑女，君子好逑。
参差荇菜，左右流之。窈窕淑女，寤寐求之。
求之不得，寤寐思服。悠哉悠哉，辗转反侧。
参差荇菜，左右采之。窈窕淑女，琴瑟友之。
参差荇菜，左右芼之。窈窕淑女，钟鼓乐之。

这首诗叫《关雎》，《诗经·周南》里的一首诗，是《诗经》里的第一首诗。《诗经》是中国第一部诗歌总集，编选了从西周初年到春秋中叶的三百零五篇诗歌，取其整数称为"诗三百"，相传为孔子编订。《诗经》里的诗歌类型，分为"风""雅""颂"三大类。《风》，是周王朝各地的民歌；《雅》，是周王朝京都地区的乐歌，又按照乐调不同分为《小雅》和《大雅》，《小雅》中有一些民歌，更多的是贵族文人的个人作品；《颂》，是宗庙祭祀中用的乐歌。在《风》和《小雅》里，抒发男女爱情的民歌占了相当的比例。

《关雎》抒发的是一个男子遇见一个女子之后产生的爱慕之

情。我们中国人对于美好事物的吟唱，往往是从一个男子遇到一个女子开始的，是从奇妙的爱情开始的。即使我们完全不知道那个时候诗歌的读音，但用现在的读音读这首诗，还是能体验到一种循环往复的旋律，回荡着一种和谐的美。这显示出早期的诗和音乐是高度一致的，是可以吟唱的。

"关关雎鸠，在河之洲。"雎鸠，是一种水鸟；关关，是它的鸣叫声。"关关关关"叫着的一对鸟儿在河的小洲上。"窈窕淑女，君子好逑。"窈，指的是内心的美；窕，指的是形体上的美；淑，是指善良的、温和的；君子，指的是贵族男子，也指品德优秀的男子；逑，是配偶的意思。开头四句合起来就是，在河的小洲上，一对雎鸠相互唱和，发出关关的声音；那个美好的女子啊，是君子的好配偶。这一段非常简单，讲了在河边，水鸟发出求偶的鸣叫，而一位君子喜欢上了一位淑女。

接下来第二段："参差荇菜，左右流之。"荇菜，一种可以食用的水生植物。参差不齐的荇菜，人们顺着左右两边去采摘。"窈窕淑女，寤寐求之。"寤，醒着；寐，睡着。那个美好的女子，深深地打动了我。醒着的时候，睡着的时候，我都想着要追求她。"求之不得，寤寐思服。"思服，思念。追求不到她，就日日夜夜思念她。"悠哉悠哉，辗转反侧。"长夜漫漫，翻来覆去，难以入眠。这一段讲了在河里面劳动的画面，就是人们顺着水流在左右两边不断地捞荇菜，而那位君子痴痴地追求那位淑女，因为追求不到而陷入失魂落魄的状态。

再看第三段："参差荇菜，左右采之。"长短不齐的荇菜，人们从左右两边去采摘。"窈窕淑女，琴瑟友之。"面对美丽善良的女孩子，用弹琴鼓瑟来向她表示爱慕。"参差荇菜，左右芼之。"这个"芼"字,一般解释为"选择"。长长短短的荇菜,人们从左边右边选择采摘。"窈窕淑女,钟鼓乐之。"美丽善良的女子,君子敲钟打鼓使她欢乐。这一段也很简单,讲了采摘荇菜的场面,又讲了那位君子追求到淑女后的表现:"琴瑟友之","钟鼓乐之"。后来中国人用"琴瑟"比喻夫妻,用"琴瑟和鸣"比喻夫妻感情深厚。《诗经·小雅》里有一首诗《棠棣》,里面有一句:"妻子好合,如鼓瑟琴。"

这样读下来,整首诗也很简单,就是一首情诗,是一个男子的表白。第一段因为水鸟求偶的声音,引起了这个男子对于一个女子的爱慕。第二段讲了这个男子对于这个女子的苦苦追求和思念。第三段讲了这个男子获得这个女子的芳心,与其结成了夫妻。

这种爱,发生在采摘荇菜这样一个劳动的场景中。爱情的波动,始终离不开采摘荇菜的动作。这不禁让人想起毛姆的《月亮与六便士》里一个人物的说法:"美好的婚姻,就是两个人一起劳动。"这首诗里是男女两个人一起采摘荇菜,还是女子独自在采摘荇菜呢?或者,采摘荇菜只是一个虚构的背景?这些并不重要,重要的是朦胧的诗句加上旋律和舞蹈(后来消失了)构成了采荇菜的画面,和男子爱慕女子的画面交替出现,有一种很美的想象和感染力。

一般的解释是,"左右流之"的"流","左右采之"的"采","左右芼之"的"芼",都是选择、采摘的意思。从头至尾,翻来覆去,描述了在水里采摘荇菜的动作。但也有学者认为,从"左右流之"到"左右采之",再到"左右芼之",是一个渐进的过程。"左右流之",开始的时候在水里并没有目标,只是在左右两边顺着水流捞来捞去；到了"左右采之"，是已经有了目标，采摘下来；到了"左右芼之"，是把采摘下来的荇菜作一些处理。这个过程很像男女情爱的过程：开始时春心萌动，漫无目标；然后是遇到了所爱的人，进入追求、想念的迷狂状态；最后有了结果，进入婚姻，一起生活。

这么一首简单的情歌，却成了儒家的经典文本，不断被解释出新的意义。孔子评价这首诗"乐而不淫，哀而不伤"，是"中庸"之德的典范。《毛诗序》解读这首诗："关雎，后妃之德也。《风》之始也，所以风天下而正夫妇也，故用之乡人焉，用之邦国焉。"意思是：这首诗里的君子是指周文王，淑女是指文王的后妃太姒，所以，歌颂后妃的德行是从"风"这种诗歌类型开始的。风，相当于讽刺的"讽"，有婉言相劝的意思：对于君王来说，是教导老百姓；对于老百姓来说，是劝导君王。《风》，流行于天下，给夫妇树立了一个榜样，进而形成了公共治理的规范。这是儒家对这首诗的基本解读。

用现在的眼光看，这首诗就是一首很简单的情歌，为什么孔子和儒家对它评价如此之高？

原因在于《易经》里说的："有天地，然后有万物。有万物，然后有男女。有男女，然后有夫妇。有夫妇，然后有父子。有父子，然后有君臣。"男女相爱成为夫妇，是人伦社会的开始。

当然，抛开儒家伦理化的色彩，把这首诗放在历史的背景下，也有里程碑式的意义。我们要知道，这是一首约三千年前的情歌，想象一下三千年前的人类社会是什么样的？那时处在"野蛮"向"文明"的重要转型期。人类的文明，或者文化，最初的参照是动物。人本来是一种动物，在进化中渐渐成为人，具有了人性，孕育出文明，或者说文化。

首先体现在饮食、男女这两件事上。因为火的发明，人们开始吃熟食，后来就有了餐桌文明。这是人在吃这件最日常的事情上和动物的区别。

至于男女，人和动物的区别在于：动物的雌性和雄性之间只有交配的欲望，即兽欲。而人之所以为人，之所以称为男女而非雄雌，是因为有情有欲，男女之间的欲望是情欲，而不是兽欲。也就是说，当情欲出现时，人就成为人。再回看《关雎》这首诗，开头是一对鸟儿在和鸣，一个很动物性的开始。后来一个男子见到一个女子，却不再是雄性见到雌性，而是美好的男子见到美好的女子，产生了美好的感情。

这是大约三千年前人们在河边自然而然唱出来的歌，唱出了一种全新的情感：爱。这是一次巨大的觉醒，在爱中觉醒。这是一种从未有过的情感，单纯地喜欢一个人，单纯地想给一个人带来快乐。这就是单纯的爱，美好的男子单纯地爱着美好的女子。而相互吸引，才是爱的美好。

隔着三千年的时光，这样的爱放到今天依然动人，依然闪闪发光。想一想现在男女之间的种种问题，一些人把激情当作爱，一些人则把占有欲当作爱。慢慢地，诵读一下这首诗，想一想，你有没有单纯地爱过一个人？

第2首 │ 《诗经》：所谓伊人，在水一方

蒹葭苍苍，白露为霜。所谓伊人，在水一方。
溯洄从之，道阻且长。溯游从之，宛在水中央。
蒹葭萋萋，白露未晞。所谓伊人，在水之湄。
溯洄从之，道阻且跻。溯游从之，宛在水中坻。
蒹葭采采，白露未已。所谓伊人，在水之涘。
溯洄从之，道阻且右。溯游从之，宛在水中沚。

这首诗叫《蒹葭》，是《诗经·秦风》里的一首诗。这首诗的焦点是"所谓伊人"。汉语里，"伊人"这个词最早就出现在这首诗里，有"意中人"的意思；"所谓伊人"，就是那一个我爱恋的人，也可以泛指美好的人。"伊人"在先秦时期有时候指的是贤人、明君，后来特指女性，爱恋的那个美好的女性，是汉语里特别能引起美好想象的一个词。

这首诗用了三个段落，层层推进自己对"伊人"的想念。第一段："蒹葭苍苍，白露为霜。"芦苇长得很茂盛，白露凝结为霜。"所谓伊人，在水一方。"那个我所想念的人啊，在水的另一边。"溯洄从之，道阻且长。"逆流而上去寻找她，道路险阻而又漫长。"溯游从之，宛在水中央。"顺流而下去寻找她，她好像总在水的中央，可望而不可即。

第二段："蒹葭萋萋，白露未晞。"萋萋，和前面的"苍苍"，还有后面的"采采"，都是茂盛的意思。白露未晞，早上

的露水还没有被阳光蒸发。河边的芦苇啊,长得很茂盛,早上的露水还没有干。"所谓伊人,在水之湄。"湄,水和草交界的地方,指的是岸边。那个我所想念的人啊,在水的另一岸。"溯洄从之,道阻且跻。"逆流而上去寻找她,道路坎坷,难以攀登。"溯游从之,宛在水中坻。"坻,水中的小岛或小洲。顺流而下去寻找她,她好像总在水中的小岛上,可望而不可即。

第三段:"蒹葭采采,白露未已。"河边的芦苇啊,长得很茂盛,早晨的露水还没有完全消失。"所谓伊人,在水之涘。"那个我所想念的人啊,在水的另一边。"溯洄从之,道阻且右。"逆流而上去寻找她,道路艰险而曲折。"溯游从之,宛在水中沚。"沚,是水中的陆地,就是沙洲。顺流而下去寻找她,她总在水中的沙洲上,可望而不可即。

这首诗描写的地点和《关雎》是一样的,都是在河边,不一样的是背景。《关雎》里的一个重要意象是水鸟的鸣叫,由水鸟的叫声引发了男女之间的相互吸引、相互爱慕,贯穿始终的背景是采荇菜这个行为。而这一首诗的一个重要意象是芦苇,由芦苇茂盛的样子引发了一种想念,贯穿始终的背景是露水的变化,从凝结成霜到慢慢升华。在早晨的阳光里,茂盛的芦苇上的露珠在慢慢消失,此时男子却想起了心中那个美好的人。他想要逆流而上去寻找她,道路险阻难以行走;想要顺流而下去找她,她却好像总是和自己隔着河流,可望而不可即。

这首诗的主题和《关雎》一样,也有很多种说法,但是,仅仅从旋律和文字上诵读,感受到的确实就是一种很单纯的想念。但这好像也不完全是情侣之间无法见面的想念,更多的是一种有点缥缈而又始终深藏在心中的想念。想念的对象，也许是一个注定无法在一起的人。于是，在想念里把那个人变成了一种回忆、一种力量。

《诗经·王风》里有一首《采葛》，更直白地写了恋人之间的想念：

> 彼采葛兮，一日不见，如三月兮！
> 彼采萧兮，一日不见，如三秋兮！
> 彼采艾兮，一日不见，如三岁兮！

那个采集葛藤的姑娘啊，一天没有见到她，就好像三个月那么漫长。那个采集艾蒿的姑娘啊，一天没有见到她，就好像三个季度那么漫长。那个采集艾草的姑娘啊，一天没有见到她，就好像三年那么漫长。

爱因斯坦说，热恋中的人在一起时，会感觉一个小时像一分钟那么短暂。那么，反过来，热恋中的人分开一分钟，会感觉就像过了一个小时那么漫长。爱得越强烈，想念就越强烈，也就感觉分开的时间越来越漫长。罗兰·巴特在《恋人絮语》中说："恋人注定的角色便是：我是等待的一方。"这里的等待，其实就是想念。当你爱上一个人，就意味着开始了无尽的想念，常常是无望的想念、痛苦、焦躁、坐立不安。但是，恰恰这种痛苦的想念又给予了生命无尽的意义和美。

当然，《蒹葭》所吟咏的，不一定特指男女之间的想念，"伊人"也许只不过是美好的象征，诗里反复吟诵的逆流顺流地上下追寻，好像抒发了对美的不懈追寻，既是想念，也是憧憬，更是一种救赎。在风雨飘摇的世界中,我在对你的想念里,不让自己在现实里沉沦。

第3首 │ 《诗经》:执子之手,与子偕老

>击鼓其镗,踊跃用兵。土国城漕,我独南行。
>从孙子仲,平陈与宋。不我以归,忧心有忡。
>爰居爰处?爰丧其马?于以求之?于林之下。
>死生契阔,与子成说。执子之手,与子偕老。
>于嗟阔兮,不我活兮。于嗟洵兮,不我信兮。

这首诗叫《击鼓》,是《诗经·邶风》里的一首诗,讲的是一个长期在外打仗的士兵觉得自己再也回不了家乡的悲痛。开头描述了一个战争场面:战鼓擂得震天响,士兵们踊跃练武。(人们)修路的修路,筑城墙的筑城墙,我呢?一个人要去南方打仗。去南方,是跟随一个叫孙子仲的将军,前去平定陈国和宋国之间的纠纷。没想到这场仗一打就打了很长时间,我难以回家,忧心忡忡。接着写了战争中的一个小插曲,就是我晚上找不到睡觉的地方,而战马又丢失了,于是就到丛林深处的大树下,去寻找自己的战马。

2700多年前的夜晚,树林里那个孤独的士兵,在黑暗里寻找着一匹马。他突然有身世之感,思念起自己的妻子,也可能是自

己的其他家人，唱出了千古名句："死生契阔，与子成说。执子之手，与子偕老。"本来我们说好是永远不分离的，本来我们说好是要一起变老的，但现在呢？"于嗟阔兮，不我活兮。于嗟洵兮，不我信兮。"于嗟，感叹词，相当于"啊""唉"；阔，分离；活，一种解释是相会的意思，不我活兮，就是不和我相会。我认为就算解释为活着的"活"，也说得通，甚至更有感染力。洵，长久的意思。"于嗟阔兮，不我活兮。"唉，我们相隔太远了，再也不能重新相聚了，我想我无法活着见到你了。"于嗟洵兮，不我信兮。"唉，我们分别得太久了，多么悲伤，无法实现你我的誓愿。

"死生契阔，与子成说。"契，是相聚的意思；阔，是离开的意思；成说，一种解释是订立誓约，另一种解释是，"说"通喜悦的"悦"，"成说"就是喜悦的意思。那么，"死生契阔，与子成说"可以理解为：在生死聚散的无常世界里，我和你立下誓言，生生死死不分离；也可以理解为：在生死聚散的无常世界里，和你在一起总是充满喜悦，多么想和你生生世世不分离。

"执子之手，与子偕老。"牵着你的手，我要和你一起慢慢变老。

"死生契阔，与子成说。执子之手，与子偕老。"该句写出了古往今来相爱的人之间的一种美好的愿望：不管这个世界多么无常，不管今后是分别还是相聚，不管是生还是死，我们彼此相爱的誓言不会改变，不管多大风雨，我们都会牵着手，一起慢慢变老。

这首诗不仅写出了人生的无奈，也写出了身不由己的痛楚。在爱情中，我们希望彼此不分离，但不知为什么，总有一种力量让我们自己做不了主,唯有吟诵这一句"死生契阔,与子成说。执子之手,与子偕老",才能在吟诵的片刻里,感受到天长地久,感受到时间穿过阳光,像一点点破碎的小花,点缀在你我的身上。

虽然这句诗充满悲伤,但常被中国人用来表白。说到表白,汉代乐府里的《上邪》也许是女孩子最大胆、最直接的表白:"上邪!我欲与君相知,长命无绝衰。山无陵,江水为竭,冬雷震震,夏雨雪,天地合,乃敢与君绝!"上天啊,我要与你相亲相爱,一直这么爱下去。除非高山消失了,江水枯竭了,冬天打雷,夏天下雪,天和地合在了一起,我才敢和你分手。敦煌曲子词里有一首《菩萨蛮》:"枕前发尽千般愿,要休且待青山烂。水面上秤锤浮,直待黄河彻底枯。白日参辰现,北斗回南面。休即未能休,且待三更见日头。"两个人在枕头前发愿,除非青山烂了,铁的秤砣可以浮在水面上,除非黄河彻底枯竭,白天出现星星,北斗回到了南面,除非三更半夜出现了大太阳,否则,我们无论如何都不分开。大概的意思都是:我对你的爱,是要爱到海枯石烂,永不变心。

相比之下,还是那句"执子之手,与子偕老"更为朴素温馨,更为深情款款。倒是爱尔兰诗人叶芝那句"多少人爱你青春欢畅的时辰,爱慕你的美丽、假意或真心,只有一个人爱你那朝圣者的灵魂,爱你衰老了的脸上痛苦的皱纹"和"执子之手,与子偕老"有着同样的韵味,都很简单地表白了:我要陪着你慢慢变老。

第4首 卓文君：愿得一心人，白首不相离

> 皑如山上雪，皎若云间月。
> 闻君有两意，故来相决绝。
> 今日斗酒会，明旦沟水头。
> 躞蹀御沟上，沟水东西流。
> 凄凄复凄凄，嫁娶不须啼。
> 愿得一心人，白首不相离。
> 竹竿何袅袅，鱼尾何簁簁！
> 男儿重意气，何用钱刀为！

这首诗叫《白头吟》，作者是卓文君（前175—前121）。有一个成语叫"文君当垆"，垆，是一个土台子，用来摆放酒瓮；当垆，就是守在土台子边。是谁守在土台子边呢？是一个叫卓文君的女人。这个成语的意思很简单，就是一个叫卓文君的女人在小酒馆里卖酒。

这个成语背后是一对男女私奔的故事。西汉时期，四川临邛县有一个大富豪叫卓王孙，他的女儿卓文君不到二十岁就守了寡，住在父亲家里。那时候，临邛县的县令王吉邀请自己的朋友司马相如来临邛游玩。司马相如是成都人，很有才华，当时已经写出了《子虚赋》这样有名的作品，但家境很贫穷。因为司马相如是县令的朋友，所以卓王孙就在自己家宴请他。宴会上，县令请司马相如为大家弹琴。司马相如便弹奏了有名的《凤求凰》，

开头的歌词是这样的：

> 有一美人兮，见之不忘。
> 一日不见兮，思之如狂。

司马相如弹奏的时候，卓文君躲在帘子后偷听，一下子被打动了。据《史记》记载，宴会结束后，司马相如派人给卓文君送了礼物表达自己的爱慕之情。卓文君连夜逃出家门与司马相如私奔，一起到了司马相如位于成都的家里。一进家门，卓文君看到的是家徒四壁。

她的父亲卓王孙听说后很生气，觉得女儿太不像话了，决定不给女儿一分钱，以后也不给家产。卓文君一直闷闷不乐，不久，对司马相如说，不如我们回到临邛，好歹那里还有兄弟，就算向他们借钱，也不至于像现在这样穷困。于是，两个人便回到了临邛，卖掉了所有的车马，买了一间酒铺来卖酒。卓文君亲自打理生意，司马相如也穿上工作服，和酒保、杂役一起工作，在集市上洗涤酒器。

这让卓王孙觉得很丢脸，只好妥协，分给卓文君家奴一百人、钱一百万，以及她出嫁时的衣服、被褥等各种财物。于是卓文君和司马相如回到成都，购置了农田和住屋，成了富有的人。

后来，司马相如因为文章而被汉武帝重用。《史记》中关于司马相如和卓文君的记述，是一个才子佳人的故事，也是穷书生获得富贵女芳心的故事，历来是中国文人的谈资。但民间有另一个版本的传说，说是司马相如因为一篇《上林赋》得到了汉武帝的喜欢。他升了官后，想要纳茂陵的一个女子为妾，卓文君就写了这首《白头吟》给司马相如，表达了一个非常了不起的意思：

两个人相爱结婚,就应该一心一意;爱是承诺,假如这种承诺失去了,那么,不如分手。你就自己好好过你的日子,不用担心我,咱们一别两宽,各自安好。

"皑如山上雪,皎若云间月。"纯白得像山上的雪,皎洁得像云间的月亮。这里应该是比喻两个人的情爱。"闻君有两意,故来相决绝。"听说你心里有了别人,我特意来和你诀别。"今日斗酒会,明旦沟水头。"今天我们就好好喝一场酒,明天就在沟头告别。"躞蹀御沟上,沟水东西流。"慢慢沿着宫墙边的沟水走去,我们过往的情意啊,像水一样流走了。"凄凄复凄凄,嫁娶不须啼。"当初我离家追随你,没有像一般的女孩子那样哭哭啼啼。"愿得一心人,白首不相离。"我当时以为得到了一个一心对我好的人,会和我白首到老。

"竹竿何袅袅,鱼尾何簁簁!"钓鱼的竹竿很长,鱼尾巴像羽毛那样活泼。古代以钓鱼来比喻男欢女爱。也有人解释为,用鱼饵来引诱鱼儿上钩,好比用钱财来吸引异性,终究不长久。"男儿重意气,何用钱刀为!"男子应当重情重义,情义不是可以用钱财来衡量的。隐隐有一个意思,是在说男子不应该用钱财去引诱女性,而女性不应该只看重男子的钱财。

卓文君的故事,表面上看好像是平常的才子佳人的故事,但这个故事能真正穿越时间,至今仍然闪光的是卓文君这个两千多年前的中国女性对爱情和婚姻的理解与选择。先是她的私奔,她愿意和司马相如一起过苦日子;然后是当司马相如变心的时候,她选择了豁达地离开。即使在今天,也很少有女性能像她这般,她还是很了不起的。因此,钱锺书先生认为司马迁把卓文君写进《史记》,是目光如炬,写出了自由婚姻之根本。

第5首 | 古诗：迢迢牵牛星，皎皎河汉女

迢迢牵牛星，皎皎河汉女。
纤纤擢素手，札札弄机杼。
终日不成章，泣涕零如雨。
河汉清且浅，相去复几许？
盈盈一水间，脉脉不得语。

这是汉代《古诗十九首》里的一首诗。南朝萧统编《文选》，选了汉代文人创作的五言诗十九首，没有标注作者的名字。这十九首诗在中国诗歌史上有很高的地位，是《诗经》《楚辞》之后重要的诗歌文本，一则开创了五言诗的格式；二则写人生的无常、失意、离别，几乎是第一次把生命的痛苦通过诗歌表现出来。这一首《迢迢牵牛星》演绎了牵牛织女的故事，写了相望却不能相见的悲哀。

第一句讲了天上的两颗星星。迢迢，遥远的样子；牵牛星，银河里的一颗星星；皎皎，明亮的样子；河汉，是银河，河汉女，就是织女星，在银河西，与牵牛星隔河相对。牵牛星和织女星，从地球上看上去都是很遥远的，也很明亮。但为什么特意用"迢迢"形容牵牛星，而用"皎皎"形容织女星呢？一种解释是，古代的男子往往要远游，所以用"迢迢"，而"皎皎"会让人联想到女性美。还有一个文字上的细节，牵牛星直接用了星座的名字，而织女星用了"河汉女"，用了拟人化的说法，

一方面是为了押韵，另一方面也说明了这首诗是关于两颗星星的一种联想。

第二句和第三句，讲了织女的情状。"纤纤擢素手，札札弄机杼。"擢，是伸出，"纤纤擢素手"，是为了押韵而改变了句子结构，应该是"擢纤纤素手"，伸出柔软洁白的小手；札札，是织布机发出的声音；弄，有玩、游戏的意思。织女伸手去织布，却只是抚弄着织布机。"终日不成章，泣涕零如雨。"，一整天也没有织成一匹布，哭哭啼啼的，泪水像下雨一样。

第四句和第五句，抒发了诗人的感叹。"河汉清且浅，相去复几许？"银河看上去很清很浅，相隔又有多远呢？然而，"盈盈一水间，脉脉不得语"，美丽的织女在银河边，望着另一边的牵牛，两人却相顾无言。

这首诗写了牵牛星和织女星相望却不能相见的悲伤，遥远星空里的两颗星星成了悲悲戚戚的一对情人，尤其是织女星，像一个害了相思病的女子。古人以肉眼观察星空，觉得银河不过"清且浅"，是"盈盈一水间"。而事实上，以今天的科学观测，我们都知道，牵牛星和织女星之间相隔了约十六光年，以光的速度，也要近十六年才能行完全程。

在今天的天文学中，织女星叫"Vega"，属于天琴座，是极为明亮的一颗恒星。牛郎星（牵牛星）叫"Altair"，属于天鹰座，也是很明亮的星星，银白色的。牛郎星两侧有两颗较暗的星星——河鼓一、河鼓三。在后来的民间故事里，这两颗星成为牛郎和织女的一儿一女。

夏秋之交，也就是农历七月七日前后，牛郎、织女这两颗星星先后升上中天，分列在银河两边，仿佛在相互凝望。这个时候,月亮接近银河,月光闪耀,群星璀璨。"七"这个数字,在古人心里是时间的一个自然段落,也含有某种神奇的、吉祥的力量。七月七日,好像有了非同寻常的意蕴。

为什么会称这两颗星为织女星和牵牛星?有一种说法是,农历七月,织女星最亮的时候,正好是纺织的时节。八月,牵牛星升到最高点,这时正好是用动物祭祀的时节。也许,牵牛,就是把牛牵去祭祀吧。

《诗经·小雅·大东》:"维天有汉,监亦有光。跂彼织女,终日七襄。虽则七襄,不成报章。睆彼牵牛,不以服箱。"翻译过来:仰望那浩瀚灿烂的银河,如同明镜;只见那织女星,整日整夜七次移位运转忙。织女星虽然一天一夜七移运转忙,终归不能织成美丽的文织锦。再看那颗明亮的牵牛星,也不能像人间的牛那样真的可以拉车。

这是中国文学里最早的有关"牵牛星"和"织女星"的描述。后来,它们就越来越人间化,被编成故事了。西晋的傅玄说:"七月七日,牵牛织女会天河。"可以想象一下,从前的中国人,夜晚仰望星空,看到银河闪烁,其两边各有一颗星星,两星中间隔了一条银河,好像很近,又好像很远,就像一对相爱的情人,脉脉相对,却无法走到一起、拥抱在一起。

南北朝时期,梁朝的殷芸写了一则小故事,应该是牛郎织女故事的最初版本。故事说:在银河(天河)的东边住着织女,织女是天帝的女儿,这个天帝,不是我们熟悉的玉皇大帝,而是上古传说里的天帝。织女年年在织布机上劳作,织出锦绣天衣,没有休息时间,更谈不上打扮自己。天帝怜惜她,把她嫁给了银河(天河)的牵牛。没想到织女出嫁后就沉迷于男欢女爱,把纺织的事懈怠了。天帝很不高兴，就让织女回到东边，牵牛还在西边，允许他们每年相见一次。每年进入秋天的第七天，喜鹊的头顶突然就秃了。为什么呢？原来它们在这一天飞到天河，搭成鹊桥，让牵牛和织女相会，头上的羽毛都被踩掉了。

殷芸把一个朦胧的意象变成了一个完整的故事，但说的是天上的事，发生的场景也在天上，只不过把天上的事人间化了；后来，这个传说发生的场景就慢慢从天上换到了地上，成了民间故事。童年时代，在江南夏天的晚上乘凉，我看着星空，听大人讲故事，听得最多的就是"牛郎织女"的故事。讲述的人把两颗星星的浪漫故事变成了人间年轻农民娶仙女的传奇。牛郎，一个孤儿，一个很朴实勤劳的年轻农民，受到嫂子的虐待，只有一头老牛陪着他。然后，七个仙女下凡，牛郎偷走了那个最小的仙女的衣服。那个仙女就是织女，后来嫁给牛郎，生了两个小孩。再后来，王母娘娘知道了这件事，大发雷霆，于是降旨召回织女，牛郎便穿着用老牛的皮做成的鞋子，带着两个小孩，一路追到了天上。据说王母娘娘用金钗划了一条河，不让牛郎过去，但允许他们在每年的七月七日相见。喜鹊被他们的爱感动了，便飞到银河上为他们搭桥。

民间故事在被讲述时常常突出牛郎的人间身份，忘了他本来是一颗星星下凡。所以，故事就有了漏洞。最显著的就是他偷看仙女洗澡，还偷人家衣服。在现代人看来，这不过是流氓行径。但实际上，最初的故事里，牛郎也是天上的星星，在天上时就已经和织女相爱。所以，他后来作为牛郎做出的行为并不怪异，更非流氓行为。

这是由两颗星星的意象引申出来的民间故事，也是中国四大民间故事之一。里面隐含的爱，不是青春男女的爱，更多的是夫妻的爱，代表了从前中国人理想的家庭生活——男耕女织、养儿育女。这个来自浩瀚星空的想象，最后聚焦于人世间的日常——劳动和繁衍——其中蕴含的满是人间的艰辛。而在文人的笔下，这个故事却有爱情的一面。古典诗词里，河汉、牵牛、织女，成了情人相见难的语言符号。

第6首 | 王昌龄：忽见陌头杨柳色，悔教夫婿觅封侯

闺中少妇不知愁，春日凝妆上翠楼。
忽见陌头杨柳色，悔教夫婿觅封侯。

王昌龄（约690—约756）的这首《闺怨》，虽然是文人创作的七言绝句，读起来却通俗易懂。有一个已经结婚了的女子，一直快快乐乐的，不知道忧愁是什么。通过这一句大概可以想象出，这个少妇的家境应该很好。春天来了，她兴致勃勃地把自己打扮得漂漂亮亮，登上高楼去看美丽的风景。翠，青绿色，翠楼，就是青绿色的楼房。从前有点社会地位的人家，用青色来装饰楼房。少妇一上楼，看到路边杨柳明亮的颜色，突然就有了一种悔恨。她悔恨什么呢？她悔恨让自己的丈夫为了当官而去军队服役，以致在这么美好的春天里，自己只能孤身一人。

这首诗就写了这么一个很日常的画面，却被很多人认为是闺

怨诗里最好的一首。我们要注意的是，我们讲爱情诗讲到现在，这首诗可以说是严格意义上的文人写的第一首爱情诗。有没有发现，从周朝到魏晋南北朝，很少有文人写爱情诗，大多是写民歌。文人写男女之情，往往不太直接。有一类赋是写女子的美貌，如宋玉的《高唐赋》、曹植的《洛神赋》，都写了想象中像神一样的女子，可能曲折地表达了某种爱慕，或者只有政治含义，和爱情没有什么关系。倒是陶渊明的《闲情赋》，比较像在写爱情，写了一位美人的美，自己愿意每时每刻都和她在一起。诗中有一连串神魂颠倒的表白，什么愿意做她的衣领子、裙带、发油、眉黛等，愿意成为她的影子、秋天的席子、夏天的扇子，等等。

有一类闺怨诗，民歌里本身就有，写的是女子在家里思念外出打仗或经商的丈夫，在思念的痛苦中写出男女之情。民歌很可能是女子自己所写。后来的文人，很喜欢模拟女子的口吻，来写女子和丈夫分离之苦，形成了"闺怨"这样一种类型的诗歌。其中，曹丕的《燕歌行》是最早的七言诗，也是早期文人写闺怨诗的代表作品，讲的是在"秋风萧瑟天气凉，草木摇落露为霜"的秋天，一个女子"贱妾茕茕守空房，忧来思君不敢忘，不觉泪下沾衣裳"。

王昌龄生活在盛唐，他的七言绝句非常有名。此外，他的边塞诗成就也很大，如其中一首："秦时明月汉时关，万里长征人未还。但使龙城飞将在，不教胡马度阴山。"仅仅几句大白话就把中国千百年来保护边境的历史和人物凸显了出来，还饱含着对每一个个体的感情。此诗成为名篇流传到今天，并不奇怪。

这一首开篇为大白话的闺怨诗，为什么那么能够打动人心，成为闺怨诗里的佼佼者？我觉得最关键的是最后一句："忽见陌头杨柳色，悔教夫婿觅封侯。"为什么说这一句是关键呢？我们不妨从大的背景说起。前面我们讲《关雎》的时候,讲到爱情,认为爱情是人类摆脱兽性、文明演化的一个产物。但是,文明演化的过程又是一个压制的过程,理性压制非理性,道德压制爱情。这只需要看看后来中国儒家把《关雎》解释为歌颂"后妃之德"就明白了。

明代戏剧《牡丹亭》,讲述了少女杜丽娘的青春觉醒,一个场景是她的老师给她讲《关雎》,讲了如何守妇道那一套,而杜丽娘和我们现代人一样,反而从这首诗中读出了爱情,动了情。另一个非常有名的场景,就是有一天,她去了父亲从不让她去的园子里,发现了春天的灿烂,不禁感叹:"原来姹紫嫣红开遍,似这般都付与断井颓垣。良辰美景奈何天,赏心乐事谁家院。"春天的姹紫嫣红唤醒了一个少女心中的情爱之感。这首曲子写出了什么叫"一往情深"。《牡丹亭》的题辞中说:"情不知所起,一往而深。生者可以死,死可以生。生而不可与死,死而不可复生者,皆非情之至也。"人的情爱,是自然而然地一往情深,不管什么样的道德、什么样的法规,都不可能压制它的生长,就像春天的花一定会开放。

从《牡丹亭》回头看唐朝的"忽见陌头杨柳色,悔教夫婿觅封侯",可以体味出更多的意蕴。虽然这句诗只表达了一个小小的悔恨,但这个小小的悔恨里有着一个很大的质疑:个人的爱情是不是比事业、功名更有价值?当代诗人舒婷有一句诗:"与其在悬崖上展览千年,不如在爱人肩头痛哭一晚。"

"忽见陌头杨柳色,悔教夫婿觅封侯"对于我们这些现代人来说,仍然是一种提问和质疑:到底应该顺应个人的感情率性而为,还是应该遵从社会的要求按部就班?

第7首 | 李白：郎骑竹马来，绕床弄青梅

> 妾发初覆额，折花门前剧。
> 郎骑竹马来，绕床弄青梅。
> 同居长干里，两小无嫌猜。
> 十四为君妇，羞颜未尝开。
> 低头向暗壁，千唤不一回。
> 十五始展眉，愿同尘与灰。
> 常存抱柱信，岂上望夫台。
> 十六君远行，瞿塘滟滪堆。
> 五月不可触，猿声天上哀。
> 门前迟行迹，一一生绿苔。
> 苔深不能扫，落叶秋风早。
> 八月蝴蝶来，双飞西园草。
> 感此伤妾心，坐愁红颜老。
> 早晚下三巴，预将书报家。
> 相迎不道远，直至长风沙。

这是组诗《长干行》中的第一首，是李白（701—762）第一次到南京时（725—726）写的。全诗内容很朴素，通过一个妇女的口吻，写出了两种很美的人之常情。一是一个女孩子在结婚前后的变化，或者说，一个女人从少女到少妇的变化过程，淡淡几句描写，很形象。二是一个少妇对丈夫的思念，其中有抱

怨，但更多的是一种爱。还有更重要的，可能是李白自己都没有想到的，他在这首诗里，写出了爱情的遗憾。但诗歌里的"青梅竹马"这个词为大家创造了一种理想的爱情：一起长大，一起变老。以前《诗经》里讲爱情的美好，讲的是一起变老，而李白的青梅竹马，又增添了一个元素——一起长大。这首诗里的男女，一起长大，相爱结婚，一起变老。在漫长的岁月里，读者忘掉了诗歌中男子离开家一去不回，却记住了青梅竹马这个意境，心中多了一份关于美好爱情的向往：一起长大，一起变老。

长干，就是现在南京秦淮河南边一带，古时候那里住的是船民。《长干行》，是船民的民歌，经常用来抒发船家妻子思念丈夫的情感。李白的《长干行》第一首，就写了这么一个女子。诗里以女子为第一人称，写自己一生的情爱经历。

她说：我的头发刚刚覆盖额头，就和你（她后来的丈夫，那时候还是一个男孩子）一起在家门口做折花的游戏；你骑着竹马过来，和我一起绕着井栏，相互投掷青梅。因为我们两个人都很小，没有什么顾忌，也没有什么猜忌，天真烂漫。这里说的"绕床弄青梅"的"床"不是睡觉的床，而是指水井的围栏，讲的是两个人在水井边玩游戏。

一晃到了十四岁，我嫁给你成了你的妻子，害羞得不敢露出自己的脸，低着头向着墙壁的暗处，别人呼唤也不敢回头。十五岁我才开始舒展眉头，愿意和你永远在一起，我也常常抱着《庄子》里尾生的那个信念。《庄子》里讲了一个叫尾生的人，和一个女孩子约了在桥底下见面，结果他到了桥底下，那个女子却一直没有出现，而尾生坚持在桥底下等待，即使洪水来了，也还抱着桥柱子，坚决不肯离开。这里用这个故事表达自己对爱的坚守，然后感叹，我对爱情有这样的信念，想不到却走上了望夫台。

十六岁那一年，你离家远行，去了长江的另一头，"瞿塘滟滪堆"。五月涨水的时候，经过滟滪堆时船只容易触礁翻船，猿猴悲哀的声音传到空中。你离家时依依不舍徘徊的足印上渐渐长满了青苔。青苔太厚了，难以清扫，落叶飘零，秋天又早早地来到了。八月的黄蝴蝶，成双成对飞舞着，飞到了西园的草地上。此情此景，让我伤心，这样在等待中我会变得越来越苍老。什么时候你要回来了，请预先写一封信来告诉我。不管多远，哪怕走到长风沙（在今安徽安庆），我也要去迎接你。

李白是一个天才型的伟大诗人，出生于西域的碎叶城，有人认为他母亲是胡人。当然，这只是猜测。李白很小的时候就跟着父亲回到了四川江油，在那里长大，他自己一直把四川当作故乡。他的父亲是一个商人，也许想要改变商人的地位，所以李白走出四川，去寻求一官半职。因此，李白在很年轻的时候，就借着谋求当官的名头到处游山玩水，据说他父亲在各地有不少商号，可以支撑他路上的开销。

李白为人放浪不羁，一路上为不少女子写过诗，也传说他有过一些情人，以至于宋代的王安石很不喜欢李白的做派，说他"其识污下，十句九句言妇人、酒耳"。当然，这多少带有一些偏见。

李白在结婚前写的《代别情人》，就像是在和从前的情人告别，其中有一句："我悦子容艳，子倾我文章。"意思是：我喜欢你的美丽，你喜欢我写文章的才华。这感觉写的就是他自己，有人考证说这首诗是写给金陵一个名妓段七娘的。

但李白写爱情，写得最动人的还是模拟女子的口吻写女子的爱与痛。尤其是这一首《长干行》，创造了"青梅竹马"这个词，也写出了一个女性从少女成为少妇的生命蜕变，是一首很动人、很特别的情诗。

第8首 ｜ 杜甫：遥怜小儿女，未解忆长安

关于杜甫（712—770），闻一多先生有一个评价："中国有史以来第一个大诗人，四千年文化中最庄严、最瑰丽、最永久的一道光彩。"（《唐诗杂论》）中国古代文人经常模拟女子的口吻写爱情，自己直接表达的并不多。而杜甫的《月夜》，直接表达了自己对妻子的想念，是写夫妻之情的名篇。杜甫的诗歌里，经常有一个"老妻"的形象，这是中国古代诗歌里很醒目的一个标志，以至于梁启超先生称杜甫为中国的"情圣"。中国的情圣，不是风流倜傥、放浪不羁，而是深爱妻子的人。

"去年潼关破，妻子隔绝久。""老妻寄异县，十口隔风雪。""经年至茅屋，妻子衣百结。""妻孥怪我在，惊定还拭泪。""老妻画纸为棋局，稚子敲针作钓钩。""却看妻子愁何在？漫卷诗书喜欲狂。"这些是杜甫诗歌里信手拈来的句子，写出了老夫老妻的情感。如果我们进一步了解杜甫，就会发现他一辈子颠沛流离、穷困潦倒，受尽了这个世界的黑暗和摧残。那么，这个经常出现的"老妻"，无疑是照耀他生命的阳光，是他漂泊身心的港湾。

755年，安史之乱爆发。756年，唐玄宗在逃亡途中经过马嵬

坡,军队发生兵变,杀掉了杨国忠,逼着唐玄宗杀死了杨贵妃,然后,唐玄宗逃亡至成都。太子李亨等人北上到了灵武,李亨自行登基,成为唐肃宗,奉唐玄宗为太上皇。

安史之乱发生后,杜甫一家逃亡至鄜州的羌村避难。756年,因为唐肃宗当了皇帝,杜甫便把家人留在鄜州,自己一个人去灵武,想在那里寻找报效国家的机会。但刚出发,他就被叛军抓获,被囚禁在长安。一方面他自己身陷囹圄,前途未卜;另一方面,他牵挂着在鄜州的妻子和孩子。于是,在一个月夜,杜甫写下了《月夜》这首诗。

> 今夜鄜州月,闺中只独看。
> 遥怜小儿女,未解忆长安。
> 香雾云鬟湿,清辉玉臂寒。
> 何时倚虚幌,双照泪痕干。

本来是杜甫自己想念家人,但诗里没有一句写自己的想念和牵挂,而是写了想象中家里的情景。今天晚上鄜州应该也有明亮的月光,但是在闺房里的妻子,只能独自观看月亮。为什么要独自观看月亮呢?下面一句说出了原因,"遥怜小儿女,未解忆长安"。这完全是杜甫的口吻,说他在遥远的长安,怜惜幼小的儿女。因为他们太小了,还不懂得人间的艰辛,不懂得思念远在长安的父亲,当然也不懂得母亲一个人在房间里独自观看月亮的悲伤。一个很简单的画面,写出了对妻子的关切。

接下来写了妻子在月亮下站了很久,所以,雾气打湿了她的头发,散发出香气。不是雾气有香味,而是雾气染上妻子头发和身体后散发出香气。月光的清辉好像让手臂发出寒冷的光芒。"香雾云鬟湿,清辉玉臂寒。"这一句用现在的话来说,写得很性感,把女性香艳的一面很优雅地表现了出来。中国式的爱,不只油盐酱醋茶,也有不露声色的性感动人。

最后一句,写了自己的愿望,什么时候我们团聚了,还是在月光之下,一起依偎在透明的帷幔上。"双照泪痕干"中的"双照"和前面的"独看"相对应,"双""照"这两个汉字连在一起,有一种意境的效果,写出了月光下两个人依偎在一起的画面,也就是月光照着两个人的同时,月光好像也成双了。人和月光交织在一起,有很强的画面感,无法用文字说清楚,但可以让人一下子想象出那个画面来。

这首诗看似通篇写妻子望月怀人,但其实是在写杜甫自己,在长安的动荡里,他想念着家里的妻子儿女,当然,更确切地说,是写出了彼此的思念、牵挂。在朝不保夕的乱世中,彼此的思念、牵挂,就是一种安慰。无论活得多么痛苦、多么卑微,如果还有一个人值得你去思念,而那一个人也在远方思念着你,那么,人间就是值得的。

第9首　张籍:还君明珠双泪垂,恨不相逢未嫁时

爱情总是充满遗憾,因此,唐朝张籍(约767—约830)的一句诗,成了千古名句:恨不相逢未嫁时。很遗憾,我和你相遇,

不是在我还没有嫁人的时候。这句诗的意思,好像是在说,在错误的时间遇到了对的人。很多人的一生,其实有着满满的遗憾,要么在正确的时间遇到错误的人,要么在错误的时间遇到正确的人,宿命般的,就是要错过。

张籍作为诗人,在历史上名气并不是很大,但这一句诗成了汉语里很有名的句子,用来表达略有遗憾的感情。而有趣的是,他写这句诗,和爱情并没有什么关系。张籍这首诗的标题是《节妇吟·寄东平李司空师道》。节妇吟,就是歌咏贞节的妇女;寄,就是寄给;东平李司空师道,是当时的一个节度使叫李师道。为什么要把一首歌颂妇女忠贞的诗送给一个节度使呢?这里我们要稍稍了解一下写作此诗的历史背景。唐代的节度使权力很大,在军事行政上可以控制一个地区,后来引发了唐朝一个政治问题,就是藩镇割据,由此导致安史之乱爆发。其中,始作俑者安禄山和史思明,就是节度使。平定安史之乱后,中央政府一直想要解决节度使权力过大的问题,但一直到唐朝灭亡还是没有解决。所以,节度使在唐代相当于一个小朝廷的最高职位。为了巩固自己的势力,他们会笼络军事人才及文化人才,像张籍这样的文人,自然也在被笼络之列。

但张籍的老师韩愈,主张削弱节度使的权力,觉得文人不应该和节度使混在一起。所以,张籍对于李师道的拉拢,用了这样一首诗来委婉地拒绝,把自己比喻成一个已经有了丈夫的女子,你对我再好也没有办法了。因为诗写得很动人,据说把李师道也感动了,便不再逼迫张籍了。

假如我们不去理会事情的原委,那么,读到这一首诗,你会觉得这就是一个女子面对诱惑时的一种感叹和暧昧:

> 君知妾有夫，赠妾双明珠。
> 感君缠绵意，系在红罗襦。
> 妾家高楼连苑起，良人执戟明光里。
> 知君用心如日月，事夫誓拟同生死。
> 还君明珠双泪垂，恨不相逢未嫁时。

"系在红罗襦"，罗，薄薄的透气的丝织品；襦，短衣、短袄。"妾家高楼连苑起"，这里的苑，指的是帝王及贵族游玩和打猎的园林。"良人执戟明光里"，良人，古代女子对自己丈夫的称呼；执戟，拿着一种兵器，守卫宫殿；明光，原来是汉朝宫殿的名称，这里泛指宫殿。

这首诗和《陌上桑》一样，都是以女子的口吻表示拒绝，但拒绝的含义不太一样。这首诗里的女子说：你明明知道我已经有了丈夫，却还要送给我一对明珠。我感激你的情深意长，把这对明珠系在了我的红罗短衫上。我家的高楼连着皇家花园，我的丈夫呢，拿着长戟守卫在宫殿里。我明白你对我的心意是坦坦荡荡的，但我已经发誓要和自己的丈夫同生死。所以，只好把那对明珠摘下来还给你，很遗憾见到你的时候，我已经嫁了人。

很明显，这个女子和《陌上桑》里罗敷的坚决是不一样的，她心中是有犹豫的，别人送了她一对明珠，开始她是戴在了自己身上，后来想到自己对丈夫的誓言，就又解下来还给了别人。罗敷是不给太守面子的，对他说话完全是斥责的语气；而这个女子对于欣赏自己的人非但不讨厌，反而是感激的，只是很遗憾自己已经结婚了。这首诗在流传中，一般人都忘了作者的本意，而只记得"恨不相逢未嫁时"。在现实中，确实有很多这样的遗憾。

第10首　白居易：天长地久有时尽，此恨绵绵无绝期

白居易（772—846）是继李白、杜甫之后唐朝的又一位大诗人。一方面，他可以写通俗易懂的诗。有一则故事说他每次写诗，都要问没有什么文化的老妪（老太太）能否听得懂，如果听不懂就重新写。成语"老妪能解"就是这样来的。另一方面，白居易也能写那种需要一定领悟力才能读懂的诗。他写的诗，无论在内容上，还是在风格上，都非常突出。他另一个突出的成就是写了不少叙事性长诗，展现了他罕见的汉语驾驭能力。

在爱情方面，白居易是一个有故事的人。他年轻时和一个叫湘灵的邻居坠入过情网，但不知道什么原因，两人没有在一起。后来白居易去了京城，又辗转于各地，就再也没有见过湘灵，没有了她的消息。但这个女孩子一直在白居易的心里。他被贬谪到江州的时候，还穿着当年湘灵做给他的一双鞋。他在江州时写过一首诗，题目就叫《感情》，写自己在院子里晒衣服和鞋子，忽然见到从故乡带来的那双鞋子，于是想起了早年的恋人："昔赠我者谁？东邻婵娟子。"这是过去谁送给我的呢？是东边邻居家那位可爱的女孩子。据说，他还写过一首《板桥路》："梁苑城西二十里，一渠春水柳千条。若为此路今重过，十五年前旧板桥。曾共玉颜桥上别，不知消息到今朝。"可能是白居易晚年再次经过当年他们告别时的石板桥，不禁黯然神伤。

但说到爱情诗，还是得选他那首《长恨歌》。在中国古典诗词里，《长恨歌》称得上是一首伟大的长篇叙事诗，以诗的语言

清晰地讲述了一个并不简单的故事。全诗如下:

汉皇重色思倾国,御宇多年求不得。
杨家有女初长成,养在深闺人未识。
天生丽质难自弃,一朝选在君王侧。
回眸一笑百媚生,六宫粉黛无颜色。
春寒赐浴华清池,温泉水滑洗凝脂。
侍儿扶起娇无力,始是新承恩泽时。
云鬓花颜金步摇,芙蓉帐暖度春宵。
春宵苦短日高起,从此君王不早朝。
承欢侍宴无闲暇,春从春游夜专夜。
后宫佳丽三千人,三千宠爱在一身。
金屋妆成娇侍夜,玉楼宴罢醉和春。
姊妹弟兄皆列土,可怜光彩生门户。
遂令天下父母心,不重生男重生女。
骊宫高处入青云,仙乐风飘处处闻。
缓歌慢舞凝丝竹,尽日君王看不足。
渔阳鼙鼓动地来,惊破霓裳羽衣曲。
九重城阙烟尘生,千乘万骑西南行。
翠华摇摇行复止,西出都门百余里。
六军不发无奈何,宛转蛾眉马前死。
花钿委地无人收,翠翘金雀玉搔头。
君王掩面救不得,回看血泪相和流。
黄埃散漫风萧索,云栈萦纡登剑阁。
峨嵋山下少人行,旌旗无光日色薄。

蜀江水碧蜀山青，圣主朝朝暮暮情。
行宫见月伤心色，夜雨闻铃肠断声。
天旋地转回龙驭，到此踌躇不能去。
马嵬坡下泥土中，不见玉颜空死处。
君臣相顾尽沾衣，东望都门信马归。
归来池苑皆依旧，太液芙蓉未央柳。
芙蓉如面柳如眉，对此如何不泪垂？
春风桃李花开日，秋雨梧桐叶落时。
西宫南内多秋草，落叶满阶红不扫。
梨园弟子白发新，椒房阿监青娥老。
夕殿萤飞思悄然，孤灯挑尽未成眠。
迟迟钟鼓初长夜，耿耿星河欲曙天。
鸳鸯瓦冷霜华重，翡翠衾寒谁与共？
悠悠生死别经年，魂魄不曾来入梦。
临邛道士鸿都客，能以精诚致魂魄。
为感君王辗转思，遂教方士殷勤觅。
排空驭气奔如电，升天入地求之遍。
上穷碧落下黄泉，两处茫茫皆不见。
忽闻海上有仙山，山在虚无缥缈间。
楼阁玲珑五云起，其中绰约多仙子。
中有一人字太真，雪肤花貌参差是。
金阙西厢叩玉扃，转教小玉报双成。
闻道汉家天子使，九华帐里梦魂惊。
揽衣推枕起徘徊，珠箔银屏迤逦开。
云鬓半偏新睡觉，花冠不整下堂来。

> 风吹仙袂飘飘举,犹似霓裳羽衣舞。
> 玉容寂寞泪阑干,梨花一枝春带雨。
> 含情凝睇谢君王,一别音容两渺茫。
> 昭阳殿里恩爱绝,蓬莱宫中日月长。
> 回头下望人寰处,不见长安见尘雾。
> 惟将旧物表深情,钿合金钗寄将去。
> 钗留一股合一扇,钗擘黄金合分钿。
> 但教心似金钿坚,天上人间会相见。
> 临别殷勤重寄词,词中有誓两心知。
> 七月七日长生殿,夜半无人私语时。
> 在天愿作比翼鸟,在地愿为连理枝。
> 天长地久有时尽,此恨绵绵无绝期。

故事的起因是"汉皇重色思倾国,御宇多年求不得"。字面上的意思是:汉朝的皇帝很好色,总想着要找倾国倾城的美女,在他统治的国土内找了很多年都没有找到。这里的汉朝皇帝,实际上指的是唐玄宗。当然,你读到后面,就会觉得这个皇帝是谁并不重要。

就是这么一个缘起,一个皇帝心心念念地想找一个绝代佳人,然后女主角就出现了:"杨家有女初长成,养在深闺人未识。"杨家有一个女孩子刚刚长大,一直在闺阁里,没有人知道。但这样一个天生丽质的女孩子很难默默无闻,很快就被选进了皇宫里。此后,皇帝把所有的心思都放在了她的身上:"春宵苦短日高起,从此君王不早朝。""后宫佳丽三千人,三千宠爱在一身。"因为杨贵妃得宠,连她的家人都鸡犬升天,飞黄腾达,使得天下的父母都开始"不重生男重生女"。那时候的皇宫里，每天都是仙乐飘飘，杨贵妃总是在轻歌曼舞，而皇帝怎么看都看不够，这是第一部分。

第二部分，写的是安史之乱中杨贵妃被杀。一句诗就把安史之乱的气氛写出来了："渔阳鼙鼓动地来，惊破霓裳羽衣曲。"渔阳，就是安禄山起兵的地方；鼙鼓，古代军中所用的鼓；霓裳羽衣曲，原来是西域的舞曲，叫《婆罗门》，后来被献入宫廷，唐玄宗对它进行了改编，改名为《霓裳羽衣曲》，它呈现缥缈的仙境和动人的仙女形象。"渔阳鼙鼓动地来，惊破霓裳羽衣曲。"战争突然爆发，打破了歌舞升平的假象。然后写唐玄宗逃亡至四川，路过马嵬坡，军队上下都要求杀死杨贵妃。"君王掩面救不得，回看血泪相和流。"一个绝代佳人，就这样死了。

第三部分，讲了皇帝对杨贵妃的思念。他先是到了四川，虽然风景秀美，但不管看到的是月亮，还是山水，都觉得悲伤。接着讲了安史之乱结束，皇帝回到长安的宫殿，物是人非，四季流转，思念越来越强烈。"迟迟钟鼓初长夜，耿耿星河欲曙天。鸳鸯瓦冷霜华重，翡翠衾寒谁与共？"耿耿，天蒙蒙亮；星河欲曙天，银河闪烁，天快亮了；鸳鸯瓦，两片瓦一俯一仰，构成一对，叫作鸳鸯瓦。秋天，夜晚开始变得漫长，因为无法入眠，觉得钟鼓声特别缓慢。早晨的鸳鸯瓦上结满了寒霜，因为一人独睡，翡翠被子到天亮还是冷冰冰的。奇怪的是，这么多年的思念，杨贵妃却从来没有到过皇帝的梦里。

第四部分，讲一个道士通过法术找到了天上的杨贵妃。"上穷碧落下黄泉，两处茫茫皆不见。"碧落，就是道教里的天界；黄泉，就是道教里的阴曹地府。上天入地去寻找，却不见杨贵妃的踪影。"忽闻海上有仙山，山在虚无缥缈间。"听说海上有神仙住的山，若有若无，缥缥缈缈。"楼阁玲珑五云起，其中绰约多仙子。中有一人字太真，雪肤花貌参差是。"那里的楼阁华美精巧，在五种祥云之中，有很多美好轻盈的仙女，其中一个人叫太真，也就是杨贵妃。太真皮肤像雪一样洁白，容貌像花一样美丽。杨贵妃曾经住过道观，道名为太真。听说汉家皇帝的使者来了，太真就出来相见。然后描写了天上的杨贵妃如何悲伤，如何想念人间的皇帝。"惟将旧物表深情，钿合金钗寄将去。"只有把保留着的从前两个人定情的信物分出一半让道士带回去才能表达自己的深情。"但教心似金钿坚，天上人间会相见。"只要你的心像金钿一样坚定，那么总有一天，我们还会在天上或人间相会。

担心道士回到人间，皇帝不相信他在仙境见过自己，杨贵妃又把自己和皇帝的一个秘密告诉了道士，就是曾经于七月七日在长生殿，夜半时分，她和皇帝有一个约定："在天愿作比翼鸟，在地愿为连理枝。"假如在天上，他们愿意像比翼鸟那样，总是相随相伴，一起飞翔；假如在地下，他们愿意像连理枝那样相互缠绕，永不分离。

最后用了一句"天长地久有时尽，此恨绵绵无绝期"收束。天长地久也有终结的时候，但这样的遗憾永远没有尽头。

一路读下来，你可以发现白居易用了很简洁的语言，把一个复杂且真实的历史故事写得脉络清晰、跌宕起伏，感觉像是看了一篇小说。当然，这首诗如果仅仅是在叙事上出色，还不能算是伟大的叙事诗，还因为白居易写出了一种单纯而伟大的爱情，而且是一个悲剧。这在中国文学里显得十分耀眼。白居易写这首诗的时候，距离故事的发生已经过去了五十年。不论是唐玄宗在世的时候，还是后来，人们对杨贵妃的主流评价都比较负面，认为玄宗因为贪恋女色而耽误了国家大事。尤其杨贵妃曾是他的儿媳妇，他们两人的关系违背了中国传统的伦理道德。

白居易一开头写"汉皇重色思倾国，御宇多年求不得"，是带有批判性的。当中讲到杨贵妃因为受到宠爱而全家受益，讲到"从此君王不早朝"，明显还是带有批判性的，但写着写着，白居易开始被唐玄宗和杨贵妃之间的感情打动，最后这首诗纯粹变成了对一个男人和一个女人之间生死不渝的爱恋的描写。道德的因素、皇帝的角色，在叙述中越来越淡化、越来越简单，就是一个男人爱上了一个美丽的女人，为她的美所迷恋，完全为这个女人所掌控，甚至这个女人死了之后，好像也把这个男人的生活意义都带走了。白居易在书写的过程里，不自觉地为这种美所打动，为这种情感所打动。

这很像托尔斯泰写《安娜·卡列尼娜》。他开始想写一个出轨的女人，在道德上有所指责，但写着写着，托尔斯泰不知不觉被安娜这个人物所打动。他写出来的安娜，变得不太容易说得清，不是一个标签型的人物，而是一个有着复杂情感的人物，很难用单一的道德标准去评判。白居易笔下的唐玄宗和杨贵妃也是一样，写着写着，成了有血有肉的人物，人性丰富且复杂。文学常常告诉我们，世界不是你想得那么简单，文学也常常告诉我们，要以同情的眼光去看待世界上的人和事。即使一个皇帝，也无法拯救自己心爱的女人，这也算是人间悲剧。

第11首 元稹：曾经沧海难为水，除却巫山不是云

一旦我们经历过刻骨铭心的爱情，好像就很难再去爱别人。元稹（779—831）有一句诗写出了这种感受："曾经沧海难为水，除却巫山不是云。"这句诗出自他的组诗《离思》的第四首：

> 曾经沧海难为水，除却巫山不是云。
> 取次花丛懒回顾，半缘修道半缘君。

"曾经沧海难为水"，源于孟子的"观于海者难为水"（《孟子·尽心上》），一旦看过茫茫大海，就再也看不上江河的水了。"除却巫山不是云"，领略过巫山的云彩，就觉得别的地方的云不能算是云了。在中国古典文化里，有一个词叫"巫山云雨"，来自战国时期宋玉的《高唐赋》，写宋玉和楚襄王游览高唐，看到那里风景神奇，宋玉就讲了一个故事。原文是这样的：

> 昔者先王尝游高唐，怠而昼寝，梦见一妇人曰："妾，巫山之女也。为高唐之客。闻君游高唐，愿荐枕席。"王因幸之。去而辞曰："妾在巫山之阳，高丘之阻，旦为朝云，暮为行雨。朝朝暮暮，阳台之下。"旦朝视之，如言。故为立庙，号曰朝云。

01 情

这段大概的意思是：从前，有一个楚国的国君到高唐来游猎。有一天，他感到困倦了，白天就在那里睡着了。国君梦见一位妇人对他说："我是巫山的女神，在高唐游玩，听说您到高唐来游猎，我愿意为您铺好枕头和席子。"于是国君就和她共寝。临别时她对国君说："我在巫山的南面，高山的险要处，清晨是云，傍晚是雨，每天早晚，生活在高唐之下。"第二天早晨，国君起来一看，果然像她所说的那样，于是就为她建造庙宇，称其为"朝云"。

这一段话，本意是巫山的女神会变幻出云和雨，但可能因为写了君王与女神的艳遇，后来演变成了一个词语，叫"巫山云雨"，比喻男欢女爱，甚至成为中国文学中最有性暗示意味的词语。在元稹的诗里，在"曾经沧海难为水"之后，接一句"除却巫山不是云"，马上就有了男女情爱的意味。

"取次花丛懒回顾，半缘修道半缘君。"经过万花丛中时，我也懒得回头再看，一半是因为自己修道，一半是因为你。相比前两句，这两句显得比较平庸，甚至因为"半缘修道半缘君"这一句，削弱了"曾经沧海难为水，除却巫山不是云"的强烈感情。

元稹写这首诗是为了悼念他的妻子韦丛。唐代讲究门第，一般普通家庭出身的年轻人，通过科举进入官僚队伍后，要想进入上流社会，还得靠婚姻。元稹二十四岁时，在秘书省做校书郎，是比较初级的官僚。后元稹受到当时的高官太子少保韦夏卿的欣赏，遂娶了他的小女儿韦丛。但结婚七年后，韦丛就去世了。元稹写了好几首悼念韦丛的诗，"贫贱夫妻百事哀"这句诗，就出自其中一首，从中可以看出他们结婚以后，有一段时间生活很艰苦。但韦丛总是能够安慰照顾好元稹,所以元稹才会写出"曾经沧海难为水,除却巫山不是云"这样的句子。

但是,元稹在诗歌里表达的感情经常受到质疑。他一直给人一种"风流多情"的印象,他也常常被看作"始乱终弃"的原型。元稹写过一篇很有名的传奇[1]——《莺莺传》,写了一个叫张生的年轻人,在战乱中帮助一家远房亲戚,后喜欢上了这家亲戚的女儿崔莺莺,就通过一个叫红娘的丫鬟去引诱崔莺莺。崔莺莺开始严词拒绝,但同时又好像被张生的才华吸引,加上少女情窦初开,在拒绝之后不久,自己主动投怀送抱,两个人开始频繁幽会。过了不久,张生要去京城考试,就提出和崔莺莺分手。两人分别的时候,崔莺莺说:"始乱之,终弃之,固其宜矣。愚不敢恨。"大意为:开始的时候,是引诱,最后是抛弃,大概你也有自己的道理。我不敢有什么怨恨。这大概是"始乱终弃"这个词语最初的版本。

张生要分手的理由是,女人太漂亮了就是红颜祸水,不应该娶回家做妻子。他这样做居然还受到了朋友的称赞。后来,崔莺莺嫁了人,张生也结婚了,两人还互相写诗,但张生请求见面,被崔莺莺拒绝了。

元稹写的是别人的故事,但后来人们认定张生就是元稹自己,写的是他结婚之前的一段艳遇。在这段艳遇里,用今天的话来说,张生就是一个渣男。为什么要和崔莺莺分手?很多评论家认为,这不过是张生人品有问题,先玩弄崔莺莺的感情,后抛弃她。也有人认为在当时社会,崔莺莺家虽然富裕,但门第不高,

---

[1] 传奇是指情节离奇或人物行为不寻常的故事,是古代小说体裁之一。

所以张生客观上没有办法和她结婚。但不管怎么样，《莺莺传》是一个非常有意思的文本，讲了从前中国的一个书生和一个富人家的小姐谈了一段并不平等的恋爱。女主角和男主角的想法，在现代人看来会觉得荒谬，但不可否认，其中有细腻的浪漫和感伤，好像是无疾而终的一段感情。后来这个故事成了《西厢记》的蓝本。

传说元稹在结婚后，还有过几件风流韵事。最著名的是和成都名妓薛涛的恋爱，薛涛比元稹大了十几岁。在韦丛去世后第三年，元稹就纳了妾。不久小妾去世，他又娶了一个高官的女儿做妻子。元稹在悼亡诗里表现得深情款款，但在现实生活中好像是一个薄情的人，以至于陈寅恪先生认为，元稹出卖气节谋求官职还可以原谅，但玩弄感情，又把婚姻当作高攀的途径，是不可原谅的。

第12首 | 杜牧：春风十里扬州路，卷上珠帘总不如

杜牧（803—852）离开扬州的时候，和一个女孩子告别，写了《赠别二首》，表达自己的依依不舍之情。

其一

娉娉袅袅十三余，豆蔻梢头二月初。
春风十里扬州路，卷上珠帘总不如。

其二

多情却似总无情,唯觉樽前笑不成。
蜡烛有心还惜别,替人垂泪到天明。

  第一首第一句,"娉娉袅袅十三余",娉娉袅袅,形容女孩子的体态轻盈;十三余,十三岁多一点。古时候,不论是中国女性还是外国女性,十几岁就会结婚生小孩,但在现代人眼里,十几岁还未成年。接着一句,"豆蔻梢头二月初",豆蔻花有一个特点,是花开在叶子里,古人用她比喻少女,豆蔻年华,就是指少女时期。这两句诗连起来,是说这个少女就像二月初在枝头含苞待放的豆蔻花。第一句直接写了女孩子体态的美,第二句用豆蔻花来比喻女孩子的美。

  接着写扬州,"春风十里扬州路,卷上珠帘总不如",既写了扬州春天的气氛,又写出了扬州的繁华。唐代的扬州,非常热闹。这两句意为:扬州十里长街,满街的歌舞楼台,临街的帘子后面有许多妙龄女子,但一个都不如你。

  这是第一首,赞美这个女子的美,表达的是诗人依依不舍之情。第二首,讲了诗人微妙的情绪,离别的时候,越是多情,就越显得无情,说什么都无法表达自己的难过之情。"多情却似总无情,唯觉樽前笑不成。"在宴席上,诗人想要装出笑脸却笑不出来。接着说:"蜡烛有心还惜别,替人垂泪到天明。"古代没有电灯,晚宴点蜡烛照明。蜡烛有心,这里用了谐音,将蜡烛的"芯"和心灵的"心"故意混淆,觉得蜡烛也很有心,为我们的分别伤心,替我们流泪到天亮。燃烧的蜡烛,在诗人看来,是为离别的人流泪。

第一首,以女子的美貌写自己的惜别心情;第二首,直接写了自己在离别时的感受。较为有名的是第一首,没有一个字、一个词写到离别,只是写了女子的体态及豆蔻花,扬州城里美女如云,但在诗人的眼里还是只有她最美。

古典诗词赞美女子,有时候直接描写她的容貌神态,比如《诗经》里的"巧笑倩兮,美目盼兮"。有时候不仅写女子体态的美,还会运用比较的手段,突出她独特的美,比如,白居易写杨贵妃"回眸一笑百媚生,六宫粉黛无颜色"。有时候还会通过别人的反应来写一个女子的美,比如,李延年的"北方有佳人,绝世而独立。一顾倾人城,再顾倾人国。宁不知倾城与倾国?佳人难再得"。这个美女美到什么程度呢?她只要看守城的将士一眼,这些将士就会神魂颠倒,连守城的责任都忘了。如果这个美女看一眼一个国家的君王,这个君王就算亡国也要去追随她。

相比之下,杜牧写的诗有什么特点呢?在于他和被赞美的那个女孩子之间有一种情愫。也可以说,他们是情人关系。而且因为要离别,所以觉得她格外美。杜牧的赞美,是他情感的投射,所以,他的赞美里没有一点夸张,但你能感受到一种曲折的情意。当然,这种情意并不深刻,只是一种萍水相逢的"爱",甚至有逢场作戏的因素。现代诗人徐志摩去日本旅行,临走时和一个日本女郎告别,写下一组《沙扬娜拉》,其中最有名的一首:

> 最是那一低头的温柔,
> 像一朵水莲花不胜凉风的娇羞,
> 道一声珍重,道一声珍重,

> 那一声珍重里有蜜甜的忧愁——
> 沙扬娜拉！

这是一种很轻盈的旅途中的爱，彼此对于未来并没有期待，只有那一段短暂时光里的心动，分别时有淡淡的留恋。杜牧告别的那个扬州女孩子，是一名歌妓。实际上，杜牧自己坦白："十年一觉扬州梦，赢得青楼薄幸名。"他的情，用在了青楼女子身上。杜牧的风流、不羁，特别能印证朱光潜先生的一个看法：中国诗人往往只求在恋爱中消遣人生。在恋爱中消遣人生，虽然有美的感动，却也有浮浪之气。

第13首 | 李商隐：锦瑟无端五十弦，一弦一柱思华年

李商隐（813—858）年轻时，有一次登上城楼，写了一首短诗："花明柳暗绕天愁，上尽重城更上楼。欲问孤鸿向何处，不知身世自悠悠。"陆游在"柳暗花明"之后，看到"又一村"。李商隐在"柳暗花明"之后，看到的却是"绕天愁"，漫天都是"愁"。

李商隐一辈子都在寻求一个依靠，但好像都不长久。他出身于寒门，少年时父亲就去世了。十八九岁时他得到令狐楚的赏识，后来娶了节度使王茂元的女儿，好像有所依靠，但不幸的是，他陷入了那个年代的政治旋涡，左右为难。当然，更令他为

难的好像是一段感情，一段无法说出却又无法忘怀的感情。他有一首《无题》：

> 相见时难别亦难，东风无力百花残。
> 春蚕到死丝方尽，蜡炬成灰泪始干。
> 晓镜但愁云鬓改，夜吟应觉月光寒。
> 蓬山此去无多路，青鸟殷勤为探看。

"相见时难别亦难"，见面很难，离别的时候更是难舍难分。为什么见一次面很难呢？诗人没有说，总之是很难。因为见面难，分别时就更难，因为一旦分别，可能就永远见不到，很无奈。怎样去强化这种无奈呢？李商隐用了一句"东风无力百花残"，百花凋残，东风也无可奈何。人生很难，见一次面很难，分别时更是难舍难分，在艰难的人生中，时光流逝，诗人的青春年华不知不觉就消失了。

虽然明明知道等不到消息，也不会开花结果，但是，就像春蚕，一直到死才能停止吐丝。我小时候在浙江，那时候的农村，春天时家家养蚕，你会看到很多竹匾里有无数条白色的蚕宝宝，以一种缠绵的姿势，绵绵不断地吐丝，然后就死亡了，留下的是一个个蚕茧，最后做成美丽的丝绸。那时候的农村，经常没有电，所以点蜡烛照明。燃烧的蜡烛不停地熔化，像是在流泪，直到变成灰才不再流泪。"春蚕到死丝方尽，蜡炬成灰泪始干"描述了一种绝望的痴情和坚持，把自己完全奉献了出去。

"晓镜但愁云鬓改，夜吟应觉月光寒。"早晨起来，对着镜子忧愁着容貌的改变。夜晚吟诗的时候，感觉到了月光的寒冷。

你所在的地方离我并不远,但我无法去到那里,只能请青鸟带着深厚的情意去探望你。"蓬山此去无多路,青鸟殷勤为探看。"蓬山是传说中的仙境,青鸟也是神话里的鸟。这最后的愿望也显得虚无缥缈。

无望的悲哀,难以说清的愁绪,缠绵悱恻的情意,朦胧的意象,让人浮想联翩,好像隐藏着一个什么故事。我们既能够感受到人物的表情及浮现在人物周围的气氛,也能感受到故事的开端和结局,但所有的细节都很模糊。这是李商隐的《无题》诗给人的印象。最能代表这种风格的,还有他的那首《锦瑟》:

> 锦瑟无端五十弦,一弦一柱思华年。
> 庄生晓梦迷蝴蝶,望帝春心托杜鹃。
> 沧海月明珠有泪,蓝田日暖玉生烟。
> 此情可待成追忆,只是当时已惘然。

瑟是一种乐器,很早就有了,《关雎》里有一句"琴瑟友之",使得这个"瑟"好像和男女之情有关。锦瑟,就是装饰很华丽的瑟,据传说早期的瑟有五十根弦;无端,就是没有什么理由,没有什么端倪,人生有很多无端,无端端就相爱了,无端端就分手了。锦瑟无端端就有五十根弦。写瑟这种乐器,原本可以只写它有五十根弦,但用了"无端"这个词,这把瑟就有了人的情绪,就有了温度。紧接着一句,"一弦一柱思华年"。柱,就是架着弦的小的木头柱子,也叫"码子";华年,青春美好的年华。这把琴瑟上的每一根弦、每一根小木头柱子,都在思念着曾经有过的一段青春年华。这些一下子就让这把乐器有了故事。读的人马上明白,诗人写的不是乐器,而是藏在乐器背后的人和事。

是什么样的人和事呢?诗人没有直接回答,而是用了四个意象让读者去想象。前两个意象带有典故,后两个意象是自然现象。

我们看第一个,"庄生晓梦迷蝴蝶"。《庄子》里说庄子有一天做梦梦见自己变成了蝴蝶,潇洒自在,不一会儿醒过来,有点困惑,不知道是庄子梦见了蝴蝶,还是蝴蝶梦见了庄子。李商隐的这一句诗,讲庄子早上醒来,对蝴蝶感到迷惑。这个"迷"字,含义丰富,可理解为迷惑、迷恋、迷失等,陷于某种状态,分不清真假。

再看第二个,"望帝春心托杜鹃"。古代蜀国有一个国王叫杜宇,死后化作杜鹃,把对人民的爱寄托在杜鹃鸟的啼叫声里。这一句的重点是"托",寄托,托付,诗人无法直接表达某些情感,只能通过什么去寄托。"庄生"与"望帝"相对,都是人物;"晓梦"与"春心"相对,晓是早晨,春天是季节,时间相对,梦和心相对;"蝴蝶"和"杜鹃"相对,前者是昆虫,后者是鸟类,构成了谜一样的关联。

再看第三个,"沧海月明珠有泪"。月光照耀着大海,一种软体动物蚌会张开它的贝壳,让里面的珍珠得到月光的滋养。另外,传说南海里有一种神秘的生物叫鲛人,他们的眼泪会变成珍珠。茫茫大海上,在月光清辉的照耀下,美丽的珍珠上满是眼泪。

再看第四个,"蓝田日暖玉生烟"。"蓝田"是一座山,和前面的"沧海"相对,蓝田山因玉而闻名。阳光照耀的时候,玉会冒出烟。"沧海月明珠有泪,蓝田日暖玉生烟。""沧海"和

"蓝田"相对,"月"和"日"相对,"珠"和"玉"相对,"有泪"和"生烟"相对。

从"庄生晓梦迷蝴蝶"到"蓝田日暖玉生烟",这两句诗,即使我们不知道有什么典故,也能在对应的汉语里感受到谜一样的关联,也能体会到其中的珍贵、感伤、无奈、无望,感受到其中的缱绻留恋。

最后一联明白地说出了这是一段情:"此情可待成追忆,只是当时已惘然。"这一段情,哪是现在才成为回忆,当时就已经很迷惘了。最后一联也和第一联"锦瑟无端五十弦,一弦一柱思华年"相呼应。"此情"和"华年"是这首诗抒写的重点,为什么"一弦一柱思华年",因为青春年华里藏着一段情。但这一段情到底是什么,诗里并未完全说明,只是用了一系列的意象,这些意象构成了某种联系,从中我们可以感受到某种情愫。

有些学者花了不少时间考证李商隐写的情到底是和谁之间的情,有什么样的故事。比较常见的说法,一是说他年轻时去学过道,和一个女道士宋华阳有过一段恋情;二是说他写的这种隐晦的情,其实不是男女之情,而是曲折地向他的恩人令狐楚的儿子令狐绹表达自己的忠诚;三是说他曾经和宫廷里的某个嫔妃有过恋爱。我觉得对我们普通的诗歌欣赏者而言,比起考证这些具体的事情,更重要的是李商隐这些诗句打动了我们。虽然诗句写得很朦胧,我们并不清楚诗人在讲什么,但每一句诗、每一个意象,都击中了我们的内心。谁的内心没有一段隐藏的爱呢?越是隐藏的爱,越是深情,越是心中挥之不去的一种痛。但恰恰这种痛楚的爱,让我们觉得惨痛的生活,仍然因那种无法言说的爱和痛而值得留恋。

第14首 柳永：衣带渐宽终不悔，为伊消得人憔悴

柳永（约987—约1053）生活在北宋，当时的文坛觉得他写的词很俗气，用现在的话来说，他在主流文化人眼里就是一个流行歌曲写手。后来，柳永的名字总是和青楼、妓院联系在一起。我们现在的人总以为北宋的青楼、妓院，就是现在的色情场所。这个不能说错，但也不能说对，以前的娼妓和现在我们说的娼妓还是不太一样的。娼，原来是倡导的"倡"，指的是会唱歌跳舞的女子；妓，原来也是指会歌舞的女子。古时候的娼妓，指以演奏、歌舞为生的艺人。

北宋时的歌妓有三种类型：一是官妓，服务于政府官员。二是家妓，就是专门在自己家里养的歌舞演员，这些演员有时候会成为主人的妾。三是市井妓。北宋以前，中国的城市有严格的管理，比如晚上就不给入城了，很多地方还划定了界线，具有更多军事和政治的意义。但到了北宋，取消了宵禁，也没有了划定的界线，城市具有了商业和娱乐功能。《东京梦华录》中说："新声巧笑于柳陌花衢，按管调弦于茶坊酒肆。"可以想象当时这些娱乐场所灯红酒绿的生活。

柳永一生混迹于"柳陌花衢"，为那些歌妓、乐工填词。他的好朋友也都是歌妓、乐工。他去世的时候，没有显赫的名声，也没有家庭财产，传说是他那些做歌妓、做乐工的朋友出钱把他安葬了。柳永年轻的时候，参加过几次科举考试，但是都没考上。有一次，他落榜后写了一首词《鹤冲天·黄金榜上》：

> 黄金榜上，偶失龙头望。明代暂遗贤，如何向？未遂风云便，争不恣狂荡？何须论得丧？才子词人，自是白衣卿相。
>
> 烟花巷陌，依约丹青屏障。幸有意中人，堪寻访。且恁偎红倚翠，风流事，平生畅。青春都一饷。忍把浮名，换了浅斟低唱。

面对科举失败，柳永的态度放在中国历史上来看很特别。一般人考不上会感到沮丧，然后准备下一次再考，如果要公开写诗，会说下一次再努力之类的。但柳永表现出一种很反叛的想法。即使到了清朝，还有人评论这首词很荒唐。为什么主流的中国士大夫会觉得这首词荒唐呢？因为柳永说了一个颠覆性的价值观：考不上就算了，干脆我就放飞自我，活得自由一些，活得张狂一些，哪怕去做一个填词的才子，也是白衣卿相。白衣是无功名官职的普通人，卿和相是古代的两大高官。在柳永看来，做一个有才华的流行歌曲的填词人，并不比做卿和相差到哪里去。

这还不算完，他还进一步描述他想要的生活，到烟花巷陌，就是风月场所，去寻访情投意合的人，就这样偎红倚翠。"风流事，平生畅。"风流，原来在汉语里的意思是指风在流动，后来指风俗，就是某些文化传统和习俗；魏晋时期，风流用来形容、称赞有些人物的体态与神态洒脱；北宋开始，风流也指放浪不羁、浪漫多情。"风流事，平生畅。"一生就这样谈情说爱、放浪不羁，也很畅快。"忍把浮名，换了浅斟低唱。"反正人生短暂，青春尤其短暂，只是一会儿的工夫，我又何必去苦苦追求虚浮的功名，还不如和女孩子一起喝酒唱歌，更有生命的活力和喜悦。

中国的士大夫遇到科举失意或政治上失意，会退隐，会修身养性。柳永却跑到了"娱乐圈"去浅酌低唱，挥霍生命、享受生命去了。因此，柳永写爱情，写女孩子，确实像叶嘉莹先生所说：柳永所写的是真实的、活生生的女性感情，用的是很通俗的语言，有时候甚至写得很大胆、很露骨。但再大胆、再露骨，柳永仍然是婉约词派的代表人物之一。

　　他的《蝶恋花·伫倚危楼风细细》，表达了一种无怨无悔的爱，与前代的诗人相比，柳永的语气还是要委婉得多。韦庄有一首《思帝乡·春日游》："春日游，杏花吹满头。陌上谁家年少，足风流？妾拟将身嫁与，一生休。纵被无情弃，不能羞。"该词讲述了一个女孩子春游的时候，春心萌动，说假如路上有一个青春少年风流倜傥，我就愿意嫁给他，一生就这样过了，即使后来被他抛弃，我也一点都不后悔。这个表达有民歌的味道，大胆泼辣。柳永是怎样表现的呢？

> 伫倚危楼风细细。望极春愁，黯黯生天际。草色烟光残照里，无言谁会凭阑意。
> 拟把疏狂图一醉。对酒当歌，强乐还无味。衣带渐宽终不悔，为伊消得人憔悴。

　　这首词写的是一个人在思念另一个人。这个人是谁？不知道，因为柳永没有说。那么，被思念的另一个人是谁？也不知道，因为柳永也没有说。这是汉语的一个特点，可以省略主语和宾语。"伫倚危楼风细细"，伫，长时间地站在那里。是谁孤独地倚靠在高楼上呢？没有任何文字点名，但是我们从这个画面中可以想象这个人是谁。危楼,不是我们现在理解的快要倒塌的楼,而是高楼。有一个人站在高楼上,向远处凝望,轻轻的风吹着他。

"望极春愁,黯黯生天际。"望到了什么呢?春愁,春天里的忧愁。为什么春天里会有忧愁呢?春天不是百花盛开、鸟语花香的季节吗?我们回忆一下王昌龄那一句"忽见陌头杨柳色,悔教夫婿觅封侯",再品味一下刚才讲到的韦庄的"春日游,杏花吹满头",最后再体会一下柳永为什么会说"望极春愁"。春天本来应该是谈情说爱的季节,现在他却孤身一人。那种沮丧的情绪弥漫到了天边。"草色烟光残照里,无言谁会凭阑意。"夕阳斜照,草色朦胧,我默默地倚着栏杆,望着远处,谁能理解我的心情呢?

"拟把疏狂图一醉。对酒当歌,强乐还无味。"打算狂放一下,一醉方休,但在对酒当歌中,却觉得这种快乐很勉强,兴味索然。到这里为止,讲的都是某一个人想念另一个人的状态,因为这种想念,让自己坐立不安,独自望着远方,感到的是忧愁;对酒当歌,感到的是无趣。因为生活中缺少了那个人,也就缺少了所有的乐趣、意义。而那个人好像离得很遥远,连她或他在哪儿都不知道。我们从文字表现的意象里能感受到这种想念、这种爱是无望的,在漫长的岁月里是难以等到的。

柳永大概猜出了读者的感受,接着一句就是回答:"衣带渐宽终不悔,为伊消得人憔悴。"就算因为想念而越来越消瘦,我也一点都不后悔,为了她或他,就算是憔悴,也是值得的。"为伊消得人憔悴",这个"伊",在古代汉语里,可以指你、我、他(她)。

"衣带渐宽终不悔,为伊消得人憔悴"表现了一种无悔的爱，也可以引申为对某一种事业的全然奉献。王国维在《人间词话》里说，"古今之成大事业、大学问者，罔不经过三种之境界"，其中第二种境界就是"衣带渐宽终不悔，为伊消得人憔悴"。我们活在这个世界上，总要有所爱，而爱，就是无怨无悔地全然奉献，全然投入。

第15首 | 苏轼：十年生死两茫茫，不思量，自难忘

苏轼（1037—1101）十九岁那一年，娶了十六岁的王弗为妻；苏轼三十岁那一年，二十七岁的王弗去世了。他们一起生活了十余年，苏轼对于王弗，可以说是一往情深，仅仅这首《江城子·乙卯正月二十日夜记梦》就可以证明。这首词大家都很熟悉，也是公认的中国最好的悼亡诗词，写出了最真挚的夫妻之情。

> 十年生死两茫茫，不思量，自难忘。千里孤坟，无处话凄凉。纵使相逢应不识，尘满面，鬓如霜。
> 夜来幽梦忽还乡，小轩窗，正梳妆。相顾无言，惟有泪千行。料得年年肠断处，明月夜，短松冈。

"十年生死两茫茫，不思量，自难忘。"开头就写了生和死，都令人感到很茫然。你去世十年了，不知道去了哪里，我还

在这个世界上忙碌,不知道是为了什么。就算不去想你,也还是不能忘却。你已经完全融入了我的心底,不需要去想,你一直在我的心里。这是多么深厚的感情!

"千里孤坟,无处话凄凉。"王弗的坟墓在四川眉州,自从把王弗和父亲苏洵的灵柩送回眉州后,苏轼再也没有回过故乡。所以,两人相隔千里,没有办法在一起诉说心中的凄凉。"纵使相逢应不识,尘满面,鬓如霜。"就算再见面,你也可能认不出我了。一般人认为人死去之后,就不再生长了。王弗二十七岁去世,就停留在二十七岁,而苏轼又老了十岁。十年来,苏轼为生活奔波,风尘满面,也有微微的白发了。

一开始说的是自己的思念,然后视角上发生了变化,好像变成了王弗的视角。"千里孤坟,无处话凄凉。纵使相逢应不识,尘满面,鬓如霜。"从王弗的角度,写了王弗在眉州的孤独凄凉,又从王弗的视角写出了自己这几年的奔波劳碌,脸上满是岁月的风霜。这是这首词的绝妙之处,一方面是苏轼单向的怀念,另一方面又仿佛是两个人在互动。

"夜来幽梦忽还乡,小轩窗,正梳妆。"这才讲到了正题,做了一个回到故乡的梦。晚上做了一个幽深的梦,回到了故乡。看到你正在小窗前梳妆。"相顾无言,惟有泪千行。"我们相互望着,默默无言,眼里满是泪水。"料得年年肠断处,明月夜,短松冈。"我想,你每年悲伤断肠的地方,就是明月照耀的长着松树的小山冈上。

这首词,是对已经去世的妻子的怀念,写出了死亡带来的生离死别以及聚散无常,但是,因着记忆里的深情,有一种温暖渗透进这个虚无冰冷的世界。前面我们讲过杜甫的《月夜》,展现了诗人在日常生活里因为战乱离别而对妻子的想念。两者写的都是夫妻之情,都写出了夫妻之情的真挚,也写出了在这动荡不安的人世间,夫妻之情对人来说是温暖的安慰。说到这里,我想起苏轼《陌上花三首》里的一首,其中的典故饱含着从前中国夫妻之间的一种深情,而这种深情隐藏在日常生活中的细节里。是什么典故呢?让我们一起读一下这首诗:

> 陌上花开蝴蝶飞,江山犹是昔人非。
> 遗民几度垂垂老,游女长歌缓缓归。

苏轼在杭州的时候,有一次在城外的山里游玩,听到几个女孩在唱一首歌,名叫《陌上花》。苏轼听的时候特别有感触,一口气写了三首诗,这是第一首。

这首诗的意思很简单,意思是已经改朝换代了,世界都已经变了,但是没有改变的是今天的女孩子还在传唱那首"陌上花开缓缓归"。这里面有一个典故,这个典故来自五代十国时期。当时有一个小国家叫吴越国,吴越国的国王钱镠很爱他的一个妃子。那位妃子在寒食节的时候回娘家走亲戚,去了几天没回来,钱镠很想念她,于是就写了一封信,本意应该是希望她早点回来,但他那封信的内容非常简单,只写了一句话:"陌上花开,可缓缓归矣。"翻译成我们现在的大白话的意思是:田野间小路边,花已经开放了,你可以慢慢地回来。这么一句朴素的话,被很多中国人认为是最美的一句情话,也是表达想念和爱意最深情的一句话。这确实是一句发自内心而又朴素得不能再朴素的话,却隐含了很体贴的关心。他说我非常想念你,非常希望你早点回来，但是呢，你不用着急，你慢慢回来。这句话虽然简单，但是意境非常美。其中用了一个意象——"陌上花开"，路边的花开了；又用了一个日常化的语气词——"缓缓"，就是慢慢的意思。这两个词加在一起就非常美，非常打动人心。

苏轼的这首诗，我们其实可以更深层地去理解他要表达的意思：这个世界变来变去，但是不管怎么变，人的深情是不会变的。无论这个世界多么残酷，只要我们有深情，就可以留下很多美好的东西。

第16首 | 秦观：两情若是久长时，又岂在朝朝暮暮

古典诗词里，写男女之情，常常会运用两个意象，一个是"巫山云雨"，另一个是"牵牛织女"。巫山云雨，来源于宋玉的《高唐赋》，写的是楚王和巫山女神的一次邂逅。这个意象里隐含着对女性身体的渴望，同时把女性身体想象成变幻莫测的自然景象：云和雨，它具有很强的性暗示。而牵牛织女演绎出来的七夕，成为一个节日，更是隐藏着中国人对于"男耕女织"生活的向往。而文人写七夕，基本上没有跳出《古诗十九首》里"迢迢牵牛星，皎皎河汉女"这一首的腔调，重点写爱的阻隔，两个相爱的人每年只能见一次，是一件很悲哀的事。

比较特别的是杜牧的《秋夕》："银烛秋光冷画屏，轻罗小扇扑流萤。天阶夜色凉如水，卧看牵牛织女星。"该诗写的不是七

夕，而是秋天的夜晚，一个寂寞的宫女拿着扇子打发无聊时光，看到了天上的牵牛星与织女星。轻描淡写之间，写出了一种人生的冷，也赋予了牵牛星与织女星和以前不太一样的那种寂寞。

秦观（1049—1100）的《鹊桥仙·纤云弄巧》一出来，让以前所有写七夕的诗词黯然失色，也成了后来写七夕难以超越的巅峰。那么，秦观是怎么写的呢？

纤云弄巧，飞星传恨，银汉迢迢暗度。金风玉露一相逢，便胜却人间无数。

柔情似水，佳期如梦，忍顾鹊桥归路。两情若是久长时，又岂在朝朝暮暮。

这首词一上来就是一幅简洁却张力无限的画面：轻盈的云彩变幻出各种形状，牵牛星和织女星在飞转中传递着相思的愁怨，今晚悄悄越过无垠的银河。开头只用了十四个汉字，就把七夕的情景，以及牛郎与织女的故事，呈现了出来。接着一句："金风玉露一相逢，便胜却人间无数。"金风玉露，是七夕那天的自然现象，秋风白露，讲的是牛郎、织女在秋风白露的七夕终于相逢了，"便胜却人间无数"。胜过人间无数什么呢？词中没有明说，但我们可以想象。这一句显示了秦观对于牛郎与织女的故事，观察点和一般人完全不同。一般人都深表同情，觉得牛郎和织女一年之中都是相互望着，却不能见面，只有在七夕那一天才能相会，是多么悲哀；秦观却说，他们见面的那一刻，便胜却人间无数。这好像是说，人间的夫妻虽然天天见面，虽然厮守了一辈子，却比不上牛郎与织女相会的那一刻；也好像是在说，片刻相会的喜悦，超过了人间无数的喜悦。这一下子就和以前写七夕的诗拉开了距离，从同情转为羡慕。

他们相会的片刻，柔情似水，佳期如梦。银河本来有水的意思，所以说柔情似水，很自然，像水一样流淌、缠绵，而美好的时刻就好像做了一场梦。"忍顾鹊桥归路。"分别的时候哪里忍心再回头看看鹊桥呢？按照以前的套路，这样的见面和离别当然悲伤，但秦观说了一句震撼人心的话："两情若是久长时，又岂在朝朝暮暮。"两个人长久地相爱，彼此牵挂，又哪里在乎非要每时每刻都在一起呢？

这首词按照前后联系可分为两个部分理解。第一部分是"纤云弄巧，飞星传恨，银汉迢迢暗度"和"柔情似水，佳期如梦，忍顾鹊桥归路"。这一部分前后对应了两个有时间延续性的场景，一开始从星空里两颗星星的转动，到具体见面，再到见面之后的分手。第二部分是"金风玉露一相逢，便胜却人间无数"和"两情若是久长时，又岂在朝朝暮暮"。前面讲短暂的相逢，胜过人间无数；后面讲了原因，重要的是真正相爱，不在于两个人厮守的时间有多长。

对于爱，秦观带来了新的理解。我们一般人看见一对老人，就感叹赞美：白头到老，天长地久。但秦观提醒我们，白头到老，只是一个外在的姿态，如果是苟且着，假装相爱，假装白头到老，很容易，很多人就这样苟且着白头到老了；难的是不假装、不苟且，真正地相爱。如果你们真正相爱，那么，片刻的相见，也胜过你一辈子的将就、假装。因此，秦观对于牛郎、织女的相见难，觉得没有什么可悲哀的，更没有必要去表示同情。为什么呢？因为人世间到处可见无爱的长久厮守，但关键的问题是你是否真正爱过。

第17首 | 李清照：一种相思，两处闲愁

中国古典诗词里，写夫妻之情，写男女之情，绝大多数由男性文人书写，即使是女性的情感，也是由男性文人代入其中加以抒发。女词人李清照（1084—约1151）的出现，在中国文学史上留下了不可磨灭的印记。

李清照的《一剪梅·红藕香残玉簟秋》，是思念丈夫的一首很有名的词：

> 红藕香残玉簟秋。轻解罗裳，独上兰舟。云中谁寄锦书来？雁字回时，月满西楼。
> 花自飘零水自流。一种相思，两处闲愁。此情无计可消除，才下眉头，却上心头。

第一句"红藕香残玉簟秋"，把秋天的感受具象化了。红藕香残，是户外的景色，荷花已经凋谢了，但空气里还有残留的花香。玉簟，像玉石一样光滑的竹席，这是室内的场景，一张竹床。睡在竹床上感到有凉意，所以叫"玉簟秋"。这是古代汉语奇妙的地方，字和字的并置就可以表达出一种丰富的意境。"红""藕""香""残""玉""簟""秋"，七个独立的字，不需要什么语法规则，就那么简单地排列，组成两个简单的事物，一个是户外的荷花，另一个是室内的竹席，你就可以感受到它们烘托出的秋天的气氛。

这样一种秋天的气氛带来一种感触，好像非要出去，才能抒发这种感触。"轻解罗裳，独上兰舟。"这个"解"，不是解开，而是提起，轻轻提起罗裳，一个人登上了小船。罗裳，就是罗裙，一种丝绸裙子。兰舟，是船的美称。"云中谁寄锦书来？"古时候，用大雁传递书信，所以，看到白云，就想到大雁飞过天空，是谁在寄书信呢？"雁字回时，月满西楼。"在飞翔的大雁排成"人"字形往南归的时候，月光照满了西楼。"月满西楼"和前面第一句"红藕香残玉簟秋"相呼应，都是对时间的微妙感受：一个是季节的，从夏天到秋天；另一个是一天的，从天亮的时候到黄昏时月亮出来。

上阕写自己泛舟河上，很简单的画面，却让我们感受到了季节的变化、一天的变化，尤其是感受到了这个孤独的女子，在等待着远方的消息。下阕进一步描述了这种等待的情绪。"花自飘零水自流。"花落了下来，落到水里，水自己在漂流，好像谁也留不住它们，有点无奈。"一种相思，两处闲愁。"闲愁，无端端的忧愁。直接说出了这首词的主题，是自己在相思，同时，思念的那个人也在思念自己，所以叫"一种相思，两处闲愁"。一种相思，引发两个人在两个地方无端端地忧愁。这也是对上阕的一种解释，为什么要一个人在船上从白天待到黄昏？因为思念，不知道如何是好，无端端地，就是发愁。

"此情无计可消除，才下眉头，却上心头。"这样的相思，是一种完全没有办法消除的情感，刚刚眉头舒展了一些，想开了一点，但马上心中又涌动起愁绪。

这首词写思念，思念的对象是李清照的丈夫赵明诚，是一首妻子思念丈夫的词。在中国古典诗词里，男性文人占了绝对话语权,我们读到的基本上是丈夫对妻子的思念,即使是妻子对于丈夫的思念,也多是由男性文人代入其中加以抒发。杜甫的《月夜》,描写了一个丈夫对妻子的想念,可以对比一下李清照这首词,看看一个妻子对丈夫的思念和丈夫对妻子的思念有什么不一样。杜甫诗里想象了自己妻子如何牵挂自己的情景,但杜甫无论如何也想不出女性那种"才下眉头,却上心头"的细腻委婉。

晏殊有一首《蝶恋花·槛菊愁烟兰泣露》,和李清照的《一剪梅·红藕香残玉簟秋》有些相似,二者可以作一番比较:

槛菊愁烟兰泣露,罗幕轻寒,燕子双飞去。明月不谙离恨苦,斜光到晓穿朱户。

昨夜西风凋碧树,独上高楼,望尽天涯路。欲寄彩笺兼尺素,山长水阔知何处?

这首词写的也是秋天的景色,也是怀念远方的人。上阕写了菊花、兰花、罗幕、燕子、明月、月光,赋予这些自然事物以人的情绪。栏杆外的菊花笼罩在忧愁的雾霭里,兰花上的露珠好像在哭泣,而房子里丝织的帷幕有一点寒意,燕子成双成对地飞走。明月不明白离别的痛苦,到天亮时分还有淡淡的月光穿过房子里的门户之间。写了户外的景色,以及房子里的情景。主角没有出现,隐藏在后面,但我们可以想象出他或她的感受。

下阕写了昨天晚上西风狂吹,树木凋零,而这个人独自登上高楼,"望尽天涯路",描写了一个极目远眺的形象。想要写信给那个人,却不知道那个人在哪里。

上阕写的是背景,是气氛,而下阕写的是具体人的具体行为。

合起来，无非是一个人在夜晚无法入眠，登上高楼，眺望远方，想要给自己思念的人写信，却不知道寄向哪里。晏殊的词和李清照的词，都有一个关键动作：晏殊是"独上高楼"，李清照是"独上兰舟"。一个是登上高楼，一个是登上小船；一个是想寄信却不知道寄到哪里去，一个是不知道什么时候会收到书信；由此引发的情感，一个是"明月不谙离恨苦，斜光到晓穿朱户""山长水阔知何处"，一个是"一种相思，两处闲愁""才下眉头，却上心头"。

李清照的这首《一剪梅》，写出了相思是一种等待，等待时间的流逝，等待无处排遣的愁绪，而晏殊的《蝶恋花》写出了相思是一种远望，是一种向着远方的追寻。两首词不仅含义有所不同，而且在具体写法上也可以看出男女两性的差别。晏殊不太可能写出"轻解罗裳"的妩媚，也不可能写出"雁字回时，月满西楼"的细腻，更不可能写出"才下眉头，却上心头"的婉转微妙。当然，李清照也不太可能写出"望尽天涯路"和"山长水阔知何处"这样一种粗犷的情感。

第18首　陆游：山盟虽在，锦书难托

陆游（1125—1210）一生据说创作了九千多首诗。他的爱情故事，也是古代典型的爱情悲剧——相爱的两个人遭遇家族的反对而无法在一起。这是古代中国和古代欧洲文学作品里都反复出现的一个主题。但陆游的悲剧并非虚构，而是他的亲身遭遇，这

使得他在中国古代文人里显得很突出。因为中国古代文人,比如李商隐,虽然写了不少脍炙人口的爱情诗,但他们本身的爱情婚姻在史料中是模糊的,不论是他们所爱的妻子还是情人,往往连名字都没有流传下来;陆游是特别的一个,他的爱情不仅有清晰的故事,而且流传了下来,成为各种戏剧的题材。

  陆游年轻时娶了唐琬为妻,两人情投意合。过了三年,陆游的母亲觉得小两口太恩爱了,会导致陆游沉溺于温柔乡,缺乏进取心,就逼着他们两个人离婚。以今天的眼光重新观察,陆游的母亲为什么不喜欢唐琬,也许不是简单地希望儿子要在功名上有所作为,应该还有一些更细微的心理原因。这里不打算展开,总之母亲扮演了一个障碍,一个悲剧发生的起因。离婚后,唐琬和陆游各自再婚,有了各自的家庭。

  大约七年后的一个春天,陆游经过绍兴城里的沈园,偶遇了正和丈夫一起春游的唐琬。唐琬的丈夫也是名门之后,和陆游大概也相识。三个人当时寒暄了一番,也可能唐琬夫妇邀请陆游小坐了一会儿。这些细节无从考证,目前留下的只是一首词,据说是唐琬夫妇离开沈园后,陆游在墙上所题,叫《钗头凤·红酥手》:

> 红酥手,黄縢酒,满城春色宫墙柳。东风恶,欢情薄。一怀愁绪,几年离索。错、错、错。
> 春如旧,人空瘦,泪痕红浥鲛绡透。桃花落,闲池阁。山盟虽在,锦书难托。莫、莫、莫!

  "红酥手,黄縢酒,满城春色宫墙柳。"红酥手,形容手很红润,这双红润的手肯定是唐琬的手;黄縢酒,宋代的官酒,用黄纸封起来,所以,以黄封代指美酒;满城春色宫墙柳,城里面全是春天的颜色,宫廷的墙边,是绿色的柳树。绍兴在南宋时候是陪都,所以,城里有宫廷。开头几句勾勒出这么一幅画面:春天,在宫廷墙外,杨柳依依,唐琬一双红润的手捧着美酒。这个画面是陆游回忆当年他和唐琬还是夫妻时候的生活。

"东风恶,欢情薄。"春天的东风本来是温暖的,但这里用了"恶"来形容,气氛急转直下。前面还是红酥手,在春色里殷勤劝酒,突然一阵东风,打乱了原有的生活。欢情薄,欢喜的情缘多么不堪一击,被风吹散。"一怀愁绪,几年离索。"满怀的忧愁,几年来离群索居,很孤独。"错、错、错。"三个"错"字,显得十分沉痛。到底是谁错了?是他母亲,还是自己的软弱,抑或是命运?好像都是,又好像都不是,但总之,是错了。

"春如旧,人空瘦,泪痕红浥鲛绡透。"春如旧,回到了眼前,春天还是像从前一样;人空瘦,人却陡然消瘦;鲛绡,鲛,传说中一种长着鱼尾巴的人,可以在海里生活,他们的眼泪会变成珍珠,而且他们还善于纺织,织成的丝织品,就叫绡。鲛绡,此处指鲛人织成的丝织手帕,传说这种手帕不会被水打湿,但这里说的是混着红色胭脂的泪水打湿了鲛人织成的丝织手帕,可以想象泪水里凝聚着多大的悲伤。"桃花落,闲池阁。"桃花掉落在空旷的池塘阁楼边。"山盟虽在,锦书难托。"山盟,从前中国人对着山立盟,指着海发誓,叫山盟海誓。虽然从前的誓愿还在心中,但是已经不能用书信去相互表达了,因为现在各自有各自的生活了。"莫、莫、莫!"连用三个"莫"字,意思是罢了、罢了、罢了,和前面三个"错"字是相对应的。"错、错、错",既然错了,就应该改正过来。但人生的悲哀,在于一旦错了,就没有回头路,只能一错到底。还能怎么办呢?只能说"莫、莫、莫"。

后面的"春如旧,人空瘦,泪痕红浥鲛绡透"和前面的"红酥手,黄縢酒,满城春色宫墙柳"相呼应,春天还和从前一样,但从前是人红润,现在是人消瘦;从前是美酒,现在是泪水。"桃花落,闲池阁"和"东风恶,欢情薄"相呼应,东风吹落了桃花,欢情和桃花一样,飘零消散。"山盟虽在,锦书难托"和"一怀愁绪,几年离索"相呼应,为什么会一怀愁绪,几年离索?因为"山盟虽在,锦书难托"。

前面我们讲到李清照的"云中谁寄锦书来",而后讲到了晏殊的"欲寄彩笺兼尺素,山长水阔知何处",相比之下,都不如陆游的"山盟虽在,锦书难托",写出了爱而不得的沉痛。陆游这首词,一气呵成,没有一点雕琢,就是自己感情的自然流露。中国古典诗词里,这应该是最为沉痛的一首爱情诗词。唐琬见到这首词之后,据说也回应了一首,后来郁郁寡欢,不久就去世了。

陆游七十五岁那一年,距离他们在沈园偶遇已经过去四十多年,唐琬也已去世多年,他再一次经过沈园,写了两首诗,其中第一首是这样的:

城上斜阳画角哀,沈园非复旧池台。
伤心桥下春波绿,曾是惊鸿照影来。

夕阳照在城墙上,军营里的军乐器发出哀怨的声音,沈园已经不是过去的沈园了。桥下流淌着春天的水，依然碧绿，却更加令人伤心。曹植在《洛神赋》里，用"翩若惊鸿"来形容美女体态的轻盈。惊鸿，受到惊吓的鸟儿突然起飞，有轻盈飘逸的姿态。这里桥下的水，曾经映照过唐琬的美丽容颜。随着时间的流逝，唐琬在陆游的记忆里，越来越美。

直到去世的前一年，陆游留下了这样一首诗：

> 沈家园里花如锦，半是当年识放翁。
> 也信美人终作土，不堪幽梦太匆匆。

沈园里繁花似锦，有一半的花当年是认识我的。我当然知道美人也会死去变成尘土，只是不能忍受你我美好的梦实在太匆匆。

第19首　元好问：问世间，情是何物，直教生死相许

很多人大概是在读金庸《神雕侠侣》的时候，知道了"问世间，情是何物，直教生死相许"这句话的，这是李莫愁出场时说的。金庸的武侠小说，写武林高手、江湖世界，但人物之间的纠葛，背后都逃不过一个"情"字。电视剧《射雕英雄传之华山论剑》的主题歌叫《世间始终你好》，第一段的歌词是："问世间是否此山最高，或者另有高处比天高。在世间自有山比此山更高，但爱心找不到比你好。"旋律中回荡着"真爱有如天高"和"世

间始终你好"。

"问世间，情是何物，直教生死相许"是元好问（1190—1257）《摸鱼儿·雁丘词》里的第一句。北宋灭亡后，南宋朝廷退守杭州，维持南方的半壁江山，而北方中原大地成为由少数民族统治的金国辖域。元好问生活在金国，晚年又亲历了金国灭亡，见证了蒙古人登上历史的大舞台。在南宋时期，元好问被认为是北方的文豪。

《摸鱼儿·雁丘词》的前面有一段文字，讲述了元好问十六岁那一年去并州参加考试，路上遇到一个捕捉大雁的人，说今天捕获了一只大雁，并把它杀了。它的同伴，另一只大雁，挣脱了罗网逃走了，但看到同伴被杀，又折回来自己往地上撞击而死。元好问听了，就把这两只大雁买了下来，到汾水边上埋葬了它们，还垒了石头作为墓碑，号为雁丘。同行的人大多写了诗，元好问自己也写了一首《雁丘词》。当时写得不合音律，后来他又作了修改，就是大家熟悉的《摸鱼儿·雁丘词》：

问世间，情是何物，直教生死相许？天南地北双飞客，老翅几回寒暑。欢乐趣，离别苦，就中更有痴儿女。君应有语：渺万里层云，千山暮雪，只影向谁去？

横汾路，寂寞当年箫鼓，荒烟依旧平楚。招魂楚些何嗟及，山鬼暗啼风雨。天也妒，未信与，莺儿燕子俱黄土。千秋万古，为留待骚人，狂歌痛饮，来访雁丘处。

这个世间的情到底是什么呢，竟然让人生死追随？这对大雁天南海北地飞来飞去，经历了多少冬天和夏天？总在一起的欢乐,一旦失去,就是痛苦,比痴情的儿女更加痴情。那只殉情的大雁应该是想到了,以后万里飞翔,飞越云霞高山,形单影只,为了谁呢?这是上阕,描述大雁殉情这件事。

下阕是对这一件事的评论。汾水一带,当年汉武帝巡游聚会,鼓声箫声,繁华热闹,现在却是荒凉寂寞。即使招魂,也无法让汉武帝重新活过来,只有山神徒然地在风雨里悲啼。生死相随的大雁,连上天也嫉妒,它们绝不会像燕子、莺鸟那样死了就化为黄土。它们的名声流传千秋万代,那些骚人墨客,会来到这个雁丘处,狂歌痛饮,凭吊这对痴情的大雁。

这首词以大雁的故事,写出了一种生死相随的爱,写出了爱这种感情所具有的超越生死的力量。这首词一开始就提出了千古之问:"问世间,情是何物,直教生死相许?"这句话问得直指人心。直到今天,恋爱变得很容易,我们却好像更加说不清情到底是什么了。元好问另有一首《摸鱼儿·问莲根有丝多少》写了一个真实的爱情故事,可以看作"问世间,情是何物,直教生死相许"的一个注脚。这首词的前面也有一段文字,叙述了一个殉情事件,说的是大名府里普通人家的一对男女,相爱受阻,两个人就投水殉情了。官府找了很久都找不到尸体,后来有人在荷塘里发现了两个人的遗体。就在这一年,这个荷塘里的荷花开放,全部是并蒂莲。元好问为这两个痴情的人写了这么一首词:

问莲根、有丝多少,莲心知为谁苦?双花脉脉娇相向,只是旧家儿女。天已许。甚不教、白头生死鸳鸯浦?夕阳无语。算谢客烟中,湘妃江上,未是断肠处。

香奁梦,好在灵芝瑞露。人间俯仰今古。海枯石烂情缘在，幽恨不埋黄土。相思树，流年度，无端又被西风误。兰舟少住。怕载酒重来，红衣半落，狼藉卧风雨。

生前不能相亲相爱，死后化作并蒂莲，民间有不少这样的故事，其中最有名的就是梁山伯与祝英台，死后化成蝴蝶。明代冯梦龙专门编写过一本《情史》，里面收录了各种各样的爱情故事，既有真事，也有传说，不妨看成是对于元好问"问世间情是何物"的回答。冯梦龙认为情生万物："天地若无情，不生一切物。一切物无情，不能环相生。生生而不灭，由情不灭故。"他也认为："万物如散钱，一情为线索。"人世间因为"情"而美好，而充满活力，但"情"也具有毁灭性、破坏性的力量，会散发出令人痛苦的能量。如何勘破情关，如何做到深情而不滥情，需要很深的智慧。

第20首 纳兰性德：人生若只如初见，何事秋风悲画扇

人生若只如初见，何事秋风悲画扇。等闲变却故人心，却道故人心易变。

骊山语罢清宵半，泪雨霖铃终不怨。何如薄幸锦衣郎，比翼连枝当日愿。

这首纳兰性德（1655—1685）的《木兰花·拟古决绝词柬

友》中传诵最广的句子是"人生若只如初见",很平常的感叹,却道出了很深的悲凉和无奈。如果还是像当初刚刚认识时那样,该有多好。恋爱中这种感受尤为强烈,所有的初恋都很美好,所有最初的相遇都是心心相印的悸动。但是,几乎所有的初恋、所有最初的相遇,都会在岁月里褪色,从色彩鲜艳到锈迹斑斑,从情投意合到一地鸡毛。

为什么再也不能像开始时那样呢?纳兰性德说,因为你变心了。纳兰性德这首词的名称叫《木兰花·拟古决绝词柬友》,大概的意思是模仿古代的决绝词写信送给朋友。决绝词,前面讲过的卓文君的《白头吟》就属于一首决绝词。一方变心了,另一方表示决绝,很坚定地断绝关系。以前这叫决绝,现在叫分手。为什么要模拟古代的决绝词送给朋友?其中有什么原委,我们不得而知。纳兰性德写分手,好像是用一个女子的口吻,一句"人生若只如初见",其中既有哀怨,也有柔情。

这首词连用了三个典故来烘托这种哀怨和柔情。

第一个典故是班婕妤的"团扇"。班婕妤原先是汉成帝宠爱的妃子,后来因为成帝有了赵飞燕,就受到了冷落,一个人住到了长信宫里。后来她写了一首《怨歌行》,把自己比喻成秋天的团扇,秋天天气凉了,团扇就被冷落在一边。"人生若只如初见,何事秋风悲画扇。"人生假如一直像初见时那样该有多好,为什么总是有团扇在秋风里悲哀?为什么从前的热烈爱恋变成了冷漠的抛弃?

第二个典故是南朝谢朓的一首诗《和王主簿季哲怨情诗》。这首诗写了王昭君、陈皇后、班婕妤的故事。其中最有名的一句是:"故人心尚永,故心人不见。"大概的意思是:你的心还是从前的心，我却见不到这颗心了。为什么见不到呢？因为你的心里已经没有了我。纳兰性德借用这句诗，变成："等闲变却故人心，却道故人心易变。"你自己变了心，却借口说情人的心本来就容易多变。分手时变心的那一方，总会找出各种理由。

第三个典故是杨贵妃和唐玄宗，曾经在七夕夜半的骊山中立下誓愿，在天愿作比翼鸟，在地愿为连理枝，生生世世为夫妻。但不久，唐玄宗就在马嵬坡赐死了杨贵妃。杨贵妃死前说："妾诚负国恩，死无恨矣。"玄宗后来在路上听到雨声、铃声，感到悲伤，创作了曲子《雨霖铃》，寄托自己的相思。纳兰性德在这首词的下阕，写的全是唐玄宗和杨贵妃的爱情故事："骊山语罢清宵半，泪雨霖铃终不怨。何如薄幸锦衣郎，比翼连枝当日愿。"最后一句是埋怨：你怎么比得上唐玄宗呢？虽然他也是一个轻薄的男子，但毕竟还有过"在天愿作比翼鸟，在地愿为连理枝"的誓愿。

纳兰性德这首词的后半部分，其实没有很特别的视角，运用的典故也是大家熟悉的。这首词之所以流传甚广，靠的还是第一句"人生若只如初见"，人生假如只是像初次见面那样该有多好。这种感叹不只在恋爱中，在其他关系中也常常能够体会到。最初相遇的惊喜、热情、单纯，在岁月里不知不觉地消失了。这句感叹，从一个很细腻的角度感叹时间的流逝，把焦点放在了时间带走的那些美好上；而并非真正有一个外在于我们的时间，而是我们自己的心变了，心变了，一切都会变得不可靠。所以，焦点的焦点，是人生中的"变心"。别人因为变心而伤害我们，让我们觉得人性凉薄；我们自己也会变心伤害别人，让我们觉得人性很复杂，觉得惭愧。

有人推测，这首词可能是纳兰性德对自己早逝的妻子怀有的一种自责和愧疚。还有一种说法，纳兰性德年轻时和自己的表妹相爱，但不久表妹参加选秀进入皇宫，成为嫔妃。纳兰性德后来成为皇帝的侍卫，与表妹偶尔相见却不能相爱，内心藏着一种痛楚。据说，纳兰性德有一首《如梦令·正是辘轳金井》，写的就是初见表妹的情景：

正是辘轳金井，满砌落花红冷。蓦地一相逢，心事眼波难定。谁省？谁省？从此簟纹灯影。

一见面，眼睛里就有了波澜，从此在夜晚的灯影里辗转难眠。康熙十五年（1676年），纳兰性德考中进士，他的父亲明珠为他安排了一门婚事，娶了两广总督卢兴祖的女儿。这是一位八旗汉军女子，但不久卢氏生了一个孩子之后就去世了。纳兰性德写过一首悼亡词《青衫湿·悼亡》："近来无限伤心事，谁与话长更？从教分付，绿窗红泪，早雁初莺。当时领略，而今断送，总负多情。忽疑君到，漆灯风飐，痴数春星。"这首词被认为是元稹和苏轼之后，悼亡词的又一个高峰，也可以想见纳兰性德和卢氏的情感。

纳兰性德出身于清朝贵族家庭，他的父亲明珠在康熙时期做过兵部尚书。乾隆皇帝读到《红楼梦》时，曾感叹，这书里写的不就是明珠家的事吗？一直有一种说法，贾宝玉的原型是纳兰性德。他富贵，而且富有才华，在科举考试中名列前茅，又特别敏感，容易感伤，三十一岁就去世了。关于纳兰性德的爱情，确切的记载很少，他的很多词到底是不是写爱情也很难考证。但确实，这些词唤起的，是我们内心对于爱情的体验，而且是我们平常不太留意的细微处的体验。

02

骚

古代诗词里有着一个关于"骚"的抒情传统。"骚"这个汉字的本义,是用手指为马梳理毛发或挠痒,后来泛指梳理毛发或挠痒;用作动词,引申为骚扰、动乱、忧愁等。作为抒情传统的"骚",源于屈原的《离骚》。班固在《离骚赞序》中说:"屈原以忠信见疑,忧愁幽思而作《离骚》。离,犹遭也。骚,忧也。明己遭忧作辞也。"简单地说,现实环境和屈原的精神世界产生了冲突。"众人皆醉我独醒",屈原和周围的人不相容,遭到了环境的排斥,但仍然坚持自己的人格和信念,宁愿孤独、贫穷,宁愿死去,也要坚持自己的理想,"路漫漫其修远兮,吾将上下而求索"。

"骚"这一抒情传统,内容上大概可以归纳为五点:第一,不被世俗接纳的孤独;第二,不被理解的忠诚;第三,怀才不遇,生不逢时;第四,羁旅天涯的感伤;第五,对于社会现实的批判性观察、表现,也就是通常所说的对民间疾苦的同情,对社会问题的揭示。这五点内容,凸显了古代中国文人在处理环境和个人冲突时的情感模式和思考模式。

第21首 | 阮籍：夜中不能寐，起坐弹鸣琴

关于骚，从阮籍（210—263）的《咏怀》第一首开始。阮籍生活的年代，笼统地说，是魏晋南北朝时期。那个时期被认为是"个人觉醒"的时代，但政治生态非常残酷，个人常常生活在死亡的威胁之下。阮籍的父亲是曹操的得力助手，也是建安时期的重要作家。当司马懿家族开始篡权，曹魏政权开始衰落，阮籍就处在一个很微妙的境地中。

他喜欢一个人去野外，毫无目的地乱逛，无路可走的时候，就号啕大哭。王勃《滕王阁序》里的"阮籍猖狂，岂效穷途之哭"，讲的就是这个典故。阮籍受庄子的影响很深，做事的风格不同于流俗，他的名言是"礼岂为我辈设也"。但在残酷的政治夹缝里，这样一个有个性的人也变得谨小慎微，不敢随便议论别人，也常常通过醉酒来掩饰自己。

在潇洒的怪诞行为背后，阮籍的内心满是孤独和痛苦。我们读一读《咏怀》中的第一首就能感受到。

> 夜中不能寐，起坐弹鸣琴。
> 薄帷鉴明月，清风吹我襟。
> 孤鸿号外野，翔鸟鸣北林。
> 徘徊将何见？忧思独伤心。

开头就说夜晚睡不着觉。睡不着觉怎么办呢？东晋时，王羲之的儿子王徽之，在某个大雪纷飞的夜晚，一觉醒来，看窗外一片洁白，就让仆人拿出酒来，一边饮酒，一边吟诵左思的《招隐》诗。这时他忽然想到了远在曹娥江上游剡县的戴逵，就叫了船夫，划船前往剡县。天快亮时，他才到戴逵家，到了家门口却让船夫将船掉头回去。有人问他为什么到了却不见，他说："我本来就是乘兴而来，尽兴而归，为什么一定要见戴逵呢？"

北宋苏轼某日快要睡觉时，见到月光照进房间，突然起了兴致，就叫上住在附近的朋友张怀民，一起在深夜的月光里流连忘返。苏轼说："何夜无月？何处无竹柏？但少闲人如吾两人者耳。"

阮籍睡不着，怎么办呢？他起来弹琴，也很风雅，却少了一点王徽之和苏轼的趣味和轻松，并不是兴致所致，而是因满腹忧愁。弹琴的阮籍，看到的是明月穿过帷幕，风吹着自己的衣裳；听到的是孤鸿在野外哀号，北边的树林里飞翔着的鸟儿在鸣叫。弹琴好像也不能让他平静下来，起来徘徊，他看到了什么呢？只不过是独自伤心罢了。

夜半无法入眠，起来弹琴。琴的乐音、月光穿过帷幕、风吹动衣襟、鸟叫的声音，都是动态的。然而，这种动态景物构成的意境，却显得格外冷静、寂寞、孤独。鸟儿本来是成群结队的，一旦失群，就成了孤鸿。陶渊明《饮酒》第四首写失群的鸟儿："栖栖失群鸟，日暮犹独飞。徘徊无定止，夜夜声转悲。"苏轼《卜算子·黄州定慧院寓居作》写孤鸿：

> 缺月挂疏桐，漏断人初静。谁见幽人独往来，缥缈孤鸿影。
> 惊起却回头，有恨无人省。拣尽寒枝不肯栖，寂寞沙洲冷。

其实，以上写的都是不合群的孤独和忧伤。从阮籍到陶渊明，再到苏轼，都以孤鸿来抒发孤独。在阮籍的诗里，琴声、月光、风声、鸟的叫声，让冷清的夜晚更加冷清，让独自弹琴的人更加孤独、更加伤心。但夜晚这样的声音、这样的月光，又好像因为远离人群的险恶，而让孤独者感到安慰。

第22首 | 王勃：海内存知己，天涯若比邻

王勃（649或650—676），一位短命的天才，和卢照邻、杨炯、骆宾王并称为"初唐四杰"。他六岁就能写诗，十六岁就通过科考，获得了一个叫作朝散郎的官职，成为朝廷最年轻的命官。主考官介绍他去沛王府担任修撰，相当于高级秘书，展现在他面前的是一片大好前程，但因为一篇游戏文章，他断送了自己

的仕途。沛王李贤和英王李显斗鸡,王勃为了让自己的主人高兴,写了一篇《檄英王鸡》,讨伐李显的斗鸡。文章传到唐高宗那里,引起高宗的反感,觉得作为一个读书人,不仅不去劝诫沛王和英王,反而夸大其词,挑拨离间,就下令将王勃赶出长安。

到了671年,王勃再次回到长安,参加了科考。他的一个朋友帮他在虢(guó)州谋得了参军这么一个职位,但不久他又惹了祸。他先是窝藏一个逃犯,当觉得可能会被发现时,就把这个逃犯杀了,因此犯了死罪;后来侥幸遇到大赦逃过一命,却连累他父亲丢了官职被贬谪到交趾去做县令。交趾远在现在的越南一带。675年秋天,王勃出狱后就去交趾看望父亲,于676年春天到了交趾。夏天,他从交趾回中原,在南海遇到了风浪,溺水而亡,年仅二十七岁。

《滕王阁序》是王勃最有名的一篇文章,有一种说法是他十四岁时写的,另一种说法是他去交趾经过南昌时写的,还有其他几种说法。不论是哪种说法,这篇文章的作者是王勃毋庸置疑。这篇文章里,"落霞与孤鹜齐飞,秋水共长天一色"描绘的画面,一般中国人都很熟悉,好像古典中国的秋天,秋天黄昏的悲哀和美,都凝聚在这个意象里了。

《送杜少府之任蜀州》应该是王勃最有名的一首诗。这一首诗的题目有些人听了可能会觉得陌生,但一说"海内存知己,天涯若比邻",大多数人应该都不会觉得陌生。四海之内,土地广阔,但只有一个知己,那么,就算天涯海角,也好像相距很近很近。北宋秦观写牵牛、织女七夕相会,颠覆了相见难这个套路,以一句"两情若是久长时,又岂在朝朝暮暮"重新诠释了七夕相会。秦观应该读到过王勃的这首诗,不知道这一句"海内存知己,天涯若比邻"是不是启发了他。

离别是中国古典诗词里常见的主题,南朝江淹的《别赋》,开头就说:"黯然销魂者,唯别而已矣。"让人最黯然销魂的,莫过于离别这件事。江淹描述了七种离别:第一种是长安东都门外富贵人家送行的宴饮;第二种是侠客,辞别家乡父母,一去不回;第三种是士兵远赴边疆;第四种是离开自己的祖国;第五种是丈夫为了做官,离别妻子,远赴千里之外;第六种是求道的方士,告别人世间,去到深山老林;第七种是情人之间的分别。最后作出总结:离别一定使人哀怨,哀怨一定使人内心郁结,悲伤至极。江淹归纳的七种离别,涵盖了古代中国人离别的各种事由,也确立了离别的基调——悲伤至极。

王勃的《送杜少府之任蜀州》在初唐横空出世,有两点特别重要:第一点刚才已经讲过了,在古代中国的叙事里,离别一定会悲伤。但王勃说,如果你我是知己,那么,你我相距再远,也无须悲伤,因为心心相印可以超越距离,我们彼此还是很近很近的。人生总是在不断地告别,不断地在告别里看着时光流走。但如果告别的人生里有一个知己,那么流走的时光中就会有带不走的情意。这是写离别写出了新的高度。第二点,王勃这首诗的题目是《送杜少府之任蜀州》,送一个姓杜的人去四川当官。诗里说:"与君离别意,同是宦游人。"意思是:你要离开长安去遥远的四川,我虽然留在长安,家却在山西。我们同样是宦游人,是为了做官、为了所谓的事业而漂泊的人。从唐代开始,科举制度的完善成为人们主要的离别原因,读书人为了做官,离开家乡到京城,再到其他各地去任职,还有对官员普遍的惩罚,即被贬谪到边远地区做官。唐代之前的文学里感叹离别,是江淹写的七种离别；但唐代之后的文字里感叹离别，基本集中在宦游，就是读书人为了参加科举考试去京城，考上后，又经常被派遣到各地去做官。这是古代中国独特的风景：赶考的书生、赴任的士大夫。这种离别饱含了更深广的人生感触，构成了中国古典诗词的一个重要内容，而王勃这首诗无疑是这类诗早期杰出的代表：

> 城阙辅三秦，风烟望五津。
> 与君离别意，同是宦游人。
> 海内存知己，天涯若比邻。
> 无为在歧路，儿女共沾巾。

第一联"城阙辅三秦，风烟望五津"是对偶句，"城阙"对"风烟"，"辅"对"望"，"三秦"对"五津"。城阙，城是城楼，阙，是皇宫前面的望楼，这里指的是长安；三秦，是长安周边的地区；辅，辅助，护卫。三秦大地护卫着长安。风烟，那天有风，有雾，还有炊烟；望，就是向远处望去；五津，就是四川的五个著名的渡口。因为朋友要去四川，所以，就望着四川的渡口。一个"望"字，写出了一种关切。第二联"与君离别意，同是宦游人"，是在安慰朋友，虽然我留在长安，但也是在外做官的人。这一联的"与君"和"同是"完全对不上，但"离别意"和"宦游人"是对得上的。这一联不是严格的对偶，但并不影响我们欣赏。第三联"海内存知己，天涯若比邻"是流水对。前一句和后一句不是并列关系，而是上下承接的关系，它们之间是一种推理，因为在海内有了知己，所以，远在天地，也如近在相邻。第四联"无为在歧路，儿女共沾巾"，无为，没有必要，没有必要在岔路口分手的时候像小儿女那样悲伤流泪。此句确实是一个很直白、很简单的总结。人生就是不断地分别，所以，我们来到这个世界，不是为了寻找敌人，而是为了与同伴、知己相遇，即使天涯海角，也能相互守望，一起走完人间的路。

第23首 ｜ 张九龄：海上生明月，天涯共此时

中国古典诗词里，"月亮"是最常见的意象，《诗经·陈风》里有一首《月出》：

> 月出皎兮，佼人僚兮。舒窈纠兮，劳心悄兮。
> 月出皓兮，佼人懰兮。舒忧受兮，劳心慅兮。
> 月出照兮，佼人燎兮。舒夭绍兮，劳心惨兮！

月亮出来了，那么皎洁；那位美丽的女孩子，多么美好，窈窕的身影牵动着我的心。月亮出来了，那么素净；那位美丽的女孩子，多么美好，婀娜的身影扰乱了我的心。月亮出来了，那么明朗；那位美丽的女孩子，多么美好，轻盈的身影引起了我无尽的思念。此诗描写了一个女孩子在月光里，好像因为月光而变得更加美好；自然，几乎每天晚上都能够看到的月亮也好像有了美妙的韵味。

张九龄（673或678—740）的《望月怀远》，以及差不多同

时期的张若虚的《春江花月夜》,把"月亮"这个意象提升到了新的高度。后来从李白的"床前明月光",到欧阳修的"月上柳梢头,人约黄昏后"、柳永的"今宵酒醒何处?杨柳岸,晓风残月",再到苏轼的"明月几时有,把酒问青天"等,一系列月亮的意象,建构起了一个文化符号,沉淀在中国人的心里。有人甚至认为,中国文化就是月亮文化,理解了月亮,就理解了中国文化。这也许有点偏颇,但在审美上、在诗词上,是成立的。

张九龄写作《望月怀远》的年代,是他人生的低谷期。大约在开元二十五年(737年),他被贬谪到荆州。那一段时间,除了《望月怀远》,他还写过很有名的《感遇》十二首,其中两首就是《唐诗三百首》开篇的第一首和第二首。我们打开《唐诗三百首》,首先读到的就是张九龄的《感遇》第一首、第二首。感遇,就是感叹自己的遭遇。屈原开创香草美人的传统,后来的读书人喜欢用香草美人来比喻自己,用来比喻自己怀才不遇,实际上是一种表白,希望得到君王或者位高者的欣赏。

但张九龄的《感遇》第一首写兰花和桂花,一反"渴望得到欣赏"的套路,"草木有本心,何求美人折",草木自己有独立的本性,何必非要别人来欣赏呢?传统的套路总爱表白自己如何好、如何忠诚,希望能打动皇帝或掌权者的心,能够让自己发挥才华,而不是说我自己很好很美,无论你欣赏还是不欣赏、用我还是不用我,都没有关系,我还是很好很美。这虽然仍是发牢骚,但高级了一点。

《感遇》第二首写江南的橘子,经过冬天还是一片绿色,因为自有岁寒心。这样品性高洁的橘子,本来可以推荐给贵宾,无奈阻碍重重。虽然也像桃李那样,橘子树下也有树荫可依,但人们都喜欢聚集到桃李树下。张九龄感叹:"运命唯所遇,循环不可寻。"不明白为什么会这样,大概是命运吧,遇到什么就是什么,又能怎么样呢?

张九龄的这两首《感遇》,写出了古代读书人的普遍处境:年轻时,通过考试获得资格,至于能够当什么样的官、有多大的发展空间,决定权完全在比你权位更高的人手里,而最终的决定权完全在皇帝那里。

《感遇》感叹的是,一个人有才华、有德行,却不能主动选择,只能被动等待,决定权在拥有更高权力的人那儿,能不能施展抱负取决于拥有更高权力的人能不能发现他、愿不愿意用他,这让人很无奈。《望月怀远》从另一个角度表达了这种感受,将这种身不由己写出了一种漂泊感:

> 海上生明月,天涯共此时。
> 情人怨遥夜,竟夕起相思。
> 灭烛怜光满,披衣觉露滋。
> 不堪盈手赠,还寝梦佳期。

这首诗的题目叫《望月怀远》,望着月亮怀想着远方。怀念远方的人还是风景,诗人没有细说。张九龄是岭南曲江人,后来去长安做官,又被贬到荆州。诗中的远方,是长安还是岭南,诗人也没有细说。总之是诗人看到月亮,有了感触,怀想着远方。

第一句:"海上生明月,天涯共此时。"当月亮从海面上冉冉升起,哪怕是在天的边缘,也能看到这个月亮。意思是,哪怕我们离得再远,看到的还是同一个月亮。张九龄在《感遇》里写寂寞，写孤芳自赏，而当他望着月亮，把自己放在天地之间，沐浴在月光之下，那种寂寞和孤芳自赏好像变得微不足道了。"海上生明月"，这是自然的背景，宇宙的背景；"天涯共此时"，这是人间的背景，时间的背景。个人融进了这样的背景中。我们读完这一句，好像已经足够，接下来写什么都不重要，都不过是细枝末节。

第二句："情人怨遥夜，竟夕起相思。"情人，有情意的人，看到月亮，想到月亮也照耀远方，就觉得夜晚太漫长了，因为整个晚上都在思念远方。这里点出了"有情""相思"，但仍没有说明具体的情是什么，相思的对象具体是谁。

第三句："灭烛怜光满，披衣觉露滋。"蜡烛灭了，夜深了，觉得月光很可爱，披着衣服到户外，感到了露水的潮湿。这里用了一个"滋"，滋味的"滋"，滋生的"滋"，一方面让人感受到露水的滋润，另一方面让人觉得露水在漫延，仿佛有生命一样。

第四句："不堪盈手赠，还寝梦佳期。"月光那么美，真想将其捧在手里面，把月光送给你。可惜，我做不到，只好回房间睡觉，在梦里和你相聚。"不堪盈手赠"，想把月光作为礼物送给人，令人动容，有谁能想到要把月光送给思念的人呢？思念的人是谁，张九龄还是没有说。诗写完了，读的人还在回味。

杜甫在《月夜》中写丈夫望着月亮，思念自己的妻子。张九龄只说"有情人在相思"，只说"太遗憾了，我没有办法送你月光，唯有在睡梦里和你相聚"。杜甫的情绪有一个聚焦点，张九龄的并没有具体的聚焦点，是一种莫名的蔓延性的情绪，不知道为什么有了感伤、有了孤独，觉得在天地之间，一个人羁旅天涯，家乡成了远方。张九龄是广东人，应该见过大海，写这首诗是在北方的一个月夜，他却想到了月亮从海上升起，个人的愁绪扩散在大海、月光、夜空里，有一种宏大的气象。

第24首 | 陈子昂：前不见古人，后不见来者

一说到陈子昂（659—700），大家一定会想起这首在中国家喻户晓的诗歌《登幽州台歌》：

> 前不见古人，后不见来者。
> 念天地之悠悠，独怆然而涕下。

这首诗很容易懂，都是大白话。诗人登上了一个叫幽州台的高处，写了这么一首诗。在高处，会眺望远方，但陈子昂登上幽州台后，越过空间的视野，直接眺望时间：回望过去和展望未来。回望过去，看不见古人；展望未来，看不到后人。然后才是关注空间，但诗人写空间的时候，不是写眼前的景象，而是"念"，就是想到。想到什么呢？想到自己置身于如此悠远辽阔的天地之间，多么渺小，多么孤独，禁不住凄凉地掉下了眼泪。

这首诗写登幽州台，但一个字也没有写到幽州台，写的完全是自己的感受，在时间上感受到的孤独，在空间上感受到的渺小，好像和幽州台没有什么关系。但是，如果了解幽州台是一个

什么样的台，又会觉得这首诗写的情怀，其实是幽州台引发出来的。陈子昂写这首诗时，契丹占领了辽宁境内的营州，武则天委派武攸宜去讨伐，陈子昂在武攸宜幕府担任参谋。武攸宜这个人很平庸，并没有军事才能，但为人又很傲慢。陈子昂向他提出各种建议，他都不予采纳，还把陈子昂降职了。697年，这次讨伐以失败告终。可以想见陈子昂当时心中的郁闷。这一年的某一天，他一个人登上了幽州台，感慨万千，写下了这首不朽的诗篇。

幽州台，即黄金台，又称"蓟北楼"，在今天北京的西南部，是燕昭王为了招纳天下贤士而兴建的。据说燕昭王曾把黄金放在台上，吸引天下有才华的人前来。战国时期，燕国由衰败变强大，是由燕昭王执政之后实现的。所以，历史上，燕昭王是一个礼贤下士的君王。也是在697年，差不多和《登幽州台歌》写作的同时，陈子昂写过一首《燕昭王》：

> 南登碣石馆，遥望黄金台。
> 丘陵尽乔木，昭王安在哉？
> 霸图今已矣，驱马复归来。

碣石馆，即碣石宫，燕昭王时，为梁国人邹衍所建造的宫殿。邹衍是战国时期阴阳五行学说的创始人，燕昭王以学生的礼节对待他。这首诗的大意是：遥望黄金台，丘陵上已长满了乔木，燕昭王现在去哪里了呢？宏图霸业早已消失了，又能怎么样呢？还是骑马回到营地吧。

显然，陈子昂看到幽州台，想起的是贤明的君王燕昭王，想到了燕昭王尊重人才的美好画面，但这一切都已成为过去，回到现实中，又是另一番光景。那么，陈子昂的现实是什么呢？

陈子昂出生在梓州射洪（今四川省射洪市）。关于他是哪一年出生的，有三种说法，一是659年，二是658年，三是661年。关于他是哪一年去世的，也有三种说法，一是700年，二是699年，三是702年。他的家庭比较富有。他小时候并不爱读书；少年时行侠仗义，喜欢打抱不平，也喜欢射猎、赌博；到十八岁后，进了乡校才悔悟，觉得要走读书人的道路，但连续考了两次科举，都失败了。

有一个故事，说他第二次落榜后很郁闷，于是到街上去闲逛。在街上，他发现一大群人围着一个老人，老人在售卖古琴，卖得很贵，一千两银子一把，比一般古琴的价格高出了十倍。即使是这样的价格，老人还轻易不卖，非要卖给懂琴的人，也就是说，不卖给土豪，只卖给有钱又懂音乐、有品位的人。周围很多人认为老人不过是故弄噱头，目的是卖琴。陈子昂上前就掏出了三千两银子，然后又吟诗弹琴，老人就把琴卖给了他。他买了琴之后，就对周围的人说，明天到我旅馆里，听我弹琴。第二天，旅馆里挤满了人，等着陈子昂表演。没想到，陈子昂拿起琴，用力摔了出去，把琴摔得粉碎，然后向大家作揖："我不想弹琴，只想摔琴。"这件事，一下子让陈子昂的名字传遍了长安。

这个故事应该不是真实的。陈子昂的出名，应该还是靠他的诗歌，他写的《感遇》三十八首，前辈王适读到后说："此子必为天下文宗矣。"王适认为陈子昂一定会成为天下文坛的宗师。684年，陈子昂终于考中进士，还得到了武则天的赏识，开始在朝廷做官，做到了右拾遗。但这个时期武则天要自立为女皇，朝廷内形成了残酷的权力斗争，正统的士大夫正处在艰难的选择之中；

加上陈子昂的性格很耿直，喜欢提意见，所以，他的官场生涯很曲折，起起伏伏。严重的一次，他因为反对武则天的政策而受到牵连，被作为逆党关进监狱，后来又两次从军到边塞去打仗。696年他跟着武攸宜打契丹，就是其中的第二次，也是最后一次。

了解了这些背景，回头再去读《登幽州台歌》，会有更真切的感受。陈子昂的孤独，来源于"怀才不遇"。怀才不遇是古代士大夫普遍的境遇，而陈子昂的特别之处在于，他把怀才不遇放在了"生不逢时"这样一个框架里。也就是说，在错误的时间他来到了这个世界。因此，回望过去，像燕昭王那样贤明的君主，他没有遇到；展望未来，即使有燕昭王那样贤明的君主，他也遇不到了。当然也可以引申为：往后看，遇不到古代的圣贤豪杰；往前看，遇不到未来的圣贤豪杰。而生命在天地之间那么渺小、那么短暂，自己就孤零零地在一条时代的缝隙里，无法实现自己的理想，能不悲哀吗？

关于生不逢时，孔子有过相关论述：如果我生不逢时，自己的理念得不到实行，那么，就"乘桴浮于海"，乘着小船，到海上去逍遥自在。还有一句："邦有道，则仕；邦无道，则可卷而怀之。"国家的政治清明，自己就做官；国家的政治混乱黑暗，就把自己的信念、理念、计划隐藏起来。

陈子昂确实是"卷而怀之"了。他觉得自己已经尽力了，却没有什么用，很绝望，就在写出《登幽州台歌》之后，大约698年，以父亲年老需要照顾为由，彻底辞官回到家乡。按理说，远离了政治旋涡，他应该就可以过上逍遥的生活了，但是没过多久，他的父亲去世，在居丧期间，朝廷里的武三思等人买通了射洪的县令，诬陷陈子昂家的钱财来路不明，把他关进了监狱。最终他死在了监狱里,刚四十岁出头。

陈子昂生不逢时,想要躲避时代,但时代还是没有放过他。他的一生是一个悲剧,但他的"前不见古人,后不见来者。念天地之悠悠,独怆然而涕下"给我们留下了那个时代最强大的生命形象:一个人孤零零地屹立在无限的时空中。这是一个独立的个体,一个大写的"人"。这种孤独大概就是尼采讲的,是真正的人的孤独。

第25首 李白:天生我材必有用,千金散尽还复来

李白《将进酒》的"将",有读"jiāng"的,也有读"qiāng"的,不管读哪个音,意思都是"请",将进酒,就是请饮酒。这本来是乐府的曲调,估计是宴会上劝人饮酒的歌曲。所以,歌曲本身就很豪放。

> 君不见黄河之水天上来,奔流到海不复回。
> 君不见高堂明镜悲白发,朝如青丝暮成雪。
> 人生得意须尽欢,莫使金樽空对月。
> 天生我材必有用,千金散尽还复来。
> 烹羊宰牛且为乐,会须一饮三百杯。
> 岑夫子,丹丘生,将进酒,杯莫停。
> 与君歌一曲,请君为我倾耳听。

> 钟鼓馔玉何足贵，但愿长醉不复醒。
> 古来圣贤皆寂寞，惟有饮者留其名。
> 陈王昔时宴平乐，斗酒十千恣欢谑。
> 主人何为言少钱，径须沽取对君酌。
> 五花马，千金裘，呼儿将出换美酒，与尔同销万古愁。

诗人一上来就说，你没有看到吗，黄河的水从天上而来，一直奔流到大海里，就再也回不去了。黄河发源于青藏高原，从高处奔流而下，好像来自天上。但这句诗的重点是，"奔流到海不复回"。我们都看见黄河的水在流，但很少想到流到大海就再也回不来了。孔子在河边也曾经有类似的感慨："逝者如斯夫！"时光就像水一样流走，不再重来。这是人生的最大特点：不可重来。

厅堂里的镜子，每天照着人，不知不觉照出了白发。这也是我们不太留意的。所以说，你难道没有见到厅堂里的镜子，时刻照耀着生命的流逝？这是从人的角度，以一个日常场景来表现时间的一去不返。

既然一切不再重来，那么，得意时不如尽情欢乐，不要让酒杯空对着月亮。不要感慨什么怀才不遇啊、生不逢时啊，天生了我这样的人，一定自有用处；也不要爱惜钱财，只要你还活着，只要你还有生命的激情，那么，就算千金散尽了还会回来。今天老朋友相聚，不妨烹牛宰羊，快快乐乐，应该要一起痛饮三百杯。岑夫子、丹丘生，是李白的两个好友。岑夫子，叫岑勋；丹丘生，就是元丹丘，是一个道教修行者，也是李白几十年的老朋友。李白说：你两位请开怀饮酒，不要停下酒杯。我要为你们吟唱一首歌，请你们倾耳聆听。世间的荣华富贵并不是真正的富贵，并不能安抚人心，我只希望永远沉醉在酒的清香里，不愿意清醒过来。从古至今，那些圣贤豪杰，其实都很寂寞，还不如喜欢喝酒的饮者，留下了美名。从前陈王曹植，曹操的第二个儿子，在平乐观设宴宴请朋友和属臣，大家无拘无束地畅饮珍贵的美酒，那个场面多么令人神往。

这个时候，大概店主人看到李白他们喝得太多，担心他们身上的钱不够，不太愿意再拿酒给他们。李白就说：别担心我们的钱不够，尽管拿来一起痛饮。让童仆去将我的名贵的马、名贵的皮衣拿来，统统换酒喝，让我们在酒醉中，一起消除万古的忧愁。

这首诗写的是和岑勋、元丹丘两个好朋友的一次聚会。在聚会上，大家不仅豪饮，还唱歌吟诗。至于这首诗是什么时候写的，有很多种说法：一种说法是写于734年，也就是开元二十二年，元丹丘邀请李白到自己隐居的嵩山游玩，正好岑勋也在，三个人就豪饮了一场；另一种说法是写于736年；还有一种说法是写于752年。这就很难考证了。大多数学者认为，该诗应该是写于744年李白离开京城以后，在河南一带漫游的时候。

具体的写作时间对于我们理解这首诗并无大碍，重要的是这首诗淋漓尽致地写出了什么叫"及时行乐"。在中国古典诗歌里，一直有"及时行乐"这样一个主题，早在汉代的乐府诗里就有了。有一首《西门行》，开头几句："出西门，步念之，今日不作乐，当待何时？逮为乐，逮为乐，当及时。"走出西门，每走一步都在想，要是今天不做一点使自己快乐的事，还要等到什么时候呢？说到使自己快乐啊，一定要及时啊。那怎么样让自己快乐呢？"酿美酒，炙肥牛，请呼心所欢，可用解忧愁。"喝着美酒，烤着肥牛，聚在一起的都是自己喜欢的人，这样就可以化解忧愁。后来的中国诗词里，这个感叹反复出现，如曹操："对酒当歌，人生几何？"李白之后的唐朝诗人罗隐，有一首诗不太有名，但里面有一句话在中国，几乎人人知道，人人会说，这首诗叫《自遣》："得即高歌失即休，多愁多恨亦悠悠。今朝有酒今朝醉，明日愁来明日愁。"

西方文学里，古罗马诗人贺拉斯在《颂歌》中较早用了"及时行乐"这个词：

> 聪明一些，斟满酒盅，抛开长期的希望。
> 我在讲述的此时此刻，生命也在不断地衰亡。
> 因此，及时行乐（carpe diem），不必为明天着想。

现代作家毛姆有一篇小说《寻欢作乐》，里面有一个人物罗西认为，"人应该及时行乐"。为什么呢？"一百年之后我们就都死了，那个时候还有什么是最重要的呢？趁我们可以的时候，赶紧享受生活才对。"这是人类很普遍的一种人生感叹。

"及时行乐"的英语通译是"seize the day"，来源于拉丁文"carpe diem"，大意是抓住这一天，和中文"及时"的意思几乎一样。所以，及时行乐的第一个关键词是"时间"。时间飞逝，人生短暂，还充满了痛苦和烦恼，一切都好像没有意义。怎么办呢？还不如享乐，什么都不重要，快乐最重要。什么样的快乐呢？从中国到国外，从古代到今天，有关及时行乐的叙述，都离不开酒。"酒"是及时行乐的第二个关键词，意味着当下感官的快乐。每当人们有无力感的时候，往往会用及时行乐去化解无力感带来的焦虑和痛苦。这种无力感最常表现在两个方面：一方面是人生短暂，时间飞逝，年华易老；另一方面，在那么短的人生里，还要面对那么多乱七八糟的烦心事。唯一能够抓住的好像就是当下的快乐，当下感官享受带来的快乐。

及时行乐，对于人的痛苦有暂时的缓解作用，但很容易给人颓废、放纵的感觉，也很容易让人生丧失意义感。但李白的特点在于，他写及时行乐，你感觉不到颓废，感觉不到沮丧，你感受到的只是豪迈以及豁达；在他的抒写里，你感受到的是时间的短暂、生命的宝贵，感受到的是阳光般的生命的张扬和热情。

第26首　李白：人生在世不称意，明朝散发弄扁舟

如果你最近觉得有点烦恼、有点忧愁，那么，读一读李白的《宣州谢朓楼饯别校书叔云》，你会觉得李白把忧愁写透了，因为写透了，反而让你觉得忧愁也不过如此。

> 弃我去者，昨日之日不可留；
> 乱我心者，今日之日多烦忧。
> 长风万里送秋雁，对此可以酣高楼。
> 蓬莱文章建安骨，中间小谢又清发。
> 俱怀逸兴壮思飞，欲上青天览明月。
> 抽刀断水水更流，举杯销愁愁更愁。
> 人生在世不称意，明朝散发弄扁舟。

这首诗大约写于753年，当时李白旅居在宣城。一个叫李云的校书——李白称他为叔叔——也因为公务到了宣城。离开时，李白在谢朓楼为他饯行。南朝时候的诗人谢朓做过宣城太守，所以在宣城有以他名字命名的楼。李白写诗，不按常理出牌。本来在谢朓楼为李云饯行，要么先写谢朓楼的风景，要么先写离别，但李白一上来，就用了一个既平常又奇特的比喻。我们每天都在过日子，李白说，当今天变成昨天，好像是时间抛弃了我，昨日已经无法留住，而今天，净是些让我烦心的事。过日子，在李白笔下，成了一种不断的离弃，不断的烦恼。

你以为他要接着发牢骚，但他笔锋一转，就回到了眼前：还好，今天天气很好，长风万里，好像送来了秋天的大雁，对着这样的美景，我们两个人正好在高楼上一醉方休。刚才还在发牢骚，还在说今天全是烦心的事，但一下子他就把烦恼扔掉了，沉浸在眼前的美好里，沉醉在眼前的美酒里。这就是李白。

你以为他下一句要写眼前的美好了，但接着的一句又跳到遥远的历史了。蓬莱，是传说里神仙居住的地方。东汉时，把国家图书馆叫作蓬莱山。因为李云是校书，是负责校雠图书的官员，所以，这里的蓬莱指的是李云。建安是汉献帝的年号（196—220），这一时期实际掌权的是曹操。曹操和他的儿子曹植、曹丕，都善于写诗写文。他们的文风慷慨悲凉、雄健深沉，与"建安七子"共同推动了当时文学的进步，形成了独特的"建安风骨"。李白说李云的文章继承了建安风骨。而汉唐之间的谢朓，文风清秀俊逸。李白很喜欢谢朓，这里说自己像谢朓，又说自己和李云都怀着豪情逸兴，想到天上去摘取月亮。

接着一句，又回到了现实，回到了今天的烦忧。"抽刀断水水更流,举杯销愁愁更愁。"越是想要用刀去断水,水流得更快,越是想要用酒去消愁,愁来得更加强烈。写得很绝望,但马上,李白又来了一句:"人生在世不称意,明朝散发弄扁舟。"这算是对于开头两句的回应,如果觉得今天活着不能称心如意,那么,明天就去江海之上,驾着小船,自由遨游。

这首诗,写出了李白一生的郁闷。什么郁闷呢?就是他追求的理想都无法实现。他一辈子都在追求当官,一辈子又都在学道,想要成仙,但他自己晚年时说:"富贵与神仙,蹉跎成两失。"李白的一生,其实是幻灭的一生,但他的伟大在于在不断的幻灭中保持旺盛的生命力,以及无限的想象力。他的诗歌,以及本身的形象,都好像是自由的象征,洋溢着永不言败的精神;同时,也是我们中国人心目中浪漫、高傲的人格象征。

才华横溢,飘飘欲仙,仗剑云游,奔放自由,藐视权贵,酩酊大醉,这是中国人心目中的李白。李白从四川刚到长安,便把自己的作品呈给贺知章看。读到《蜀道难》时,贺知章赞叹:"子谪仙人也。"他认为李白是从天上被贬谪到人间的仙人,于是就把李白推荐给了唐玄宗。李白写了一篇歌颂唐玄宗的文章,玄宗读了很受用,就请他吃饭,还为他亲自调和汤羹,给了他一个职位叫"翰林供奉"。于是就有了李白在玄宗面前烂醉如泥,让高力士为他脱鞋的事情。又据说因为这个,高力士在李白诗里找了一句把杨贵妃比喻成赵飞燕的句子,告诉杨贵妃这其实是在贬低她。因此,后来每次唐玄宗要提拔李白时,都受到了杨贵妃的阻挠。

另一个故事,说李白在华山游玩,喝醉了,骑着驴子,经过华阴县县衙,按当时的规定,在衙门口要下地走路经过。所以,县令就拦下了李白,把他抓到衙门里,要他写书面供词。李白没有写自己的名字,只是写了:"曾用龙巾拭吐,御手调羹,贵妃捧砚,力士脱靴。天子门前,尚容走马,华阴县里,不得骑驴?"意思是:我曾经用皇帝的手帕揩拭呕吐物,皇帝亲手为我调和汤羹,杨贵妃为我端过砚台,高力士为我脱过鞋子。天子的宫殿门前,尚且允许我骑马奔跑,你一个华阴县令,还不许我骑驴子?

这些传说,有一些夸张的成分,却也多少反映出李白的性格。但有着这样一种性格的人一生要为仕途奔波,真是一件令人悲哀的事情。李白是四川一个商人家庭的孩子,长大后决心走仕途。唐朝时,平民当官有两条路:一是参加科举考试,还需要加上一名有一定官职的推荐人。二是参加制举,朝廷通过举荐和面试来选拔人才,各级官员尤其是高级官员的推荐往往有效,最后由皇帝面试,如果符合皇帝的心意,就直接当官了。李白走的是第二条路,需要官员推荐。所以,李白一生写了不少奉承的诗,有时候写一个小县令,他在诗里也能把他吹捧到天上,原因无非是他需要别人的推荐。

李白第一次到长安求官,几乎就是一次上当受骗的经历,最后一无所获,黯然离开长安。后来因为贺知章读到他的诗歌,很欣赏他,便把他推荐给了皇帝。还有一种说法是,因为玉真公主喜欢李白的诗歌,因而他得以进入翰林院。但很快,李白发现皇帝只不过把他当作弄臣,并不真正关心他的政治见解;加上他的性格和官场规矩确实格格不入,两年后,也就是744年,他就辞职离开了长安。

离开长安后,他先是回到了山东的家,然后去江浙、河南一带云游。后来,他有一个亲戚叫李昭,在宣城做长史,邀请他去宣城游玩。李白在宣城住了一年多时间，有一次李云到了宣城，于是就有了《宣州谢朓楼饯别校书叔云》，一首迂回壮阔的抒发人生烦恼忧愁的诗。这首诗对人生的烦恼忧愁表现出了无以复加的绝望，同时却又让人豁然开朗，从人世的困顿里跳出来，呼吸到自由的气息。

第27首 ｜ 杜甫：天明登前途，独与老翁别

前面我们讲到，中国古典诗词里"骚"这种抒情传统，内容上大概可以归纳为五点：第一，不被世俗接纳的孤独；第二，不被理解的忠诚；第三，怀才不遇，生不逢时；第四，羁旅天涯的感伤；第五，对于社会现实的批判性观察、表现，也就是通常所说的对民间疾苦的同情，对社会问题的揭示。这五点内容，也凸显了古代中国文人在处理环境和个人冲突时的情感模式和思考模式。

第一到第四点内容，在前面讲过的诗词里都有所体现。第五点内容还没有诗词涉及，这一节要讲的《石壕吏》，即是其中的典范。这首诗我在中学时期就很熟悉，现在重读却感到了震撼，有点像蒋勋讲杜甫时，要向杜甫忏悔，因为他大学时期很烦杜甫的某些诗歌，但等年龄大了再读，觉得杜甫真是了不起。像《石壕吏》这样的诗，写的场面很平淡，不会令人觉得有什么特别，但杜甫从不经意的平常处看到了生活的卑微和沉痛，而年轻时的我们都读不太懂。

暮投石壕村，有吏夜捉人。
老翁逾墙走，老妇出门看。
吏呼一何怒！妇啼一何苦！
听妇前致词，三男邺城戍。
一男附书至，二男新战死。
存者且偷生，死者长已矣！
室中更无人，惟有乳下孙。
有孙母未去，出入无完裙。
老妪力虽衰，请从吏夜归。
急应河阳役，犹得备晨炊。
夜久语声绝，如闻泣幽咽。
天明登前途，独与老翁别。

夜晚的时候，到石壕村投宿，正好碰到官差来抓人去当兵。短短一句诗，就写出了兵荒马乱之况。为什么一直到天黑了，杜甫才进村找住的地方？一个人赶路是为了什么呢？为什么官差要在夜晚去村里抓人？诗中没有提，只记述了诗人投宿后的所见所闻。杜甫投宿的那家，老头一看官差来了，赶紧翻墙逃跑了，老太太出去开门。官差进门后，大声喊叫，很愤怒的样子，而老太太苦苦哀求。老太太上前说，她三个儿子都去邺城打仗了。一个儿子捎来家信，说其他两个儿子在最近的战役中牺牲了。活着的人活一天算一天，死去的人永远不会回来了。"存者且偷生，死者长已矣！"这是老太太唯一的一句感叹。想象一下失去了两个儿子的母亲，我们可以感受到这句话里的沉痛。

老太太接着说，家里没有大人了，只有一个还在吃奶的孙子,意思是你不能让一个吃奶的婴儿去前线吧。估计官差问起那婴儿的妈妈,老太太说,孙儿的妈妈确实在家里,但连出门的裙子都没有,怎么去打仗呢?大概又怕官差非要逼着自己的儿媳妇上战场,老太太赶紧又说了一句,自己虽然老了,但还可以做饭,快让她跟着官差上前线的营地,现在河阳正需要人,连夜赶过去还可以为战士准备早餐。

这是杜甫听到老太太说的话,后来就没有人说话了,夜也深了,隐隐约约还能听到传来的断断续续哭泣的声音,应该是那个儿媳妇在哭泣。天亮了,杜甫要继续赶路,只有那个老翁和他告别。

这首诗即使不知道年代,我们仍然会被它打动。

一是具有戏剧性。整个叙述就是一出戏剧,每个人物都栩栩如生。那个跳墙而走的老头,那个"吏呼一何怒"的为官府办事的小吏,即使那个好像没有出现的儿媳妇,最后的哭声也影射出一个年轻母亲的形象。当然,那个老太太无疑是主角。这首诗最令人意外的,是老太太自己要求去服役,很荒诞,但又合情合理。

二是通过普通的日常画面,让我们感受到了人世间的沉痛。这画面里弥漫着无助感,人在时代的风雨里无法掌控自己的命运,日常生活支离破碎。在无奈之中,那个老太太却是一个亮点,一个还在奋力生活的人,两个儿子去世了,她用了一句"存者且偷生,死者长已矣"这么一句话来安慰自己,还愿意自己去服兵役,以保护自己的丈夫、儿媳和孙子。这个老太太完全像短篇小说里的典型人物,耐人寻味。

三是作者的不动声色。整个叙述,没有加入什么评论,也没有情绪性的表述。一直隐藏在后面的是一个观看者、一个记录者。但从他观看、记录的方式中，我们能够感受到无力感，面对这样的情景无能为力。这种无力感会让我们感到人与人之间的同情、温暖，尤其是如果知道杜甫当时就是一名官员，会更加令人感受到一种温暖的力量。

这首诗写于安史之乱期间。安史之乱，从755年12月16日持续到763年2月17日，是唐朝的一次大动乱，也是唐朝从强盛到衰败的一个转折点，因为发生在唐玄宗天宝年间，也称"天宝之乱"。两个将领安禄山和史思明发动叛乱，引起连锁反应。唐玄宗逃到了四川，756年，李亨在灵武自行登基，奉玄宗为太上皇，自己成为肃宗。李白因为加入了另一个皇子永王的阵营，受到牵累而入狱，还被流放到夜郎。杜甫在肃宗朝获得了一个官职，但759年，由左拾遗被贬为华州司功参军。他从洛阳到华州上任时，途中经过石壕村，留下了《石壕吏》这首不朽的诗歌，为乱世作了一个荒诞而写实的注脚。关于安史之乱带来的混乱和残酷，史书记载："宫室焚烧，十不存一。"杜甫自己的诗里描写："寂寞天宝后，园庐但蒿藜。我里百余家，世乱各东西。"

另一首《春望》很有名："国破山河在，城春草木深。感时花溅泪，恨别鸟惊心。烽火连三月，家书抵万金。白头搔更短，浑欲不胜簪。"从中可以感受到乱世里杜甫的感受。而这一首《石壕吏》，以纪实的手法展现了一个场景，却让人触动、思考、感动。从这首诗里，我们一方面固然感受到了个人在时代洪流中的渺小；但另一方面，又感受到了即使个人再渺小，还是可以怀着爱和同情，播撒温暖的种子，让黑暗的世界有光。

第28首 ｜ 杜甫：万里悲秋常作客，百年多病独登台

中国古典诗词里"悲秋"这么一个主题，起源于宋玉《楚辞·九辩》里的第一句："悲哉！秋之为气也。萧瑟兮，草木摇落而变衰。"多么悲哀啊！秋天的气氛，给人一片萧瑟之感，草木在凋谢、在衰败。宋玉由秋天的凋零想到了人生的悲凉。后来的诗人，一写到秋天，都是这个基调。就像刘禹锡的诗句"自古逢秋悲寂寥"，以及前面李白的"弃我去者，昨日之日不可留"那句，都是悲秋之语。杜甫的《登高》，也是"悲秋"主题里的名篇。

风急天高猿啸哀，渚清沙白鸟飞回。
无边落木萧萧下，不尽长江滚滚来。
万里悲秋常作客，百年多病独登台。
艰难苦恨繁霜鬓，潦倒新停浊酒杯。

这首诗的题目叫《登高》，说明是在重阳节写的或者写的是重阳节登高的感受。在农历九月九日，从前的中国人会去登高，头上还插着茱萸。王维有一句诗："遍插茱萸少一人。"但这一天，杜甫就是一个人。风很急，天很高，猿猴在哀鸣，听觉和视觉构成了一幅画面。但"猿啸哀"，一个"哀"字，就流露出杜甫的情绪，他是带着悲哀登高的。"渚清沙白"，渚，江中的小洲；沙，沙滩。这里呈现的是水很清澈，沙滩很洁白。"鸟飞回"，

这个"回",不是回来的"回",而是回旋的"回",鸟在风中回旋,大概是因为风太大了。这个鸟在回旋的景象,好像是自然的,其中隐隐有杜甫自己的感受在。为什么水清沙白的江上,他只看到了鸟在回旋,而不是别的?在风急天高的江边,他听到的为什么是猿猴在哀鸣,而不是别的?

接着一句,看得更远,看到的是无限。"无边落木萧萧下,不尽长江滚滚来。""萧萧"和"滚滚"这两个词,都带有感情色彩,"萧萧"有落寞之感,而"滚滚"有生机之感,形成了对比和张力。无边的落叶在萧萧而下,望不到头的长江滚滚而来。

第三句从景色回到自身。眼前的"悲秋",让杜甫想到了自己的漂泊,总是在异乡,居无定所,已经这样漂泊了多少个秋天了呢?眼前的"登高"让杜甫想到了自己的多病,总是多病多愁,已经这样独自度过多少个重阳了呢?

最后一句,从自己的人生回到眼前的身体。生活的艰难、痛苦、怨恨、遗憾,让我的白头发长得越来越多。潦倒困顿的我本来还可以喝酒消愁,但现在因为生病,连喝酒这唯一的乐趣也不得不舍弃了。

这首诗写于唐代宗大历二年（767年）的秋天,当时杜甫在夔州。安史之乱结束后,杜甫有一段时间去了成都,不久因为可以依靠的节度使严武去世了,就离开了成都,766年到了夔州。《登高》就是杜甫在夔州的第二年写的。那时候杜甫已经快五十六岁了,秋天的萧瑟让他感慨自己坎坷的一生。有人认为这是中国古典诗歌里最好的一首七律,从形式到内容都非常讲究,近乎完美,可以反复推敲。

从大的层面看,前面两句写秋天的景色,和后面两句写自己的人生悲哀形成一个对比。景色写了风、猿猴的叫声、清澈的江水和沙滩、回旋的鸟儿、落叶、长江;自己的悲哀写了漂泊、疾病、孤独、衰老(头发白了)、喝酒与戒酒。景色里的意象和后面的事情相互衬托。假如只是后面的发牢骚,那么这首诗就很平常。但因为有前面的铺垫,淡化了后面的悲伤,别有一种感染力。在无限的时间里面,在无尽的江水的奔流中,个体多么渺小,悲伤也多么微不足道。这是第一大对比。

微观的层面,前面写景色,后面写人生,它们本身又形成对比。"风急天高猿啸哀,渚清沙白鸟飞回。"风、天空,与江面上的小洲、沙滩对比描写带来了一种视觉感。猿猴在哀鸣,鸟儿在回旋,有一种对应。"无边落木萧萧下,不尽长江滚滚来。"一边是在凋谢,一边是在奔流,凋谢是无边的,奔流是无尽的,死是无边的,生是无尽的,产生了强烈的张力。悲观即达观,这两句之间也有呼应。风、落叶与回旋的鸟儿,以及滚滚的江水,构成了一种逻辑关系,形成一幅简洁而丰富的画面,你能感觉到其中的萧瑟、悲凉、力量、宏大。

"万里悲秋常作客,百年多病独登台。""万里"和"百年",是空间和时间相对;"悲秋"是空间里感受到了季节的流逝,"多病"是时间里感受到了生命的残缺;"常作客"是时间里的漂泊,"独登台"是空间里的孤独。"艰难苦恨繁霜鬓,潦倒新停浊酒杯。"最后一句,聚焦在了自己的白发和酒杯上,白发还在不断地生长,活着实在太艰难、太痛苦了;而酒杯呢,也用不上了,因为生病,不得不戒酒。这两句之间当然也是紧密呼应的。因为漂泊,因为孤独,找不到安身之所,当然就有忧愁,有白发,就会生病,就连借酒消愁这样的愿望也没有办法实现了。

这首诗，像一首悲歌，一个无法实现自己理想的老人在秋天的一首悲歌。杜甫自己曾在一篇文章里说：杜家从先祖杜恕、杜预以来，一直继承儒家事业，保有官职，共有十一代，到杜审言，因为文章而出名。依靠祖先留下的产业，自己七岁就会写文章，至今快四十年了，居然缺衣少食，常常要靠别人的救济，连饭都吃不饱。因此，他私下常常担心自己会辗转死在野外的山沟沟里。

《唐才子传》里，对于杜甫和李白有一段议论，说他们两个人在乱世中个人处境坎坷，但每句话都在关心天下大事，忠君仁孝之心，感动千秋万代，诗歌吟咏之绝妙，在当时就名震天下。他们集中了古今作家的众多长处，融汇了历代作品的各种成就，过了很多代之后，我们还能感受到他们作品的崇高。可惜，他们满腹才华，却没有机会施展，只能变成纸上的语言，真是悲哀啊！

《登高》写尽了这种悲哀，但悲哀里还是充满了力量。

第29首　白居易：同是天涯沦落人，相逢何必曾相识

前面讲杜甫的《石壕吏》，讲到"骚"的传统里，有一个内容是写底层民众的疾苦。后来的白居易比杜甫走得更远，他不仅写了很多这种内容，而且在表达上，企图做到"老妪能解"，意思是就连普通的老太太也能看得懂。白居易的《卖炭翁》《新丰折臂翁》是有名的诗篇，很像民歌。"卖炭翁，伐薪烧炭南山中。满面尘灰烟火色，两鬓苍苍十指黑。"这样的句子，今天读

起来还是很口语化，很容易明白。另外，像《上阳白发人》这类诗歌，拓宽了社会批判的内涵，可以看出白居易在文学功能上的野心，他希望文学可以改变现实。在"骚"这个部分，白居易的作品，我选了他的《琵琶行》。《琵琶行》在诗歌艺术上，是一首杰作；而在主题上，是民间疾苦内容的一个延伸，由社会批判，升华到对普通人命运的同情，开创了"同是天涯沦落人"的抒情模式。

元和十年，予左迁九江郡司马。明年秋，送客湓浦口，闻舟中夜弹琵琶者。听其音，铮铮然有京都声。问其人，本长安倡女，尝学琵琶于穆、曹二善才。年长色衰，委身为贾人妇。遂命酒，使快弹数曲。曲罢悯然，自叙少小时欢乐事，今漂沦憔悴，转徙于江湖间。予出官二年，恬然自安，感斯人言，是夕始觉有迁谪意。因为长句，歌以赠之，凡六百一十六言，命曰《琵琶行》。

浔阳江头夜送客，枫叶荻花秋瑟瑟。
主人下马客在船，举酒欲饮无管弦。
醉不成欢惨将别，别时茫茫江浸月。
忽闻水上琵琶声，主人忘归客不发。
寻声暗问弹者谁，琵琶声停欲语迟。
移船相近邀相见，添酒回灯重开宴。
千呼万唤始出来，犹抱琵琶半遮面。
转轴拨弦三两声，未成曲调先有情。
弦弦掩抑声声思，似诉平生不得志。

低眉信手续续弹,说尽心中无限事。
轻拢慢捻抹复挑,初为《霓裳》后《六幺》。
大弦嘈嘈如急雨,小弦切切如私语。
嘈嘈切切错杂弹,大珠小珠落玉盘。
间关莺语花底滑,幽咽泉流冰下难。
冰泉冷涩弦凝绝,凝绝不通声暂歇。
别有幽愁暗恨生,此时无声胜有声。
银瓶乍破水浆迸,铁骑突出刀枪鸣。
曲终收拨当心画,四弦一声如裂帛。
东船西舫悄无言,唯见江心秋月白。
沉吟放拨插弦中,整顿衣裳起敛容。
自言本是京城女,家在虾蟆陵下住。
十三学得琵琶成,名属教坊第一部。
曲罢曾教善才服,妆成每被秋娘妒。
五陵年少争缠头,一曲红绡不知数。
钿头银篦击节碎,血色罗裙翻酒污。
今年欢笑复明年,秋月春风等闲度。
弟走从军阿姨死,暮去朝来颜色故。
门前冷落鞍马稀,老大嫁作商人妇。
商人重利轻别离,前月浮梁买茶去。
去来江口守空船,绕船月明江水寒。
夜深忽梦少年事,梦啼妆泪红阑干。
我闻琵琶已叹息,又闻此语重唧唧。
同是天涯沦落人,相逢何必曾相识!
我从去年辞帝京,谪居卧病浔阳城。

浔阳地僻无音乐,终岁不闻丝竹声。
住近湓江地低湿,黄芦苦竹绕宅生。
其间旦暮闻何物?杜鹃啼血猿哀鸣。
春江花朝秋月夜,往往取酒还独倾。
岂无山歌与村笛?呕哑嘲哳难为听。
今夜闻君琵琶语,如听仙乐耳暂明。
莫辞更坐弹一曲,为君翻作《琵琶行》。
感我此言良久立,却坐促弦弦转急。
凄凄不似向前声,满座重闻皆掩泣。
座中泣下谁最多?江州司马青衫湿。

  这首长诗的前面有一个序言,讲了创作这首诗的缘起。白居易说,元和十年(815年),他被贬为九江郡司马。第二年,也就是816年的秋天,他到湓浦口送客,听到隔壁船上有一女子在弹奏琵琶,细细听来,铿铿锵锵颇有京城的风味。白居易就去询问她的来历,原来她是长安的乐伎,曾经跟姓穆的和姓曹的两位琵琶名家学习过技艺,后来年老色衰,嫁给了一位商人。白居易听了就吩咐摆上酒席,请她尽情地弹几支曲子。她演奏完毕,神态忧伤,回忆起年轻时欢乐的往事,但如今漂泊沦落,憔悴不堪,在江湖之间飘零流浪。白居易说自己被贬到九江将近两年,一向看得很淡,心境平和,但这个女子的话让他深受触动,感受到了被贬谪的悲哀,于是就写了这首七言歌行,赠送给她。该诗正文一共有六百一十六字,题目就叫《琵琶行》。
  《琵琶行》这首诗开头部分,讲了白居易为朋友饯行。饯行当然要喝酒,在秋天萧瑟的夜晚,诗人去了客人的船上为他送行，却一时找不到乐队来助兴。"醉不成欢惨将别，别时茫茫江浸月。"两人喝着闷酒，喝醉了，却高兴不起来，因为马上就要离别了，只见茫茫的江水倒映着月亮。

第二部分是一个转折。本来已经准备起身告别了，突然听到琵琶声，太好听了，白居易这个主人忘了应该要回去了，而那个客人也忘了应该要开船离开了。顺着声音悄悄问是什么人在弹奏，琵琶声一下子就停了下来，好像想要回答，却又很迟疑。于是，白居易和他的朋友就把船靠过去，邀请那个弹琵琶的人出来一见。两个人干脆又重新添了酒，再次开宴，"移船相近邀相见，添酒回灯重开宴"。但那个弹琵琶的人好像很害羞，"千呼万唤始出来，犹抱琵琶半遮面"。

第三部分写音乐。这一部分在古典诗词里非常经典，是把声音视觉化的典范。"转轴拨弦三两声，未成曲调先有情。"正式弹奏之前，一般都会先拨弄几下琴弦，有点像试一下音，找一下感觉。这位女子在试音的时候，曲调还没有出来的时候，听者却已经感受到了她的情感，可以想象她的整个动作语言都在传情。"弦弦掩抑声声思，似诉平生不得志。"每一根弦都好像被抑制着，一声声里隐含着某种意味，好像在诉说平生的不得志。"低眉信手续续弹，说尽心中无限事。"她低着头，信手连续弹奏，好像在诉说无限的心事。"轻拢慢捻抹复挑，初为《霓裳》后《六幺》。"她一会儿轻拢，轻轻地用左手手指按着弦向琵琶的中部推，一会儿慢捻，慢慢地揉着弦，一会儿顺着手下拨，一会儿反手回拨。开始弹的曲子是《霓裳羽衣曲》，后来弹的是《六幺》曲。

接下来，"大弦嘈嘈如急雨，小弦切切如私语。嘈嘈切切错杂弹，大珠小珠落玉盘"，是从听觉上感受音乐的变化，用另外的声音来比喻音乐。大弦，琵琶上最粗的弦；小弦，琵琶上最细的弦。大弦、小弦之间音乐有高低变化，高的时候像暴雨那样沉重悠扬，低的时候像有人在窃窃私语，细微幽缓。大弦和小弦的乐音相互交错，听起来好像大大小小的珍珠掉落在玉盘上。

随后的几句，感觉上更加复杂。"间关莺语花底滑，幽咽泉流冰下难。冰泉冷涩弦凝绝，凝绝不通声暂歇。别有幽愁暗恨生，此时无声胜有声。"间关，是莺的叫声，这一句形容音乐像是花丛间莺鸟的婉转低吟滑过花丛底下；滑，是一个动词，但也引起触觉的感受，而鸟的声音滑过花丛的底下这样一个意象，唤起的不仅仅是视觉、听觉、触觉，还有嗅觉。声音向下而去，显得越来越低沉。冰下面的泉水很难流淌，但还是能够感觉到它在缓慢地流动，发出幽咽的声音。声音在冰的下面，更加低沉了。泉水都结成冰了，流不动了。冷涩，就是凝滞不通，这完全是触觉感受。弦好像也停止不动了，一切都冻结了，声音也暂时停歇了。但在这声音停歇中，别有一种内心的忧愁在弥漫。这让白居易感受到了无声的美，"此时无声胜有声"。这一段从整体去看，特别有意思，写了一个过程，从花丛中莺的低吟，到结冰的泉水暗暗流动的声响，越来越低沉，越来越冷，越来越安静，一直到好像凝结成冰，没有了声响。但这种无声带给人巨大的感染力，"此时无声胜有声"。

接着，从无声到有声，也是最后的高潮。"银瓶乍破水浆迸，铁骑突出刀枪鸣。"好像突然间银瓶炸裂，里面的水喷溅而出；又好像战场上突然杀出一队铁骑，刀枪齐鸣。想象一下，银瓶炸裂水浆喷溅，战场上铁骑突然从天而降，是什么样的场面，什么样的声音!

"曲终收拨当心画,四弦一声如裂帛。"当心画,用拨子在琵琶的中部划过四弦,是一曲结束时经常用到的右手手法。演奏完了,最后用拨子划过四弦,发出像布被撕开的声音,叫裂帛。这一声余音绕梁。"东船西舫悄无言,唯见江心秋月白。沉吟放拨插弦中,整顿衣裳起敛容。"大家还沉浸在音乐之中,东边和西边的船上,听不到一点说话声,只见到水中央皎洁的月亮。这一句呼应了前面的"浔阳江头夜送客"和"别时茫茫江浸月",开始是月亮,又回到月亮。弹奏琵琶的那个女子,沉吟着,收起拨子将其插在琴弦中,整了整衣服,恢复平常的样子。到告别的时候了。

但接着并没有告别,而是进入了第四部分,这有点让人意外,但又觉得在情理之中。从一开始听到琵琶声,到"千呼万唤始出来,犹抱琵琶半遮面",一直到音乐引起的美妙感受,我们一直能够感觉到作者白居易有一种不舍,要把时间拉长,拉长时间最好的办法是讲故事。于是,第四部分,那个女子讲起了自己的身世。她是出生在京城长安的女孩子,十三岁就学会了弹奏琵琶,成为京城里当红的歌伎。红到什么程度呢?"曲罢曾教善才服,妆成每被秋娘妒。五陵年少争缠头,一曲红绡不知数。"善才,相当于我们现在说的艺术大师。秋娘,当时歌伎常用的名字,泛指貌美艺高的女孩子。五陵,是当时长安富豪居住的区域。每一次弹完曲子,都令那些艺术大师叹服;每次化妆出台,都被同行的歌伎嫉妒。那些豪家子弟争先恐后地送上礼物,弹完一曲收来的红绡数都数不完。她每天都在灯红酒绿里弹唱、陪酒。"今年欢笑复明年,秋月春风等闲度。"一年一年,好像在热闹场的欢笑里度过了,秋天的月亮、春天的风很随意地过去了。

接下来是一个转折,这个女子的弟弟去从军,阿姨也去世了。欢乐中,不知道时间在流逝,她老了。"门前冷落鞍马稀,老大嫁作商人妇。"找她的人越来越少,这个舞台不属于她了,她就嫁给了一个商人。"商人重利轻别离,前月浮梁买茶去。"商人做生意,要谋取利益,经常外出,上个月去了浮梁做茶叶生意,留下她在这个江口独守空船。"绕船月明江水寒",又提到了明月,这个女子看到的月亮和江水是寒冷的。深夜时,她会忽然梦到年少往事,会在梦中哭醒,泪水和脸上的胭脂粉混合在一起,纵横流淌。

女子讲完了她的故事,接下来第五部分是白居易的感触:"我闻琵琶已叹息,又闻此语重唧唧。"唧唧,也是叹息。她弹奏的琵琶的曲子,已经让我叹息了,现在又听她讲了这些,更加让我叹息。"同是天涯沦落人,相逢何必曾相识!"我们都是沦落在天涯的人,都是郁郁不得志的人,遇到了聚在一起,哪里还需要以前认识呢!这句诗是千古名句,很美,它的动人之处在于,生活中,两个陌生人因为彼此的遭遇而产生感动,产生默契,感到了有相互联系的命运,因而感到彼此的温暖。这确实是残酷现实里一道温暖的光。接着白居易倾诉了他自己这多年来的郁闷。他说自己去年离开繁华的长安,被贬谪到这里,经常生病。浔阳这地方荒凉偏僻没有音乐,一年到头听不到管弦的乐器声,早晚听到的都是杜鹃的悲啼和猿猴的哀鸣。"春江花朝秋月夜,往往取酒还独倾。岂无山歌与村笛?呕哑嘲哳难为听。"春天秋天那些美好的日子,也是一个人孤独地喝酒。当地也有山歌和村笛,但咿咿呀呀的不太好听。这就是为什么白居易会被琵琶声吸引,因为这勾起了他自己对京城生活的回忆;同时,这也唤起了他被压抑了很久的悲痛和委屈。现在，这个女子的弹奏，还有她的故事，让白居易得到了宣泄。

接着又是一个意料之外，白居易再次表现出依依不舍，请求那个女子再弹奏一曲。那个女子便坐下来继续弹奏。"凄凄不似向前声，满座重闻皆掩泣。座中泣下谁最多？江州司马青衫湿。"凄凄切切的，不像刚才那种弹出来的乐音。虽然重新听曲，满座的人还是都听得掩面而泣。要是问在座各位谁流的眼泪最多，江州司马，也就是白居易的青色官袍已经被眼泪沾湿了。

这首诗很长，但我们细细读的时候，并不觉得长，像白居易听那个女子弹琵琶那样，希望她一直弹下去，自己一直听下去，希望旋律一直在那里。白居易对于音乐的感受所表现出来的意境，可以说是登峰造极。这首诗既给了我们音乐的美，也让我们学习如何欣赏音乐。同时，它还给了我们陌生人之间同情的美，一句"同是天涯沦落人，相逢何必曾相识"，一下子拉近了多少心与心之间的距离。

第30首 ｜ 刘禹锡：沉舟侧畔千帆过，病树前头万木春

826年冬，刘禹锡（772—842）奉调回洛阳。从和州返回洛阳的途中，经过扬州，他遇到了白居易。宴席上，白居易写了一首诗送给他，刘禹锡也回赠了一首《酬乐天扬州初逢席上见赠》。先读一下白居易的诗，可以更好地理解刘禹锡这首诗。白

居易的赠诗题目叫《醉赠刘二十八使君》，"醉赠"说明是在酒席上写的；"刘二十八"是指刘禹锡在同宗同辈的兄弟姐妹里排行第二十八；"使君"是对官员的一种尊敬的称谓。

> 为我引杯添酒饮，与君把箸击盘歌。
> 诗称国手徒为尔，命压人头不奈何。
> 举眼风光长寂寞，满朝官职独蹉跎。
> 亦知合被才名折，二十三年折太多。

白居易说：你为我举起酒杯斟满酒，一起痛饮。我呢，拿着筷子，敲击碗碟，为你吟唱诗歌。你写诗的才华那么出众，却是徒然，不能出人头地，很无奈啊。放眼看去，大家都风光无限，只有你一直寂寞，满朝的文武百官都在升迁，只有你在岁月里蹉跎。我明白有才华的人总要遭受打击、折磨，但是付出二十三年的代价，也实在是太大了。

白居易的诗，写了对刘禹锡的同情。白居易和刘禹锡，虽然第一次见面，但两人相互是知道的。因为相互了解，所以，这次见面后，他们成了很要好的朋友。白居易的前半生，好友是元稹，有"元白"的说法；后半生，最好的朋友是刘禹锡，有"刘白"的说法。刘禹锡和白居易同岁，都出生于772年。在那个年代，他们都属于少年得志。白居易二十九岁考中进士，刘禹锡二十二岁考中进士。

刘禹锡命运的分水岭出现在805年年初。那一年，唐德宗去世，唐顺宗继位，重用翰林学士王叔文。王叔文欣赏柳宗元和刘禹锡，把他们纳入权力核心，开始了所谓的"永贞革新"，目的是解决唐王朝长期以来面临的两大问题：一是藩镇割据；二是宦官专权。这个时候的刘禹锡，应该是意气风发，但是昙花一现。805年年底，唐顺宗被迫让位，唐宪宗继位，永贞革新宣告失败。王叔文被赐死，柳宗元和刘禹锡等人被贬谪到边远地区。刘禹锡到了朗州，也就是现在的湖南常德，一待就是十年。十年后，他获得重回朝廷的机会，但到京城后，因为写了一首诗，被当政者认为有影射和不满之意，又把他贬到了连州，就是现在的广东连州；不久又到了夔州，就是现在重庆的奉节；824年，又被调任到和州（今安徽和县）；直到826年，才终于奉调回洛阳。

从和州返回洛阳，路途遥远，二人见面的时候距离刘禹锡第一次被贬已经过去了二十三年。从三十多岁到五十多岁，刘禹锡生命中最美好的年华，都流落在远离中原的偏远地区了。了解了这一段历史，就能明白白居易写给刘禹锡的诗为什么如此感慨。那么，刘禹锡是如何回应的呢？我们来看他的诗：

巴山楚水凄凉地，二十三年弃置身。
怀旧空吟闻笛赋，到乡翻似烂柯人。
沉舟侧畔千帆过，病树前头万木春。
今日听君歌一曲，暂凭杯酒长精神。

"巴山楚水凄凉地，二十三年弃置身。"二十三年来被这个世界抛弃，凄凉地辗转于巴山楚水之间。巴山楚水，有人说巴山是山名，楚水是河流的名字，也有人说只是泛指四川、湖南、湖北一带。短短一句话，写出了自己二十三年的经历和情绪。

"怀旧空吟闻笛赋，到乡翻似烂柯人。"想起从前的朋友，就像向秀那样,听到了笛声,朋友的故居还在,还有人在吹笛子,但朋友呢,早已不在人间了。这里用了一个历史典故。曹魏政权向西晋过渡期间,嵇康和吕安因不满司马家族的篡权而遭到杀害。很多年后,他们的朋友向秀经过嵇康和吕安的故居,听到邻近的屋子里有人在吹笛,不禁悲从中来,写了一篇《思旧赋》。

为什么会想到嵇康、吕安的事呢?因为在写这首诗的时候,当年和刘禹锡一起参加永贞革新的王叔文、柳宗元已经去世了。情形很像当年的嵇康他们,在混乱的政治斗争中,个人的命运多么无常。

刘禹锡终于熬过了岁月的洗礼,又要回到洛阳,却像"烂柯人"。柯是斧头,烂柯人是拿着烂掉了的斧头的人,这里用了一个传说故事。传说晋朝时,有一个叫王质的人上山砍柴,见到两个儿童在下棋,他就在旁边观看。等他们下完棋之后,他发现手里砍柴的斧头居然已经烂掉了。他赶紧下山回到村里,才知道一百年过去了,他的同代人都已经去世了。为什么会想到这个故事?大概在表达一种二十多年后从边缘回到中心,那种人事全非的沧桑感。

"沉舟侧畔千帆过,病树前头万木春。"刘禹锡的诗是对白居易赠诗的回应。白居易说刘禹锡你太倒霉了,实在受了太多折磨。刘禹锡前面两联,"巴山楚水凄凉地,二十三年弃置身。怀旧空吟闻笛赋,到乡翻似烂柯人",好像是接着白居易的话说:是的,我确实很倒霉,我那些死去的朋友更加倒霉。但紧接着这一联,是一个突然的转折:就算我倒霉吧,像一艘沉没了的船,但是又有什么关系呢?我沉没了,世界照转,有千万艘船在我身边扬帆前行。就算我倒霉得像一棵病得要枯萎的树,但世界还在运转,我前面是千万棵绿色的树木,正在茁壮生长。

这种自我开解确实让人耳目一新。刘禹锡把自己放在了一个宏大的背景里，个人的遭遇显得微不足道。对于自己的苦难，我们常常自我开解，无非是苦难让我们得到了磨炼。但刘禹锡提供了一个全新的角度，一旦我们把自己融入一个整体当中，那么，个人的挫折和失意，并不影响整体的向上。这也暗含了一个意思：无论个人遭到多么大的打击，历史的洪流总是滚滚向前；无论个人遭到多么大的打击，世界总还是生机勃勃。所以，没有什么好悲伤的，没有什么好愤怒的。这既是在宽慰自己，也是在宽慰白居易。

"今日听君歌一曲，暂凭杯酒长精神。"这是一句客套话，回到酒席上，今天有幸听到你高歌一曲，暂时借着酒力又有了旺盛的精力。

刘禹锡的名气不如白居易，但这次相遇，白居易的赠诗却不如刘禹锡的回应诗。"沉舟侧畔千帆过，病树前头万木春"成了诗词世界里家喻户晓的一句诗。很多人可能并不清楚这句诗的背景，但是"沉舟"和"千帆过"、"病树"和"万木春"这两对对比性意象，给人强烈的震撼，让人感受到了自然界的衰败，更让人感受到了自然界的无限生机。

第31首 | 李煜：问君能有几多愁？恰似一江春水向东流

为什么在"骚"这部分选了李煜（937—978）的这首词呢？因为在中国历史上，从秦朝到清朝，一直有改朝换代的现象。这种现象引发的乱世之感成了很普遍的文学情感。而李煜，不仅经历了乱世，他自己还是末代皇帝，他所抒发的乱世之感是独一无二的。

王国维把李煜和同样是亡国之君的宋徽宗作了比较，认为宋徽宗不过是表达了一点自己身世的悲哀，李煜则达到了新的高度："担荷人类罪恶之意，其大小固不同矣。"王国维还评价说，虽然李煜作为一个君王不合格，但他作为诗人，有赤子之心，非常优秀。王国维又从文学史的角度，把李煜的词看作由"伶工之词"向"士大夫之词"的一个转折。也就是说，词这一文体，因为李煜，从通俗文艺变成了高雅的文学艺术。

李煜是南唐的末代君主。南唐，是唐朝灭亡后五代十国混乱时期的一个南方朝廷，定都金陵，开国皇帝叫徐知诰。939年，徐知诰宣称自己是唐朝宪宗的后裔，改名为"李昪"，改国号为"唐"，历史上称为"南唐"。李昪去世后，李璟继位。李璟去世后，李煜继位，世称"李后主"。南唐存在的时间将近四十年，在五代十国的大大小小政权中，文化最为发达，经济也很繁荣。975年，宋朝的大军打到金陵，俘虏了李煜。976年正月，李煜被押送到汴京。宋太祖封了一个叫"违命侯"的爵位给他，授予他右千牛卫上将军的职位。同年，宋太宗即位，改封李煜为陇西公。978年8月13日，李煜去世，年仅四十二岁，后被宋太宗追封为吴王。

假如没有亡国，没有在汴京的软禁生活，李煜不过是一个会写艳词的君王而已，不会在文学史上留下自己的名字。从皇帝的生活到寄人篱下，甚至身陷囹圄，确实像李煜自己描述的：天上人间，一下子从天上到了人间。这种感受转化为审美，让人看到世事无常的残酷，而残酷里的那一点无奈和留恋，也超越了社会道德的界限，成为一种普遍的悲哀。

  978年农历七月七日，李煜去世。去世前不久，他突然对时间感到了厌倦，想起昨天在小楼里，听到了东风的声音，感觉到了季节在变化。春去秋来，春天的花，秋天的月，已经多少年了？还要这样循环往复下去吗？什么时候才会终结呢？时间的尽头在哪里啊？他又想起春花秋月里，曾经有过多少开心的动情的事啊，但再开心再动情也已经过去了，只能在记忆里回味。窗外的月亮那么明亮，他忍不住要望向南方的金陵城，从前华美的宫殿，应该还在吧，只是人一定不是以前的人了。想到这里，李煜信笔写下了一首《虞美人·春花秋月何时了》：

> 春花秋月何时了，往事知多少？小楼昨夜又东风，故国不堪回首月明中。
>
> 雕栏玉砌应犹在，只是朱颜改。问君能有几多愁？恰似一江春水向东流。

  你问我现在是不是有哀愁，那么我告诉你，我的哀愁就像春天长江里的水，绵绵不断，一波一波涌起，一直向东流去。在李煜之前，有人以水来写愁，比如，李白的"抽刀断水水更流，举杯销愁愁更愁"，刘禹锡的"花红易衰似郎意，水流无限似侬愁"，白居易的"汴水流，泗水流，流到瓜洲古渡头。吴山点点愁"；在李煜之后，也有人以水写愁，比如秦观的"便做春江都是泪，流不尽，许多愁"，李清照的"花自飘零水自流。一种相思，两处闲愁"，贺铸的"试问闲情都几许？一川烟草，满城风絮。梅子黄时雨",等等。但这些好像都不如李煜这一句"问君能有几多愁?恰似一江春水向东流"引起那么广泛的共鸣。

这一方面和李煜特别沉痛的感受有关,从高高在上的皇帝一下子成为俘虏,这种巨大的落差感,敏感的人特别能够从中体会到人生的无常和痛苦。另一方面,这也与他出色的表达有关。"春花秋月何时了","春花秋月",中国古典诗词里很平常的意象,用了"何时了"这样一个问句显得有点突兀,好像在传达一种决绝,对于春花秋月已经没有了期待。但紧接着"往事知多少"又流露出一丝留恋,对未来没有了期待,对过去却有很深的留恋。

李煜写这一句的时候,一定是想到了从前的荣华。以前在金陵,每年生日这天,他都会让人用红色、白色的丝绸把宫殿布置得像天上的银河,然后通宵达旦地庆祝。而现在,快到生日了,他却一个人孤独地住在小楼里,听到东风的声音,起了感触。"故国不堪回首月明中",是"往事知多少"的具体化,什么往事呢?是故国的往事,又回到了亡国之君的身份。

接着一句"雕栏玉砌应犹在,只是朱颜改",透露了往事的重点是人。什么人呢?没有说。但我们从李煜投降宋朝之后写的《破阵子·四十年来家国》的词里,可以推测他想念的人是谁:"四十年来家国,三千里地山河。凤阁龙楼连霄汉,玉树琼枝作烟萝,几曾识干戈?一旦归为臣虏,沈腰潘鬓消磨。最是仓皇辞庙日,教坊犹奏别离歌,垂泪对宫娥。"我们的国家平安了四十多年,有着三千多里的江山,巍峨的宫殿高耸入云,各种楼阁,各种奇花异树,烟聚萝绕,一直岁月静好,哪里会想到有战争呢?一旦成为俘虏,我就日渐消瘦,两鬓也长出了白发。最伤心的是那天匆匆忙忙地辞别宗庙,教坊里还在演奏着别离的歌曲,我唯有含泪对着那些宫娥。

作为皇帝，李煜本来应该在宗庙祭拜，此时他却只能垂泪对宫娥。从前的繁华随着"朱颜改"，像落叶一样飘零，而人类的悲哀和忧愁层层叠叠，在江水里回荡。

有一种传说，宋太宗听到李煜这首《虞美人》，觉得他还在怀念故国，就派人毒死了他。但事实上，李煜到汴京后写的词基本上表达的都是亡国之恨，比如《浪淘沙令·帘外雨潺潺》也很有名："帘外雨潺潺，春意阑珊。罗衾不耐五更寒。梦里不知身是客，一晌贪欢。独自莫凭栏，无限江山，别时容易见时难。流水落花春去也，天上人间。"人生中的告别，很多是永别。李煜写忧愁，写感伤，写出了一个新高度。

第32首 ｜ 范仲淹：人不寐，将军白发征夫泪

> 塞下秋来风景异，衡阳雁去无留意。四面边声连角起，千嶂里，长烟落日孤城闭。
> 浊酒一杯家万里，燕然未勒归无计。羌管悠悠霜满地，人不寐，将军白发征夫泪。

这首《渔家傲·秋思》表面看，是写边塞，尤其是写戍边将士的艰难。这类题材，可以追溯到《诗经》。《诗经·小雅》里有一首《何草不黄》，写的就是征夫泪，其中有一句"哀我征

夫，独为匪民"，意为：悲哀啊，我们这些服兵役的征夫，他们从不把我们当人看待。这个他们，当然是指统治者。这种批判的传统，在汉代、唐代的边塞诗里，尤其是民间诗歌里，一直在延续着。但唐代边塞诗还表现了另一种豪迈的情怀，比如王昌龄的"秦时明月汉时关，万里长征人未还。但使龙城飞将在，不教胡马度阴山"；再如王翰的"葡萄美酒夜光杯，欲饮琵琶马上催。醉卧沙场君莫笑，古来征战几人回"。

范仲淹（989—1052）这首《渔家傲·秋思》的特别之处在哪里呢？在于他把自己作为统帅的角色和征夫的角色并置在了一起，写出了一种双重视角下的情愫。范仲淹从康定元年（1040年）到庆历三年（1043年），担任陕西经略安抚副使兼延州知州，镇守西北边陲。这首《渔家傲·秋思》描写的就是那一段生活的体验。

第一句，写因为秋天来临而生发出种种思绪。"塞下秋来风景异"，秋天来了，边塞的风景很特别。范仲淹是苏州人，西北的季节转换，于他而言是一种异常的体验。接着"衡阳雁去无留意"，秋天一到，大雁没有丝毫留恋，就直接向南方的衡阳飞去，说明边塞的秋天是多么萧瑟。听觉上，军营里的号角，还有各种声音混合在一起；视觉上，层峦叠嶂里，是绵长的烽烟、缓缓西沉的落日，而城门紧闭着，显得孤零零的。这是上阕，写景，但景色里流露出来的是寂寞和乡愁。

下阕，写人。"浊酒一杯家万里"，"浊酒"是古典诗词里的一个典型意象。这种酒一般是在自己家里用简单的方法酿制而成，没有经过过滤和沉淀，残留了一些酒渣，显得混浊，所以叫浊酒。而清酒需要复杂的工艺，酒精度较高，色泽清透，味道清香，所以叫清酒。普通人家喝浊酒，富贵人家喝清酒。陶渊明诗里较早用了"浊酒"这个意象，"虽无挥金事，浊酒聊可恃"，虽然家里贫穷，没有什么可以挥霍的，但一杯浊酒也足以让心有所依靠。在后来的诗词里，浊酒经常出现，流露出的是沧桑感，表达的往往是悲苦的情绪。白居易的"可惜莺啼花落处，一壶浊酒送残春"和杜甫的"艰难苦恨繁霜鬓，潦倒新停浊酒杯"更是千古名句。《三国演义》开头引用的杨慎的《临江仙·滚滚长江东逝水》里那句"一壶浊酒喜相逢。古今多少事，都付笑谈中"，在中国几乎家喻户晓。近代李叔同《送别》中的"一壶浊酒尽余欢，今宵别梦寒"写出了人生的不舍和无奈。

范仲淹这一句"浊酒一杯家万里"，把家国情怀浓缩在一个句子里，也是千古名句。仅仅一杯浊酒就唤起了乡愁，想念万里之外的家乡。但是"燕然未勒归无计"，燕然，燕然山，在今天蒙古国境内。东汉时，窦宪带领汉朝大军追击北匈奴单于，一直打到燕然山，在山上的石头上刻录文字，记录战绩，然后返回中原。范仲淹这句话的意思是，还没有把侵略者赶走，不知道什么时候能够回家。"羌管悠悠霜满地，人不寐，将军白发征夫泪。"远方传来羌笛的悠悠之声，月光之下，满地是霜。军营里的人，有多少还没有睡着？将军的头发已经白了，而士兵们在悄悄流泪。

通篇读下来，你在感觉到感伤的同时，又能体会到豪迈的一面。范仲淹的两个角色同时在说话：一个角色是作为将军或者作为军人，有保家卫国的责任；另一个角色是作为普通人，常年守卫边疆，以生命和乡愁为代价。"将军白发征夫泪"，一般把将军理解为范仲淹自己，征夫指的是士兵，这当然是合理的解释。

但还可以解释为，范仲淹既是将军，也是征夫，一方面是朝廷的大将，另一方面也是一名远离家乡的征夫。这种双重身份，使得这首词糅合了双重声音，却并不显得复杂、矛盾，而是流畅、耐人寻味。

这首词里"长烟落日孤城闭"一句，挪用了王维《使至塞上》一个很有名的意象："大漠孤烟直，长河落日圆。"王维在737年，奉命去西河慰问戍边的将士，路上写了这首《使至塞上》："单车欲问边，属国过居延。征蓬出汉塞，归雁入胡天。大漠孤烟直，长河落日圆。萧关逢候骑，都护在燕然。"其中写到了归雁，也写到了燕然山，但和范仲淹相比，王维的表达相对单纯。作为唐朝帝国使者，他看到辽阔的边疆的壮丽景色，不由自主地感到自豪，完全没有涉及战争的残酷性。这大概也是唐朝和宋朝两个时代的风气不同，宋代对外关系偏向于温和，尽量避免战争，这是北宋主流的思想，而范仲淹这首《渔家傲·秋思》可以说是宋代边塞词作的典范。

第33首 | 苏轼：小舟从此逝，江海寄余生

年轻时，人往往都会有很多美好的愿望和期许，但因常常深陷于社会的泥潭中，不时会产生很深的厌倦。人生那么短暂，我们却把很多精力消耗在了人事的纠纷、无聊的杂务上，甚至消耗在彼此的争斗中，有什么意思呢？苏轼用了一句"何时忘却营

营",写出了这种人生感慨。

"何时忘却营营？"苏轼发出这样的感慨，是在1083年4月，也有人说是在1082年9月。那时候，苏轼将近五十岁，被贬谪到黄州。为什么会被贬谪到黄州呢？这就必须提到"乌台诗案"。所谓乌台，就是御史台；诗案，就是关于诗歌的一个案件。1071年，苏轼为了躲避权力斗争，主动外放到杭州、密州、徐州等地做地方官。1079年3月，他被任命为湖州知州。他4月到达湖州，7月就被御史台以利用诗歌毁谤皇帝新政的罪名逮捕，关在监狱里，直到12月结案，被贬谪到黄州做团练副使，但不得签书公事，相当于挂名在那里被监管，有一点像流放。

1079年的"乌台诗案"，是苏轼一生中最重要的一个转折点。到黄州不久，他在朋友的帮助下得到了一块荒地进行开垦，命名为东坡。他还在那里建了东坡雪堂，经常和朋友一起在那里吟诗、作画、喝酒，喝得醉眼蒙眬。有一天晚上，苏轼又在东坡和几个朋友喝酒，喝得醉醺醺的，对着夜色中的江水、月亮，诗兴大发，写了一首《临江仙·夜归临皋》：

夜饮东坡醒复醉，归来仿佛三更。家童鼻息已雷鸣。敲门都不应，倚杖听江声。
长恨此身非我有，何时忘却营营？夜阑风静縠纹平。小舟从此逝，江海寄余生。

写完后，这几个人又唱又喝，过了很久才各自糊里糊涂回家。第二天，有人还记得苏轼写了"夜阑风静縠纹平。小舟从此逝，江海寄余生"，还说苏轼把衣服挂在江边，乘上小舟长啸而去。当地的郡守听了大吃一惊，担心自己会受到处分，因为苏轼到黄州是"有罪之人"，被安置在黄州，当地官员有监管的责任。他便马上跑到苏轼的家里，推门进去，发现苏轼正在呼呼大睡。

实际情形和词里的描写好像有一点点不一样，大约所谓诗、所谓艺术，就是源于生活而又高于生活吧。回到苏轼那首词本身，首先写的是这样一幅画面：词人喝酒喝醉了，休息了一会儿，又喝醉了。他回到临皋的家里，好像已经三更了。家里的童仆等不及留门，已经睡得呼呼的，鼾声如雷，敲门都敲不醒。他只好在江边，倚靠着拐杖，听深夜的江水声。

词中写了一种感受，什么感受呢？就是词人突然感到这个我不是我，这个身体不是我的身体，因为活在这个世上，一切都是身不由己。什么时候能够忘掉现实里那些钻营忙碌啊？趁着夜深风静、湖面平坦，驾着一叶小舟，从这里消失，浮游在江海上寄托余生吧。

这个画面、这种感受，好像很平常，却很深刻地写出了在尘网里奔波的人一种普遍的压抑，以及压抑之后的期望。从古至今，谁不想自由自在地过自己想过的生活呢？但从古至今又有多少人能够自由自在过自己想过的生活呢？谁不是在牢笼之中呢？谁不是在身不由己地跋涉前行呢？

"长恨此身非我有"源于《庄子·知北游》里的一段话，原文是："舜问乎丞：'道可得而有乎？'曰：'汝身非汝有也，汝何得有夫道！'"舜问的是：我们可以得到道并拥有它吗？丞说：连你自己的身体都不是你拥有的，你怎么能够得到道并拥有道呢？舜很奇怪：如果我的身体不是我的，那是谁的呢？丞就解释说：你的身体其实是天地托付给你的形体，生命是天地托付给你的和顺之气，性命是天地托付给你的自然之气，子孙不是你所有的，只是天地以蜕变的生机托付给你的结果。形体不过是阴阳之气一时的凝聚罢了，又怎么能够得到并被占有呢？

"何时忘却营营"源于《庄子·庚桑楚》，有人问庚桑子这个人，怎样能达到像他那样平静且具智慧的境界。庚桑子回答："全汝形，抱汝生，无使汝思虑营营。"保全你的形体，保持你的天性，不要让自己思虑劳累。

"小舟从此逝，江海寄余生"源于《论语·公冶长》，原文是："子曰：'道不行，乘桴浮于海。从我者，其由与！'子路闻之喜。子曰：'由也好勇过我，无所取材。'"孔子说："如果我的主张不能实行了，我就乘上木筏子泛游海外。能跟从我远游的恐怕只有子路一个人吧！"子路听后很高兴。孔子说："仲由比我还勇敢呀，可惜到哪里去弄到这些木材啊。"

遭遇挫折的孔子忍不住叹气，自己的主张总是得不到欣赏，无法实现，不如去海上逍遥算了。大概又怕寂寞吧，就说那时候愿意跟着我的，恐怕只有子路吧。但当子路表现出踊跃的神情，真的想要跟着孔子去海上时，孔子却幽默地说，去哪里弄木材做筏子呢？这一段话不能光看文字的意思，还要想象孔子的表情，是很丰富的一个表达。

庄子的那两段话，可以帮助我们进一步理解"长恨此身非我有，何时忘却营营"。我们以为这个身体是我们自己的，但很遗憾，身体并非我们自己的，不过是天地间的自然运行而已，我们只能顺其自然。如果非要按照人为的意志去做什么、去强求什么，那么就会很痛苦。如何才能顺其自然呢？忘掉对世间各种世俗的追求。当你忘掉名利的时候，恰恰你的身体就会成为你自己的。通俗一点说，就是当你越淡泊名利的时候，你就越接近自己。

什么时候能够忘却名利呢？什么时候能够停止追逐、停止纷争呢？这是苏轼对自己的提醒。然后，他表达了孔子的一个原则，就是当自己的主张无法实行，或者说，当理想和现实产生矛盾的时候，孔子说："乘桴浮于海。"如果说这不过是一句感叹，那么，孔子另一句话就说得很清楚："邦有道，则仕；邦无道，则可卷而怀之。"如果这个国家政治清明，就出来做官；如果这个国家政治黑暗，就隐退。这就是儒家的"进"与"退"，后来归纳为"穷则独善其身，达则兼善天下"。

庄子对于"世俗"的"进"是完全否定的，提倡彻底的"隐"。而孔子对于世俗的"进"是肯定的，但又留下了"退"的余地。苏轼在这首词里把庄子和孔子糅合在了一起。在苏轼那个时代，儒释道已经混合，很难分清谁是谁。庄子彻底的"隐"和孔子的"退"，在苏轼这里是融为一体的，混合成一种自洽的生活态度。

所以，苏轼喝完酒，写下"小舟从此逝，江海寄余生"，然后回家呼呼大睡。在他来说，这是很自然的一件事，不觉得有什么矛盾，生活仍在继续，虽然对世俗生活感到厌倦，但他的一生一直没有离开世俗生活。

苏轼一直崇拜陶渊明，却没有像陶渊明那样归隐田园。身在红尘，心在红尘之外，这大概是苏轼的状态。也许，恰恰一直在红尘之中，所以他对于世俗生活的体验就更为深刻，表达出来的虚无感也更厚重。

这好像是一个悖论，但恰恰这样一个悖论，体现了一种生活艺术。夜晚的酒醉，带来的是对于世俗生活的清醒审视，让人能够在心理上与世俗保持距离；厌倦和感伤，也冲淡了世俗带来的烦恼。这也许就是所谓的以悲伤治愈悲伤。从另一个更高的角度，也可以说，这是以出世的心，做入世的事。苏轼是一个典范，而这首词，以诗的意象，表达了这样一种活法。

第34首 | 秦观：雾失楼台，月迷津渡

中国古代一直在改朝换代之中轮回，每一次改朝换代都经历一次破坏，引发的是无数生命的飘零。而在同一个朝代，每一次皇帝的更替，都会引起人事的动荡，一朝天子一朝臣。古代中国文人常常有乱世之感，有"世事一场大梦"的虚无感。

北宋因为王安石变法，形成新党、旧党两大政治派别。我们看北宋历史，士大夫的个人命运，就在新党和旧党的争斗之间反反复复。宋神宗重用新党，作为旧党的苏轼就受到冷落，还因为"乌台诗案"，被贬谪到了黄州。1085年，宋神宗去世，继承皇位的哲宗还是少年，因此他的祖母高太后代行皇帝权力。高太后喜欢旧党，特别欣赏苏轼。一下子朝廷的权力结构完全改变了，苏轼很快晋升到翰林学士、礼部尚书等职，成为权力核心中的关键人物。

秦观一生和苏轼关系密切，难以逃脱新党旧党的政治斗

争。他年轻时崇拜苏轼，说过"我独不愿万户侯，惟愿一识苏徐州"，苏轼当时做徐州知州，所以叫苏徐州。后来秦观如愿和苏轼相识，成为"苏门四学士"之一。秦观这个人才华横溢，但性格偏懦弱，仕途也一直不太顺利。他考了三次科举，到1085年春天第三次才考中。那时候正好是苏轼政治上的巅峰时期，秦观作为苏轼身边的人，自然也有了一生中短暂的春风得意阶段，就像他后来在《千秋岁·水边沙外》中怀念的"忆昔西池会，鹓鹭同飞盖"，可以想见当年苏轼、秦观等人在京城聚会时的情景。

但好景不长，1093年，高太后去世，哲宗开始掌握权力，虽然苏轼是他的老师，但他不喜欢旧党。大批旧党官员被贬到边陲地区，原来被贬的新党官员又回到了朝廷。苏轼到了惠州，不久又到了海南。秦观从1094年开始，一路被贬，从杭州到处州，又到郴州、横州，最后在1099年到了雷州。1097年他初抵郴州时，写了一首《踏莎行·郴州旅舍》：

雾失楼台，月迷津渡，桃源望断无寻处。可堪孤馆闭春寒，杜鹃声里斜阳暮。

驿寄梅花，鱼传尺素，砌成此恨无重数。郴江幸自绕郴山，为谁流下潇湘去？

"雾失楼台，月迷津渡，桃源望断无寻处。"夜晚一片迷雾，朦朦胧胧，那些楼台好像都不见了。月光迷离，不知道渡口在哪里，苦苦地向远方望去，却找不到桃源。陶渊明《桃花源记》里描述的生活，成为中国人理想的生活状态。词句中用失去的"失"把"雾"和"楼台"连接起来，用迷失的"迷"把月亮和渡口连接起来，自然而然，又出其不意，把汉语的特性发挥到了极致，一下子烘托出眼前一片迷茫的春夜景象，暗暗涌动的，是找不到出路的人生迷惘。

"可堪孤馆闭春寒，杜鹃声里斜阳暮。"用"孤"字形容旅馆，一则可能是这个旅馆孤零零的，在边远地；二则是住在店里的人不多，住店的人感到了孤独。哪里能够忍受旅店里的冷清凄凉？一个"闭"字，指的是旅馆的门关闭着，但也让人感到了住店的人因为失望而把自己的心门关闭了。在杜鹃鸟的啼声里，太阳正在慢慢下沉。

这是上阕，写的是景。孤独的旅人看到了异乡的景色，流露出的是寂寞、凄凉之感。下阕写情，"驿寄梅花，鱼传尺素"。北朝有一个叫陆凯的人，想念北方的朋友范晔，就寄了一枝梅花给他，"折梅逢驿使，寄与陇头人。江南无所有，聊赠一枝春"。东汉有一首诗《饮马长城窟行》："客从远方来，遗我双鲤鱼。呼儿烹鲤鱼，中有尺素书。""鱼传尺素"，意思是传递书信。"驿寄梅花，鱼传尺素。"意思是自己一路南下，收到了远方朋友的问候。但朋友的问候让他越发感到悲哀，想起了平生种种不平、委屈。这些不平、委屈好像一层一层堆砌起来，是无数重的遗憾、怨恨，所以"砌成此恨无重数"。

"郴江幸自绕郴山，为谁流下潇湘去？"潇湘，湖南境内的两条河流，潇水和湘水，后称为"湘江"，也叫"潇湘"。郴江本来绕着郴山奔流，为了谁要流到湘江去呢？这一句和前面那一句，都好像有点违背常理。前面讲收到朋友的问候，本来应该感到安慰，却更加悲哀了，"砌成此恨无重数"。郴江本来就是流入湘江，但偏偏要说它本来应该绕着郴山流淌，为什么要流入湘江呢？这两个有点违背常理的转折，使得所要表达的感情更加曲折婉转。前一个转折加重了压迫感，感到了生命的重负；后一个转折加重了迷茫感，感到了人生的无常。

王国维说，秦观的词"最为凄婉，至'可堪孤馆闭春寒，杜鹃声里斜阳暮'，则变而凄厉矣"（《人间词话》）。这首《踏莎行·郴州旅舍》以凄厉的意象，写出了自我在这个世界中的迷失，引发的不仅是情感的感染，更有哲学的玄思。

差不多同一时间，秦观还有一首《千秋岁·水边沙外》，写于1096年的衡阳，也有说是写于1095年的处州，就是现在浙江的丽水。

> 水边沙外，城郭春寒退。花影乱，莺声碎。飘零疏酒盏，离别宽衣带。人不见，碧云暮合空相对。
> 忆昔西池会，鹓鹭同飞盖。携手处，今谁在？日边清梦断，镜里朱颜改。春去也，飞红万点愁如海。

浅水边，沙洲外，城郊早春的寒气悄然尽退。花丛间的影子纷乱，莺鸟的叫声破碎。我只身飘零，很少饮酒，离别后越来越消瘦。从前的知己，再也见不到，眼前只有悠悠碧云和沉沉暮色相对。想当年，志同道合的朋友共赴西池盛会，华车宝马驱驰如飞。当年携手的地方，今天还有谁在呢？早晨醒来梦也醒了，镜子里的容颜越来越苍老。春天远去了，飘荡着的落花千千万，忧愁就像大海一样深广。

整首词写尽了"伤心"两个字。前半部分写景，写现在。后半部分写回忆，回忆从前在京城和朋友们一起的繁华生活。但一切都成了过去,成了回忆,就好像春天去了,留下点点残红,忧愁像无边的海洋一样。"春去也,飞红万点愁如海。"浓郁的悲哀,让人透不过气。有人读了这首词,怀疑秦观会不会因为伤心而死。当时秦观的很多朋友和了这首词,想要开解秦观的忧愁,但好像都没有能够开解秦观,他到了郴州写的《踏莎行·郴州旅舍》,更是充溢着看不到希望的沉重。

1098年,秦观被贬到更远的雷州。1100年,宋哲宗去世,宋徽宗继位,政局又发生变化,原来被贬谪的官员又陆续被召回朝廷。秦观也恢复了宣德郎这么一个官职,暂时被迁调到广西西路的横州。去横州途中经过藤州,他游览当地的华光亭时,突然口渴想要喝水,等到水送来了,他微笑着看了一下,就永远地离开了这个世界。

第35首 | 李清照:这次第,怎一个愁字了得

李煜的"问君能有几多愁?恰似一江春水向东流"写出了千古之愁。但说到诗词里写"愁"之多、"愁"之细腻,也许没有人比得上李清照。写闺房之"愁","寂寞深闺,柔肠一寸愁千缕";写相思之"愁","一种相思,两处闲愁";写无聊慵懒之"愁","薄雾浓云愁永昼,瑞脑消金兽";写离别之"愁","凝眸处,从今又添,一段新愁";写触景生情之"愁","伤心枕上三更雨,点滴霖霪。点滴霖霪,愁损北人,不惯起来听";

写物是人非之"愁","只恐双溪舴艋舟,载不动许多愁"。

最有名的那一句:"这次第,怎一个愁字了得?"这样的光景,一个愁字怎么能够说得清呢?李清照避开了以比喻写愁的套路。"问君能有几多愁?恰似一江春水向东流"代表了比喻层面的一个高度。李清照却说"怎一个愁字了得",写出了用"愁"这个字无法形容的那种说不清的愁,写"愁"写出了新的方向,赋予了"愁"新的内涵和想象。这一句出自她的《声声慢·寻寻觅觅》:

寻寻觅觅,冷冷清清,凄凄惨惨戚戚。乍暖还寒时候,最难将息。三杯两盏淡酒,怎敌他、晚来风急?雁过也,正伤心,却是旧时相识。

满地黄花堆积。憔悴损、如今有谁堪摘?守着窗儿,独自怎生得黑?梧桐更兼细雨,到黄昏、点点滴滴。这次第,怎一个愁字了得?

寻寻觅觅,是一个动作,想要寻找什么。冷冷清清,是一种状态,人很少,萧条、寂寞。凄凄惨惨戚戚,是一种情绪,凄凉、悲哀。一连十四个叠字,就像词牌名称"声声慢",在重复缓慢的旋律里,弥漫着孤单难耐的情绪,呈现出无所适从的状态,有点像秦观《踏莎行·郴州旅舍》开头"雾失楼台,月迷津渡,桃源望断无寻处",也是在写自己的迷失,不知道怎么回事,不知道前路在哪里。秦观用了三个意象,迷雾里的楼台、月光下的渡口、望不到的桃源,来呈现自己的心境。第三个意象是落脚点,有一个桃花源,现在却找不到了。虽然迷失了,但秦观知道要寻找的是桃花源。而李清照用了直白的口语，写出的是，在孤单寂寞之中寻找着什么，却不知道要找什么，只是在寻寻觅觅，只是感到了冷冷清清，只是表现出了凄凄惨惨戚戚。

为什么会这样呢？因为"乍暖还寒时候，最难将息"。天气一会儿变热，一会儿又变冷，很难调理自己。天气的变化是一个诱因。忽冷忽热之中，词人无所适从，想要寻找一点什么，却又不知道该寻找什么，只好独自喝酒，但"三杯两盏淡酒，怎敌他、晚来风急"。本来是要借酒消愁，却想到晚上起风后更加寒冷，这几杯淡酒怎么能够御寒，词人更加忧愁。正在伤心的时候，有大雁飞过，没想到是去年见过的大雁，"雁过也，正伤心，却是旧时相识"。这里有两层含义：第一层，去年的大雁今天居然还能重逢，但人呢，有些人在时间里走散了，再也没有相见。第二层，天气变了，大雁要去温暖的南方，而自己能够去哪里呢？哪里是自己的安身之处呢？

因为大雁飞过，目光转向窗外。从天空到地面："满地黄花堆积。憔悴损、如今有谁堪摘？"地上，堆满了飘落下来的菊花，一片憔悴，让人心生怜惜和悲哀，还有谁会忍心去采摘花朵呢？"守着窗儿，独自怎生得黑？"就这样一个人守在窗边，怎么能够挨到天黑呢？守着窗儿，一个"守"字，透露出期待、等待，好像害怕错过什么。所以，守在那里，等待着什么人什么事的出现。"梧桐更兼细雨，到黄昏、点点滴滴。这次第，怎一个愁字了得？"独自一人，时间变得非常漫长。梧桐树滴下的雨水声，让时间变得更加漫长。毛毛细雨，雨水透过梧桐树，滴滴答答地落下来，慢慢地，一点一滴，滴到了黄昏。"这次第，怎一个愁字了得？"是什么样的光景，用"愁"字都无法形容呢？其实，就是一个下雨的下午,一个人喝着小酒,却不知道怎么打发时间。在不知道怎么打发时间的过程里,弥漫着寂寞、无助、无奈、伤心。有人说这首词里的季节是不清晰的,好像是初春,也好像是秋季。这恰恰表现了寂寞、无助、伤心和迷茫,把现实都模糊了,连现在是什么季节都不清晰了。

这首词具体写于什么时候,不可考,但一般认为是李清照中年或晚年的作品,确切地说,是她南渡之后的作品。1125年,宋朝受到金兵的入侵,宋徽宗很快放弃了保卫国家的责任,退居二线,让太子赵桓继承皇位,开始了短暂的宋钦宗时期,也开始了北宋最后的岁月。

那一年,李清照四十二岁。第二年,也就是靖康元年,金兵攻入汴京。1127年3月,宋徽宗、宋钦宗被金人俘虏;4月,宋徽宗、宋钦宗和皇后、太子等三千多人被金人俘虏,北宋灭亡;5月,康王赵构在当时的南京(今河南商丘)登基,就是历史上的宋高宗,改元"建炎",开启了南宋的序幕。

南宋的序幕,在宋高宗一路逃窜之中迅速而混乱地拉开了。1127年年底,宋高宗在金兵的进攻下向南方逃亡,在扬州、越州、苏州等地辗转。李清照带着装满书的十五辆车,也随着南宋朝廷,一路向南方流亡。1129年,杭州升为临安府。1138年,南宋才正式定都临安。

1127年底到1138年的十多年时间,国家处于风雨飘摇之中,过了今天,不知道明天会怎么样;今天在这里,不知道明天会在哪里。从皇帝到庶民,心中都是一片茫然和惶恐。更加不幸的是,1129年,李清照的丈夫赵明诚去世,留下她一个人孤零零地面对这个乱世。

1134年，李清照流落到金华，写了一篇文章，叫《金石录后序》，详细记述了那一段离乱岁月。其中有一段，讲他们逃亡途中，突然接到朝廷旨令，要赵明诚去建康觐见皇帝。分别时李清照问他，万一自己遇到紧急情况怎么办。赵明诚在岸上对着船里的李清照远远地回答，跟随大家吧，实在万不得已，先丢掉包裹箱笼，再丢掉衣服被褥，再丢掉书册卷轴，再丢掉古董，只是那些宗庙祭器和礼乐之器，必须抱着背着，与自身共存亡，别忘了！说罢，他策马而去。这一去，赵明诚就生病了，不久就去世了。李清照把他安葬完毕，自己茫茫然不知到什么地方是好。

　　在金华的时候，李清照写过一首《武陵春·春晚》：

　　风住尘香花已尽，日晚倦梳头。物是人非事事休，欲语泪先流。
　　闻说双溪春尚好，也拟泛轻舟。只恐双溪舴艋舟，载不动许多愁。

　　风停了，雨住了，落花渗透到泥土里，散发出花的香气；天快黑了，却懒得梳洗。事物还是从前的事物，但人呢，已经不是从前的人，什么事都罢了罢了，想要说什么，还没有开口泪水先流了下来。听说双溪里春色还很好，也想着要去那里坐着船儿，欣赏湖光山色，但是又很担心，双溪里的船，装载不了我的许多忧愁。

　　同样是国破家亡，李煜的愁像一江春水向东流，而李清照的愁是沉重的，像是要使船沉没，更是一个"愁"字说不清的："怎一个愁字了得？"如果说，李煜的愁更多的是沧桑感，那么，李清照的愁更多的是个体生命的悲苦感。

第36首　陆游：世味年来薄似纱，谁令骑马客京华

1186年春天，在家乡绍兴赋闲了五年之后，六十二岁的陆游再次得到任用，被任命为严州知州。上任之前，他去临安觐见皇帝，住在西湖边上的客栈，等待召见。那一晚，一直下雨。第二天早晨，雨停了，陆游写了一首《临安春雨初霁》：

> 世味年来薄似纱，谁令骑马客京华？
> 小楼一夜听春雨，深巷明朝卖杏花。
> 矮纸斜行闲作草，晴窗细乳戏分茶。
> 素衣莫起风尘叹，犹及清明可到家。

在临安，春天，雨刚刚停下。陆游很感慨，感慨什么呢？"世味年来薄似纱"，世味，尘世的味道，生活的味道越来越淡薄，就像薄薄的纱。本来，获得新的官职应该高兴才是，但陆游说，当官越来越没有意思了，活着也好像越来越没有意思了。

既然当官越来越没有意思了，那为什么还要来京城呢？"谁令骑马客京华？"是谁，是什么在驱使着我骑着马来到京城呢？当陆游写下这句诗时，不知道他有没有想起三十三年前，也就是1153年，他二十九岁那一年来临安参加进士考试，获得了第一名，无意中得罪了当时的宰相秦桧，因为秦桧的孙子排在陆游后面，是第二名。第二年他参加礼部考试时，秦桧指令主考官不得录取陆游。直到秦桧死了，陆游才有机会进入仕途。

当陆游写下"世味年来薄似纱,谁令骑马客京华"时,他脑海里浮现的应该是从前做官的种种往事吧。从最早福建宁德县的主簿,到朝廷的要员,再到地方官员,他一生就随着各个官职在各个地方浮游。而他主张北伐中原、收复旧日河山的政治理念,给他一生带来的是坎坷。南宋朝廷,有主战和主和的分歧,但总体上主和派占了上风。六十二岁的陆游再次得到任用,好像有点心灰意懒,甚至对自己一生的追求提出了一个疑问。

"小楼一夜听春雨,深巷明朝卖杏花。"雨下了一晚,一夜未睡的陆游听了一晚的春雨声。第二天早晨,深深的巷子里,有人在叫卖杏花。再多的坎坷,再多的愤愤不平,都随着时间随风而去;眼前的,是夜里的雨声,是清晨卖杏花的声音,是日常生活的平淡和鲜活。

"矮纸斜行闲作草,晴窗细乳戏分茶。"拿出短小的纸张,没有什么目的地写着草书,在雨后天晴的窗口,漫不经心地分茶,看着茶汤浮出白色的泡沫。宋代人喝茶,不像我们现在这样泡着喝,而是把茶叶研磨之后冲泡着喝。在雨过天晴的早晨,写字,喝茶。写字的姿态,是闲,闲散的"闲";喝茶的姿态,是戏,游戏的"戏"。

"素衣莫起风尘叹,犹及清明可到家。"这里套用了西晋陆机的一句诗:"京洛多风尘,素衣化为缁。"京城洛阳的风尘,会让白色的衣服变成黑色。陆机这个人正好赶上司马懿的西晋王朝统一中国的时代,他的国家吴国灭亡了。原来是吴国高官的陆机,不得不投奔洛阳的司马王朝,后来死于权力斗争。临死前,他说了一句:"欲闻华亭鹤唳,可复得乎?"还能再听到家乡华亭鹤鸟的鸣叫声吗?陆机那句诗的意思是,京城的官场其实是一个大染缸，很容易让一个单纯的人失掉自己的本性。陆机在权力斗争的迷宫里迷失，还丢掉了自己的性命。

但陆游说不用担心，不用担心白色的衣服被染成黑色。为什么呢？清明时候还来得及回到自己的家乡山阴，就是现在的绍兴。

这一首诗的主题还是发牢骚。发什么牢骚呢？就是作为主战派的陆游，郁郁不得志，不能挥师北上的那种压抑、悲愤。陆游写过不少诗词来抒发壮志难酬的郁闷、沉痛，比如《诉衷情·当年万里觅封侯》："当年万里觅封侯，匹马戍梁州。关河梦断何处？尘暗旧貂裘。胡未灭，鬓先秋，泪空流。此生谁料，心在天山，身老沧洲。"又如《书愤》："早岁那知世事艰，中原北望气如山。楼船夜雪瓜洲渡，铁马秋风大散关。塞上长城空自许，镜中衰鬓已先斑。出师一表真名世，千载谁堪伯仲间！"在临终前，陆游写了一首诗给儿子，诗中仍然满是不能收复故国山河的遗憾："死去元知万事空，但悲不见九州同。王师北定中原日，家祭无忘告乃翁。"

但这一首《临安春雨初霁》，表达了另一种思绪。诗中固然也有发牢骚，但以"谁令骑马客京华"这一句反问，增添了一种深刻的反思。是啊，没有人逼你到京城当官啊，为什么你自己非要骑马客京华呢？诗人对职场生活感到了厌倦，并发出了很深的疑问：到底是谁、是什么，让我来京城求取功名，让我一生奔波忙碌呢？把牢骚上升到了对于自己人生的反思。

"谁令骑马客京华"令人想起一个禅宗公案。徒弟问师父，如何解脱？师父回答，谁束缚着你呢？师父的这个反问，一下子打开了徒弟的心。是什么驱使着我每天去上班呢？是什么驱使着我做这做那呢?这样自己问自己,把自己带上觉醒的路。而觉醒的路不在别处,就在当下。在当下,睡不着没有关系,我就好好地聆听一夜的春雨。天亮了,巷子里有人在卖杏花,叫卖声里洋溢着平常生活的味道。再苦,再坎坷,也不过花开花落。没有什么是放不下的。当下,就铺开纸张,不为什么地写着草书;当下,就散开茶具,不为什么地分着茶末;当下,就在生活里。我们读陆游其他"壮志难酬"的诗,好像一生只有一件事——收复中原。而这首诗展现了在时代主旋律之外,也还有丰富微妙的日常,不管风云如何变幻,生活仍在继续。

在草书的线条里,在茶的泡沫里,在当下的安顿里,陆游说无须像陆机那样叹息,担心被社会风气污染,白色变成了黑色。陆游说不会的,因为他知道最终他要回到自己的故乡。只要心中有一个故乡,生命就不会迷失。

第37首 | 辛弃疾:而今识尽愁滋味,却道天凉好个秋

辛弃疾(1140—1207)比陆游小了十几岁,是同时代的人,且他们都是主战派。辛弃疾的特别之处在于,他在济南出生,当时那里属女真族统治的金国。按照现代的说法,他是金国人。但对于古代北方的汉人而言,女真族始终是外族,是"非我族类";对女真族的反抗,也从来没有停止过。

辛弃疾二十岁出头的时候,济南人耿京发动起义,很快聚集

了二十多万人。辛弃疾带着两千多人加入了耿京的起义队伍。辛弃疾建议耿京与临安的南宋政权取得联系，加入南宋军队。耿京派了辛弃疾等人去临安，觐见宋高宗。等到他们再回到北方时，耿京已经被叛徒张安国杀害，一部分起义军跟着张安国向金国投降了，另外一些成了散兵游勇。辛弃疾组织了几十人的敢死队，进入张安国军营，活捉张安国，把起义军组织起来，差不多一万多人，连夜往南奔走，一直到淮水以南才停下来休息。按照辛弃疾的想法，他是要把起义军编进南宋的军队，再北上讨伐金国。他写了有名的《美芹十论》《九议》两篇建议书上呈皇帝，详细论述了收复北方失地的策略。

但是，当时宋高宗一心偏安，无意于军事对抗，把南归的起义军解散了。而辛弃疾被安排到了江阴做一个小小的地方官。此后二十多年，辛弃疾做过各种地方官，一直做到荆湖北、江西、湖南、福建、浙江安抚使等重要职位。但辛弃疾豪迈的性格，以及来自金国的投诚者这个身份，使得他在南宋官场遭遇了不少挫折。1181年，他被罢免了一切职务，闲居在江西上饶。后来虽然人生也有起伏，甚至晚年还被朝廷起用，担任绍兴知府、镇江知府，但辛弃疾后半生有二十多年过的是赋闲的乡居生活。

辛弃疾一生的志向并非当官，而是回到北方，驰骋沙场，收复失地。这个愿望在南归之后，一直到他去世都没有实现，像一个梦想，以意象的形式反复出现在他的诗词里。据说，辛弃疾临终之际，还在大声呼喊："杀贼！杀贼！"

回归南宋八九年之后，辛弃疾有一次登上建康的赏心亭，遥望北方山河，感叹时光飞逝、年华虚度、英雄无用武之地，有了落寞之感，写了一首《水龙吟·登建康赏心亭》：

> 楚天千里清秋，水随天去秋无际。遥岑远目，献愁供恨，玉簪螺髻。落日楼头，断鸿声里，江南游子。把吴钩看了，阑杆拍遍，无人会、登临意。
>
> 休说鲈鱼堪脍，尽西风、季鹰归未？求田问舍，怕应羞见，刘郎才气。可惜流年，忧愁风雨，树犹如此！倩何人，唤取红巾翠袖，揾英雄泪！

上阕写了自己的寂寞，大家都沉醉在江南的繁华里，却忘掉了北方中原的大好河山，没有人理解他登高遥望北方的心情，很寂寞。下阕写了英雄老去、一事无成的感伤，很无奈。

三十多年后，大约1200年，有一位客人到访辛弃疾闲居的瓢泉，慷慨激昂地谈论功名，让辛弃疾回想起年少时的往事，以游戏的态度写了一首词《鹧鸪天·有客慨然谈功名因追念少年时事戏作》：

> 壮岁旌旗拥万夫，锦襜突骑渡江初。燕兵夜娖银胡䩮，汉箭朝飞金仆姑。
> 追往事，叹今吾，春风不染白髭须。却将万字平戎策，换得东家种树书。

想当年我青春年少，统率着千军万马，旌旗飘飘。战士们穿着鲜艳的衣袍，渡江南归，把敌人打得闻风丧胆，清晨万箭齐发射向敌营。怀想往事，叹息今天，春风把万物都染绿了，却无法把我的白发染黑。当年洋洋万言的复国策略，换来的是东边邻居家教我如何种树。

辛弃疾的自我，始终停留在当年起义的那个瞬间。而现实给予他的，是在南方苟且偷生的现状。1203年，主战的韩侂胄担任宰相，又起用了辛弃疾，任命他为两宋东路安抚使，第二年又任命他为镇江知府。那时候，辛弃疾已经六十四岁了。在镇江，他有一次登临北固亭，回想自己一生，南归之后，一直在等待着重回北方大地，像一个战士、一个英雄那样，在战场上实现自己的价值，现在好像有了一丝机会，但自己已经老了，看来要以官僚和农夫的身份终其一生了。他不禁百感交集，写了一首千古绝唱《永遇乐·京口北固亭怀古》：

> 千古江山，英雄无觅、孙仲谋处。舞榭歌台，风流总被，雨打风吹去。斜阳草树，寻常巷陌，人道寄奴曾住。想当年，金戈铁马，气吞万里如虎。
> 元嘉草草，封狼居胥，赢得仓皇北顾。四十三年，望中犹记，烽火扬州路。可堪回首，佛狸祠下，一片神鸦社鼓。凭谁问：廉颇老矣，尚能饭否？

在对历史的怀想之中，有一个特写镜头："四十三年，望中犹记，烽火扬州路。"还记得四十三年前，我辛弃疾一路打到扬州，烽火连天。那个作为战士、将军、英雄的辛弃疾，一直活在他的文字里。而现实，是如此不堪。辛弃疾的诗词，抒发的往往是北伐理想无法实现的郁闷，洋溢着忧愁。其中最著名的一首，就是《丑奴儿·书博山道中壁》：

  少年不识愁滋味，爱上层楼。爱上层楼，为赋新词强说愁。

  而今识尽愁滋味，欲说还休。欲说还休，却道天凉好个秋！

  前面提到的几首词，那些忧愁很具体，就是打回北方的理想实现不了、"英雄暮年"那样的忧愁。这首词的特点在于，抒发的并非具体的忧愁，而是从生命的角度写了忧愁的两种状态：第一种状态是"为赋新词强说愁"，第二种状态是"却道天凉好个秋"。李煜是"问君能有几多愁？恰似一江春水向东流"，以长江水比喻绵绵不绝的忧愁；李清照是"怎一个愁字了得"，以文字无法形容的愁，写出了莫名的难以排遣的忧愁。辛弃疾以生命成长作为切入点，写出了岁月风霜里积聚下来的忧愁，最后变成了平淡的日常，你都懒得去说它，唯有一句秋天来了，天气凉了。

  当我们并没有真正尝到忧愁的滋味时，往往爱上高楼，为了写诗，拼命说自己如何如何忧愁。这其实是一种表演，渴望引起别人的关注，得到别人的理解。当我们真正尝到了忧愁的滋味，真正领悟了生活的真谛后，欲说还休，想要对这个世界表达点什么，但马上就放弃了，因为已经不在乎这个世界怎么看我了。既然已经不在乎这个世界怎么对待我了，这样的秋天、这样的凉爽，就这样活着对我来说已经足够了，除了说一句"天凉好个秋"，还能说什么呢？

第38首 | 辛弃疾：我见青山多妩媚，料青山见我应如是

邑中园亭，仆皆为赋此词。一日，独坐停云，水声山色，竞来相娱，意溪山欲援例者。遂作数语，庶几仿佛渊明思亲友之意云。

甚矣吾衰矣。怅平生、交游零落，只今余几？白发空垂三千丈，一笑人间万事。问何物、能令公喜？我见青山多妩媚，料青山见我应如是。情与貌，略相似。

一尊搔首东窗里。想渊明、《停云》诗就，此时风味。江左沉酣求名者，岂识浊醪妙理。回首叫、云飞风起。不恨古人吾不见，恨古人不见吾狂耳。知我者，二三子。

辛弃疾的这首《贺新郎·甚矣吾衰矣》，是在写停云堂。辛弃疾一生中有二十多年生活在江西信州（现在的上饶）的铅山瓢泉旁边，他在那里修建了亭院，其中有一座叫"停云堂"，源自陶渊明的《停云》诗。《停云》的序言里，陶渊明讲自己写这首诗是因为思念亲友，又说自己往酒樽里倒满了新酿的酒，园子里开满了鲜花，但是自己的愿望无法实现，叹息忧愁充满了胸怀。那一年的春天，陶渊明在百花初开的园子里独自饮酒，写了《停云》这么一首诗。

大约八百年后，1201年春天，辛弃疾独自在停云堂中，沉浸

在山山水水的形色和声音里，莫名感到了喜悦，感觉山水在和自己说话，此情此景是在告诉自己，应该为这个庭院写一首词。县城里其他园林中的亭子，他都以"贺新郎"为词牌题写了词，唯独漏掉了这座停云堂。于是，辛弃疾就写了这首《贺新郎》，算是和陶渊明思念亲友差不多的意思。

一上来，他就翻用了孔子的一句话："甚矣吾衰矣。"孔子的原话是："甚矣，吾衰也！久矣，吾不复梦见周公。"我老了、老了，居然老成这个样子了。太久了，居然那么久没有梦见周公了。孔子一生的理想是要复兴周公的事业，但是现在老了，好久没有梦见周公了。这一方面是惊叹时间流逝的迅速，人的生命是多么短暂，好像一转眼就老了；另一方面是悲叹理想无法实现，人的梦想是多么脆弱，好像在不知不觉间就忘了。

辛弃疾写这首词的时候刚过六十岁，收复北方失地的希望越来越渺茫了。从前交往过的朋友也已凋零，还剩下几个人呢？"怅平生、交游零落，只今余几？"孔子说"不复梦见周公"，还记挂着周公；辛弃疾却完全没有提到自己一生的理想，只是说"怅平生、交游零落，只今余几"。

确实老了，满头白发。"白发空垂三千丈，一笑人间万事。"这里借用了李白的一句诗："白发三千丈，缘愁似个长。"因为内心极度忧愁苦闷，白发也好像有了三千丈那么长，李白透过这样一个夸张的比喻，豪迈地抒发了壮志难酬、怀才不遇的愁苦。辛弃疾在"三千丈"之前加了"空垂"，和李白的意思有所不同。李白说是因为愁，所以白发三千丈。辛弃疾说的是时间流逝中，交游零落中，"白发空垂三千丈"，空，是白白的意思，强调的是白白地长了那么多白发，却一事无成。空，也有无端端的意思，无端端地生出那么多白发，给人的感觉是很深的无力感，无端端地垂下三千丈白发，好像怎么努力都没有用。紧接着一句"一笑人间万事"，虽然老了，不得意，无可奈何，但对于人间的事情，都看开了，也就一笑置之了。

一笑置之，也就把世间的不如意看淡了。看淡了，就能看到人事之外，还有可喜可爱的万物。所以，自问自答："问何物、能令公喜？"什么事物能让你感到喜悦呢？回答是："我见青山多妩媚，料青山见我应如是。情与貌，略相似。"我见到青山如此妩媚，就觉得很亲切、很美好。人世间再恶浊、再无聊，大自然却依然清新多姿。这是从大自然中获得疗愈。更开心的是，想来青山看见我，也应该觉得我很妩媚。青山和我，应该是情和貌，都略略相近。

从青山回到眼前。"一尊搔首东窗里。"东边窗下，我拿着一樽酒，不时搔弄头发，好像焦急地等待着什么人。想来当年陶渊明写完《停云》这首诗，就像我现在的情景吧。"想渊明、《停云》诗就，此时风味。"陶渊明《停云》第一章最后几句："静寄东轩，春醪独抚。良朋悠邈，搔首延伫。"诗中描述的是这样的场景：诗人独自寂寞地坐在东边窗下，为寄托情怀，一个人饮着春酒。好朋友在远方，翘首盼望相聚时分。陶渊明期盼的"良朋"，确实在很远的远方，那个年代的人，大多数追求功名利禄，谁又能像陶渊明那样，在饮酒中领悟美妙的大道，"江左沉酣求名者，岂识浊醪妙理"。江左，长江的东边，南朝时那里就是建康一带，聚集的是达官贵人。

喝酒喝到酣畅时，"回首叫、云飞风起"，这里暗用了汉高祖刘邦的《大风歌》："大风起兮云飞扬，威加海内兮归故乡，安得猛士兮守四方！"大风劲吹啊浮云飞扬，我统一了天下啊衣锦还乡，怎样才能得到勇士啊为国家镇守四方！汉高祖的诗有帝王之气，所以，辛弃疾接着说："不恨古人吾不见，恨古人不见吾狂耳。"我见不到古人不觉得有什么遗憾，遗憾的是古人看不到我的傲气和张狂。

前面讲自己和青山为友，后面讲即使古人与自己心心相印，但隔着时间的壁垒，也无法彼此见到，很孤独。"知我者，二三子。"理解我的人，也就是两三个人吧。从词的整体看，这个"二三子"应该指的是青山。了解我的，只有环绕我的这两三座山啊。

写衰老，写壮志难酬，写寂寞，但这个世界上，有青山岿然不动、妩媚多姿，也有像陶渊明那样的古人，留下了那么美好的意境，还有刘邦那样的帝王，留下了豪情万丈。所以，仍然有喜悦，有意气风发。

第39首　王阳明：险夷原不滞胸中，何异浮云过太空

王阳明（1472—1529）在文学上的成就可能并不突出，但在中国古代文化史上，他的影响是重大的，不仅仅是因为他在思想上创立了"心学"，也不仅仅是因为他的军事才能，更重要的是他的人格和生活方式被认为是中国士大夫的一种典范，也是儒家的一次自我革命。明朝的政治可以用黑暗来形容，朱元璋推翻元

朝的统治之后，本来应该恢复宋朝的典章制度，但他采用了比元朝更粗鄙的政治制度：大的方面，废除了丞相，造成整个明代宦官弄权的局面；小的方面，对于官员实行羞辱式的廷杖惩罚。王阳明在这样黑暗的环境中，一心要做圣人，要恢复儒家的道统，希望透过"致良知"唤醒每一个人。在明代那么险恶的官场里，王阳明几次大难不死，堪称奇迹；作为一个文人，他居然在军事上表现出了杰出的才能，在几乎无法做事的体制内，竭尽全力做了他应该做的事。他的"知行合一""致良知"，直到今天还有广泛的影响。

《泛海》这首诗很能体现王阳明心学的境界和风格：

险夷原不滞胸中，何异浮云过太空？
夜静海涛三万里，月明飞锡下天风。

"险夷"的"险"是崎岖的意思，"夷"是平坦的意思，"险夷"引申为艰难和顺利。无论艰难还是顺利，引起的情绪反应都不应该滞留在心中。就好像浮云飞过太空，心应该像太空一样清澈无垠，浮云来了又去，去了又来，太空还是太空，没有任何动摇。这里以浮云过太空为比喻，讲了一个基本的心性原则，就是心本来是清净的，因为受到外在因素的干扰而变得躁动不安。所以，不管是顺境还是逆境，人面对外界的一切，都应该平静对待，守住自己的内心。

独自飘零在深夜的大海上，波涛汹涌，危机四伏，怎么办呢？我要拿着锡杖在明亮的月光中随着风从天而下。"明月"在禅宗语境里，常常指觉悟之后的开阔与明亮。寒山有一首诗：

"吾心似秋月，碧潭清皎洁；无物可比拟，教我如何说？"我的心像秋天朗朗的明月，映照在碧绿的潭水之中，没有什么东西可以去比拟，我也无法用语言去描述。而锡杖，在佛教里，一般是高僧才有的，既是手杖，也是法器。有一个传说，说是唐朝的隐峰禅师在前往五台山途中，遇到两支军队在厮杀，还连累到无辜百姓，他就去劝双方停战，但没有人听他的。无奈之下，他把锡杖往空中一抛，自己也随着锡杖在天空中飞来飞去。两边的战士见到天上有一个和尚飞来飞去，都很好奇，也很震惊，不敢再厮杀，各自散去。因此，隐峰禅师也被称为"飞锡禅师"。

下天风，从天上俯视人间，救赎众生。这是"月明飞锡下天风"的寓意。前面"险夷原不滞胸中，何异浮云过太空"讲的是一个证悟，关于心性本来清净的一个证悟；后面"夜静海涛三万里，月明飞锡下天风"接着前面的证悟而来，假如我们证悟了本心清净，那么，即使在黑暗的危险的大海上，自性也会像月光一样穿透黑暗，带着我们跳出来，从更高处回望人间，并运用自己的"法器"救度众生。

关于这首诗，有一个很流行的故事，和武侠小说的情节差不多。王阳明考上科举之后，在朝廷里任职。不久，一个事件改变了他的一生。因为当时太监刘瑾弄权，大臣戴铣等人上疏皇帝，要求惩办刘瑾，结果反被刘瑾逮捕入狱。王阳明出于仗义，写了一封信给皇帝，大意是戴铣这些人是言官，他们的职责就是提意见，如果把他们抓了，以后就没有人敢说话了，对于皇帝管理国家不是一件好事。王阳明的信写得很温和，但他也遭到了刘瑾的打击。他被廷杖四十，然后被发配到贵州龙场。在去龙场的路上，王阳明经过故乡余姚告别亲人。刘瑾派人尾随在后，想要伺机杀死王阳明。王阳明觉察后,在钱塘江伪装自杀,然后,乘船逃往武夷山。这首《泛海》,据说就是王阳明在大海上写的。

故事听起来好像和诗歌里意境很吻合。但是有学者认为,关于王阳明从钱塘江逃亡渡海去武夷山,最初是由王阳明的弟子传出来的,到明代嘉靖年间,有人在写王阳明传时引用了这个传说。此传说后来进入各种笔记小说之中,尤其是在被认为是冯梦龙所作的《皇明大儒王阳明先生出身靖乱录》中亦有记述,在海内外影响很大。其实,从明代开始,就有人质疑这个传说,比较有说服力的文本是湛若水的《阳明先生墓志铭》,明确指出这个传说不可信。但这个传说因为有传奇性,流传很广,今天很多人还是相信它是真实的。

如果我们认为这个传说不可信,那么,连带着这首《泛海》的真实性也存疑,甚至有学者认为这并非王阳明的诗歌。学术争论很难有结论,不过论诗歌,第一,这是一首境界宏大、构思精巧的哲理诗,无论是谁写的,都是一首好诗;第二,王阳明被追杀、逃亡的事情也许是添油加醋的"小说言",但并不能排除这首诗是王阳明写的,不管怎么样,这首诗所表达的,和王阳明本人的风格和思想是吻合的。

回到这首诗本身,在"骚"这个传统里,它达到了一个高度,和唐伯虎的《桃花庵歌》略加比较,就能体会到《泛海》的高明。唐伯虎和王阳明一样是1499年参加全国的会试,唐伯虎因为受到舞弊案的牵连被取消了录取资格,自此一直潦倒,六七年后写了《桃花庵歌》,排遣心中的苦闷。按照流行的说法,《泛海》这首诗和《桃花庵歌》的创作年代差不多。命运的奇妙在于,王阳明虽然没有被卷入舞弊案,顺利进入中央政府,但六七年后因为得罪刘瑾而遭遇了牢狱之灾。

《桃花庵歌》和《泛海》都是对自身挫折的一种回应。唐伯虎的策略是：第一，既然人生那么痛苦，不如及时行乐，"但愿老死花酒间，不愿鞠躬车马前"。第二，富贵者虽然好像在天上，但代价是奔波忙碌；我虽然贫穷，却获得了闲情逸致，"若将贫贱比车马，他得驱驰我得闲"。第三，不管你多么了不起，最后还不都是死掉，"不见五陵豪杰墓，无花无酒锄作田"。唐伯虎的自我开解，在中国古典诗里处处有回响，是一种普遍的遇到挫折之后的自我开解。但王阳明的自我开解是另一个层面的，他一下子回到了心性层面，认为挫折也好、顺利也好，都是外在于心性的，既不值得悲伤，也不值得高兴。人的本性，应该摆脱私欲，从心性回望人世间的纷纷扰扰，看到其中的虚妄，同时又以慈悲心对众生担负起自己的责任。王阳明的路径，让人从挫折中升华，去达成自己的人格，成为更好的自己。

第40首 | 顾炎武：大海无平期，我心无绝时

中国历史上，有四次比较大的北方各族南迁。第一次南迁是在316年，西晋灭亡，匈奴人占领了中原大部分区域，接下来的一百多年里，中国北方处于少数民族的控制之下，就是十六国时期。西晋皇族逃亡到建康，在南方重建晋朝，史称"东晋"。这是中国历史上第一次南北分治，也由此产生了"南渡"这个词。

第二次南迁是在1127年，女真族军队打到汴京，俘虏了宋徽宗和宋钦宗，北宋灭亡。中原由女真族建立的金国所统治。北宋皇室逃亡到临安，在南方延续了政权。这是中国历史上第二次南北分治。第三次南迁是1279年，蒙古人占领了整个中国，陆秀夫背着宋代最后一位皇帝赵昺，在崖山跳海自尽，自此进入元朝的统治时期。第四次南迁是1644年，李自成农民起义军攻入北京城，崇祯皇帝上吊自杀，明朝灭亡，吴三桂的投降造成关外的清军入关，逐步统一了中国。虽然此后一段时间，明朝皇室的残余势力还在努力反清复明，但大势所趋，中国历史开始了近三百年的清王朝的统治。

中国古代长期有"华夷之分"，直到孙中山创建民国，口号都是"驱除鞑虏，恢复中华"，因而北方各族南迁引发的改朝换代，在当时的历史语境里有"亡国"的沉痛。南宋灭亡时，不少人以身殉国。文天祥至死不投降，表现出忠贞不渝的士大夫气节，那首《过零丁洋》，至今令人动容：

辛苦遭逢起一经，干戈寥落四周星。
山河破碎风飘絮，身世浮沉雨打萍。
惶恐滩头说惶恐，零丁洋里叹零丁。
人生自古谁无死？留取丹心照汗青。

顾炎武（1613—1682）因为仰慕文天祥的学生王炎午，把自己的名字改成了炎武。他的本名叫顾绛，字宁人，他的家乡有一个湖叫亭林湖，所以，后人也尊称他为"亭林先生"。顾炎武生活的年代正好是明朝灭亡、清朝兴起的转折点。1645年，清兵打到江南，顾炎武的两个弟弟被杀，生母被砍断手臂，养母绝食殉国而死，这是家仇；而清军进关以后，强迫汉人剃发易服，对于他来说，这是国恨，有文化上、种族上的重大危机。1644年，明朝就灭亡了，但对于清朝的抵抗一直持续了三十多年。先是1644年到1645年南京的弘光政权，然后是绍兴的鲁王、福州的唐王，直到1662年永历帝被杀，明朝的流亡政权才算被彻底消灭。但此后台湾的郑成功等，仍然打着"反清复明"的旗号。直到1683年台湾投降清朝，对清朝的抵抗运动才告一段落。

顾炎武终其一生保留着遗民的身份，更是反清的斗士，奔走于各种抵抗组织，整合力量，发动反攻。但顾炎武并没有停留在单纯的反清上，而是思考了明朝为什么会灭亡。第一，他认为明朝亡于"空谈误国"，对于宋明理学和王阳明心学都进行了批判，他提倡经世致用："君子为学，以明道也，以救世也。徒以诗文而已，所谓雕虫篆刻，亦何益哉？"第二，他对于皇帝专制的政治制度有了革命性的反思，在解释"君"这个字时，他旁征博引，说明君并非只指君王，进而反对"独治"，主张"众治"，"以天下之权寄之天下之人"（《日知录》）。这在中国古代历史上，带有鲜明的民主启蒙色彩。第三，他把一家一姓的王朝和"天下"作了区分："是故知保天下，然后知保其国。保国者，其君其臣肉食者谋之；保天下者，匹夫之贱与有责焉耳矣。"（《日知录》）这两句意为保护一个国家政权不致被倾覆，是帝王和文武大臣的职责；而天下苍生、民族文化的兴亡，关乎所有人的利益，因此，每一个老百姓都有义不容辞的责任。后来，梁启超把顾炎武的意思简化为："天下兴亡，匹夫有责。"

这种思考使得顾炎武的反清有了更高的思想内涵，对于明朝这个政权的忠诚并不重要，重要的是对自己民族文化的忠诚和捍卫。因为有这种文化使命的自觉和担当，所以才能无所畏惧、视死如归。《精卫》这首诗写于1648年，表达了他在反清复明事业不断遭遇挫折的情况下，仍然具有的坚定意志和信念：

> 万事有不平，尔何空自苦？
> 长将一寸身，衔木到终古。
> 我愿平东海，身沉心不改。
> 大海无平期，我心无绝时。
> 呜呼！
> 君不见，西山衔木众鸟多，
> 鹊来燕去自成窠。

精卫，古代神话里的一种鸟。传说炎帝的小女儿在东海玩耍时溺水而亡，化身为鸟，叫精卫，发愿要填平东海，不让海水再吞噬生命。小小的一只鸟怎么填海呢？它飞到西山，用自己的嘴衔着石头和木头，再飞到东海，把木石投入海里。这样反复来往，坚持不懈。按照常理，这样做好像很傻。所以，顾炎武的诗一开头就说："万事有不平，尔何空自苦？长将一寸身，衔木到终古。"世间的事情总是不公平，你又何必自己折磨自己、自己苦了自己？凭着你小小的身体，就算用了无限的时间，还是不可能把海填平。

接下来是精卫的回答："我愿平东海，身沉心不改。大海无平期，我心无绝时。"我发愿要填平东海，即使身体沉入大海，我的心愿也不会改变。即使大海永远无法填平，我的发愿和意志也永远不会停止。

精卫的这种知其不可为而为之的决绝引发了一个感慨："呜呼！君不见，西山衔木众鸟多，鹊来燕去自成窠。"唉！你看啊，西山上很多鸟儿嘴里都衔着木头，喜鹊啊，燕子啊，来来去去的，但都是为了搭建自己的小窝。痴痴的，要去填海的，只有精卫你啊。

这首诗很简单，借用了精卫填海的神话表达了顾炎武对自己当时处境的一种感慨。大多数士大夫接受了清朝的劝降，投靠了满族政权，只有少数像顾炎武那样的人还在坚持，即使没有胜利的希望，也还是坚持自己的信念和原则。这首诗在艺术上说不上有多优秀，但表达的情怀和文天祥那首《过零丁洋》一样，是一种不屈服的精神，也为中国古典诗词里"骚"的传统增添了更深广的内涵：从怀才不遇到如何为社会、为文化传承肩负起自己的责任。

03

隐

"隐",经常和"逸"合在一起,叫作"隐逸"。如果说"情"和"骚"是对于现实的审美抒情,那么,隐逸更多的是表达一种生活态度、一种向往。隐,本义是遮蔽的"蔽",隐藏起来,别人看不见。逸,本义是失去的"失",善于逃跑。隐逸,指的是远离世俗,去隐居。《后汉书》里专门有"逸民列传",《晋书》里专门有"隐逸列传",后来的史书都沿用了这个词语,实际上收录的是隐士的传记。南朝时,钟嵘的《诗品》里,第一次出现"隐逸诗"的概念,他把陶渊明称为"古今隐逸诗人之宗"。

事实上,"隐逸"在古典诗词里,不仅仅是指一种诗歌类型,更是一种普遍的情怀。《易经》里"不事王侯,高尚其事",点出了隐逸的品质特点。隐逸的目的,是在世俗世界保持自我的纯粹。古典诗词里的隐逸诗,由两类作者构成:一类作者就是隐士,写的是他自己的生活经验;另一类作者并非隐士,写的是对于隐逸的愿望和想象。就境界而言,历来有"大隐隐于市,小隐隐于野"的说法,唐朝的白居易又提出了"中隐"的说法。就具体题材而言,隐逸诗词又可分为以下六种:一是田园;二是山水;三是神仙;四是佛理;五是茶和酒;六是身在官场,心在红尘之外。总的来说,隐逸诗词最为兴盛的时期是在魏晋南北朝和唐朝,但隐逸的生活态度一直是中国士大夫精神的重要组成部分,贯穿了整个中国历史,也是古代中国人调节精神问题最重要的手段。

第41首 | 古诗：日出而作，日入而息

> 日出而作，
> 日入而息。
> 凿井而饮，
> 耕田而食。
> 帝力于我何有哉！

这首《击壤歌》被认为是中国有文字记载以来的第一首歌曲，出现在大约四千四百年前的尧帝时期。击壤，是一种小孩子玩的游戏，大概的玩法是，先把一个土块放在一个地方，然后到远处，用另一个土块来投掷，击中了那个土块就算赢。标题《击壤歌》，意思也许是指玩击壤这个游戏时唱的歌。这首歌的歌词很简单：太阳出来了就出去劳动，太阳下山了就回家休息。挖井打水喝，耕种粮食养活自己。帝王的权力于我有什么用呢？这是字面上很简单的理解。

有一种说法，说这首诗是歌颂尧帝的。因为他的统治没有给人民增加额外的负担，让人民自由地生活。古书上有一个记

载,说是在尧的时代,有一位八九十岁的老人(也有说是五六十岁的老人),在路边玩小孩子玩的击壤游戏,还唱着这首《击壤歌》。后来有一个成语叫作"击壤而歌",用来比喻太平盛世、人人平等、丰衣足食。

另一个版本是,尧帝管理国家五十年,他很想知道自己管理得好不好,就去民间微服私访。他看到路边有位老人在玩击壤游戏,还唱着:"日出而作,日入而息。凿井而饮,耕田而食。帝力于我何有哉!"这个景象让尧帝觉得自己的管理达到了想要的效果,也就是"天下太和,百姓无事"。

这首古诗蕴含着中国人的理想社会的基本模型,几千年来没有改变,也包含着"隐逸"最初的意味。关键是"帝力于我何有哉"这一句,一切外在的力量都主宰不了我,我对外在的力量,无论它多么高大,都不去膜拜,也不去追求,我就按照自然的节奏,自食其力地活着,很本色地、率真地活着。归纳起来,这里包含了几个方面意涵:一是不受外力干扰的意愿,二是不依赖体制的活法,三是天真游戏的态度,四是简单到不能再简单的顺其自然。这四点,构成了这首诗包含的隐逸的内涵。

今天的上班下班,看似也是"日出而作,日入而息",但实际上完全不一样。古诗里的"日出而作,日入而息",是人跟随着自然规律,太阳出来了,就要起床,就要去劳动;太阳下山了,就要回家,就要好好休息。但今天的上班下班,是跟着闹钟,闹铃响了,就挣扎着起来去工作;下班的时间到了,就拖着疲惫的身体,回到家里。这里听从的不是自然的指令,而是人为的工作制度的命令。"凿井而饮,耕田而食",喝水、吃饭,这是生命最基本的需求,通过自己的劳动去获得满足就可以了。今天我们工作，不只是为了喝水吃饭，更是为了很多附加的东西，叫作社会需求。

最重要的，还是最后一句："帝力于我何有哉！"人为的体制附带的权力、地位、名誉，操控不了我，我对它们也不在乎。而今天的工作，对于一些人来说，是一张名利和权力的罗网，我们之所以压抑、之所以烦恼，是因为我们把工作的罗网当作了生活的全部，而忘掉了个人的尊严、自由、兴趣、家庭是比工作更重要的东西。

第42首 《诗经》：衡门之下，可以栖迟

衡门之下，可以栖迟。
泌之洋洋，可以乐饥。
岂其食鱼，必河之鲂？
岂其取妻，必齐之姜？
岂其食鱼，必河之鲤？
岂其取妻，必宋之子？

这首《诗经·陈风》里的诗，字面上的意思很简单。衡门之下的"衡门"，一种说法是指简陋的居所，另一种说法是指城门，逻辑上都讲得通。"衡门之下，可以栖迟。"在城门的下面，或者，再简单的房屋，也是可以住人的。"泌之洋洋，可以乐饥。"泌水奔流不息，可以充饥。饿了没有饭吃，但河里总是

有水在流淌，水也可以充饥。"岂其食鱼，必河之鲂？"难道吃鱼一定要吃河里的鲂鱼吗？"岂其取妻，必齐之姜？"难道娶妻一定要娶齐国姓姜的贵族女子吗？"岂其食鱼，必河之鲤？"难道吃鱼一定要吃河里面的鲤鱼吗？"岂其取妻，必宋之子？"难道娶妻一定要娶宋国姓子的贵族女子吗？

历代研究《诗经》的一些学者，认为这是一首情诗。"泌之洋洋，可以乐饥。"这里的"泌"，通秘密的"密"。泌水，是男女幽会的地方。"可以乐饥"的"饥"，指的是对性的欲望；乐饥，意思是满足性的饥渴。闻一多在《高唐神女传说之分析》这篇文章里说："称男女大欲不遂为'朝饥'，或简称'饥'，是古代的成语。"如果从情诗的逻辑去读这首诗，那么，脉络大概是这样的：一对男女去衡门下幽会，很可能他们的身份地位并不相称，于是就有了一番爱的表白。即使住在城门的破烂房子里，只要我们在一起，破房子也照样是安身之处。即使没有山珍海味，甚至吃不饱饭，但有情饮水饱。吃鱼难道一定要吃河里的鲂鱼或鲤鱼吗？只要和你在一起，吃什么都很美味。娶妻难道一定要娶齐国姓姜的贵族女孩或者宋国姓子的贵族女孩吗？不管你是平民还是贵族，我都喜欢。

诗中描述的好像是一个贵族男子对平民女孩的表白，为了爱情可以跨越社会界限，更重要的是，为了爱情可以降低自己的生活水平。

还有很多学者把这首诗看作"隐逸诗"，是一个隐者的自白。朱熹说："此隐居自乐而无求者之词。言衡门虽浅陋，然亦可以游息；泌水虽不可饱，然亦可以玩乐而忘饥也。"如果是隐居者的自白，那么，诗的逻辑大概是这样的：不一定要去当官，也不一定非要功名利禄，住在衡门之下，很简陋的地方，也可以过得开开心心。虽然常常吃不饱饭，但泌水汪洋浩荡，让人心旷神怡，忘了饥饿。吃不上鲂鱼、鲤鱼，吃点小鱼小虾也挺好。娶不上齐国姓姜的贵族女子，娶不上宋国姓子的贵族女子，有什么关系呢？有一个心心相印的平常女子，也可以把日子过得甜甜美美。

从诗的本身看，我觉得，该诗更接近朱熹讲的，是隐居者自得其乐、一无所求的自我表白。差不多三千年前的一个中国人，突然看破红尘，觉得人生那么辛苦没有什么意思，只是在不断地满足欲望，不知道哪里是尽头，不如退一步，节制欲望，知足常乐。他用了很形象的文字来表达这个意思：住在城门下泌水边简陋的房子里，吃不上鲂鱼、鲤鱼，也娶不上贵族女子，甚至吃不饱，但因为有泌水的美丽风光，也就觉得乐在其中。为什么一定要投机钻营去追求富贵呢？放下欲望，简单一点，轻轻松松，不也是自得其乐的一生吗？

这是中国最早的隐逸诗，也是最早的"躺平宣言"。其中可能有点阿Q精神，但压力之下也是一种解脱，至少不会让你得焦虑症或抑郁症。

第43首 | 嵇康：目送归鸿，手挥五弦

息徒兰圃，秣马华山。
流磻平皋，垂纶长川。

> 目送归鸿，手挥五弦。
> 俯仰自得，游心太玄。
> 嘉彼钓叟，得鱼忘筌。
> 郢人逝矣，谁与尽言？

诗的标题叫《赠秀才入军》。这个秀才是嵇康（223 — 262，或224 — 263）的哥哥嵇喜。哥哥要去从军，嵇康就写了一组诗送他，这是其中的第十四首。从表面上看，这首诗想象性地描写了嵇喜在行军过程中领略山水之趣的情景，但流露出来的是一种隐逸逍遥的风采，显现了一种超尘脱俗的气质。

诗的第一个层次，写了人在山水之间的一个全景。兰圃和华山，都不是实际的地名。兰圃，美好的花园；华山，美好的山岚；平皋，平坦的草地；长川，长长的河流。主人公在优美的花园里休息，在美丽的山间喂马，在平坦的草地上用系着绳子的石头弹击飞鸟，在长河边垂钓。在山水之间行走，不是急匆匆赶路的样子，而是慢悠悠漫游的神态，见到美丽的风景，就停下来好好欣赏，好好游戏。人生不是你追我赶，而是各走各的路，享受路上的每一步。

诗的第二个层次，写了人物的一个特写。归鸿，指归去的鸟。这个"归"，意味深长，可能是季节转换了，冬天到了，要回到南方温暖的家里；也可能是黄昏了，要回到自己的巢中；也可能是掉队了，要飞回自己的鸟群。目送，不是只看着飞鸟，送，是带有感情的、拟人化的。眼睛是在送别飞鸟，而手也没有闲着，在弹琴。一个"挥"字，显现出弹琴弹得很轻松，挥洒自如。俯仰自得，俯，低头，仰，抬头，低头抬头，往上往下，都逍遥自得。

从"目送"到"俯仰",都是对身体动作的特写。目送,是眼睛在看;手挥,是手在挥动;俯仰,是头在往上往下。紧接着"游心太玄",太玄,有两种解释,一种是指深奥的道理,另一种是指天外的宇宙。心可以突破物理的界限,到处神游,连接到最深奥的真理、最玄妙的宇宙的秘密。此处写一个人的动作,写出了什么是真正的潇洒:外在挥洒自如,又无处不流露出深情款款。个人和自然之间,自己的身和心之间,个人和存在的奥秘之间,完全融为一体,来去无碍。

诗的第三个层次,是解释为什么能够这样潇洒。"嘉彼钓叟,得鱼忘筌。"赞美渔翁得到了鱼就忘掉了筌。这里运用了《庄子·外物》中的一个典故,庄子的原话是:"筌者所以在鱼,得鱼而忘筌;蹄者所以在兔,得兔而忘蹄;言者所以在意,得意而忘言。吾安得夫忘言之人而与之言哉!"大意为:竹器是用来捕鱼的,得到了鱼就要把竹器忘掉;兔网是用来抓兔子的,抓到了兔子就要把兔网忘掉;语言是用来传达意义的,领会了意义就要忘掉语言。我在哪里能够遇到忘言的人来和他谈论呢?从庄子的这一段话可以看出,庄子用"得鱼忘筌"来说明"得意忘言",语言是工具,带着我们通向意义,意义比语言更丰富、更深邃。引申开来,庄子的意思是,在生活里,我们之所以不能够逍遥自得,是因为我们被困在了各种手段里,而不知道自己活在这个世界上真正的目的是什么。假如我们时刻为自己的最终目标而活着,那么,每一个当下都会自由自在。

诗的最后一个层次,是表达遗憾,从而表明自己隐逸的态度。"郢人逝矣,谁与尽言?"郢,是楚国的都城,在现在的湖北省江陵县附近。这里又用了《庄子》里的典故,《庄子·徐无鬼》里说庄子在惠施的墓前讲了一个故事,名为"匠石运斤"。故事说的是从前楚国的都城里有两个人亲密无间,有一个人鼻子上沾了点石灰,就请另一个人帮他弄掉。另一个人是个石匠,他想也不想就拿起斧头,唰的一下,把石灰削掉了。那个脸上有灰土的人也不害怕,就那么站着让另一个人削。后来,那个人死了,有人再在脸上涂了石灰,让石匠用斧头去削掉,但石匠说,自从他那个朋友死后,他再也做不到那样了。也就是说,只有有默契的两个人,相互了解,心心相印,才能彼此激发出非同寻常的能力。庄子用这个故事表达了自己对惠施的怀念。惠施死了,自己再也找不到聊天的人了。嵇康用这个典故则是在说,嵇喜走上仕途去从军了,自己再也没有可以说心里话的人了。

在嵇康看来,当官不是好的选择,因为这会损害个人自由。好朋友山涛推荐他当官,他写了绝交信《与山巨源绝交书》,里面提到自己为什么不愿意当官,是因为当官会有七种让他忍受不了的事情:第一,他喜欢睡懒觉,受不了被差役传呼上朝。第二,他喜欢弹琴唱歌、打猎钓鱼,而当官总有人在旁边侍候,没有自由。第三,他不喜欢洗澡,身上有虱子,痒起来就乱抓,而当官必须正襟危坐,身体不能乱动,这太让他受不了了。第四,当官要处理各种公文,还有各种应酬,也是他无法忍受的。第五,他不喜欢参加像丧礼这样的活动,而社会上一般人对于这种活动又非常重视,如果他不去,就会遭到别人的指责;如果逼迫自己伪装着去适应世俗习惯,自己会很难受,这个也是无法忍受的。第六,他不喜欢俗气的人,但当官了,就不得不和这些人打交道,实在难以忍受。第七,自己没有耐心,怕麻烦,但当官了，就要处理各种烦琐的事务，考量各种人情世故，这就很难忍受。

他除了有七种不能忍受的事情，还有两个毛病，是官场之人绝对不能容忍的：一是他否定商汤王和周武王，蔑视周公和孔子；二是他性格刚烈、疾恶如仇。因此，嵇康对山巨源说，让我当官是太不了解我了，是在害我啊。

从这封书信及上面那首诗中，我们可以感受到嵇康的一个特点：他的隐逸，既有超然脱俗的一面，又有刚烈的一面。一方面，他远离政治，逍遥自得，是为了避祸；但另一方面，他蔑视权贵，孤高傲慢，又给他惹祸。有一段时间，嵇康隐居在家里，以打铁为乐，也可能是以打铁为生。有一个叫钟会的人很崇拜他，来看他，但嵇康只顾自己锻打铁器，完全不理会钟会。过了好一会儿，钟会觉得无趣，打算离开，嵇康才问他："何所闻而来？何所见而去？"钟会回了一句："闻所闻而来，见所见而去。"两人不欢而散，这件事在钟会心中埋下了一颗愇恨的种子。多年后，嵇康卷入了一起民事纠纷中，而负责审理案件的人恰好是钟会，这直接导致了当时的掌权者司马昭决定杀害嵇康。

263年，也有说是262年的某一天，嵇康被押赴刑场。有三千多名太学生为他请愿，请求赦免嵇康，让嵇康到太学当老师。但司马昭心意已决，无法改变。临刑前，嵇康要了一把琴，很平静地弹了一曲《广陵散》，然后对大家说："从前袁孝尼想向我学习这首曲子，我一直没有教他，从此这首曲子要失传了。"在生命的最后，他没有恐惧，也没有顾虑，只是平静地为世界留下最后的绝响——《广陵散》。曲终人散，唯有一点遗憾，就是以后世界上再也没有这样的旋律了。这个场景，和"目送归鸿，手挥五弦。俯仰自得，游心太玄"遥相呼应，是不可言说的超尘脱俗，是蕴含着生命大悲哀的大洒脱，也是中国历史上最美的视死如归的画面之一。

第44首 | 左思：非必丝与竹，山水有清音

杖策招隐士，荒涂横古今。
岩穴无结构，丘中有鸣琴。
白云停阴冈，丹葩曜阳林。
石泉漱琼瑶，纤鳞或浮沉。
非必丝与竹，山水有清音。
何事待啸歌，灌木自悲吟。
秋菊兼糇粮，幽兰间重襟。
踌躇足力烦，聊欲投吾簪。

前面嵇康的诗，写的是隐逸的神韵，那么，左思（约250—约305）这一首《招隐》，写了真正的隐士是如何生活的。题目《招隐》，源于《楚辞》里的《招隐士》，作者是淮南小山。"淮南小山"不是一个人，而是汉代淮南王手下的文人共用的一个笔名。《招隐士》的主题是召唤山中的隐士走出来，回到红尘之中。"王孙游兮不归，春草生兮萋萋。""王孙兮归来，山中兮不可以久留。"那个富贵子弟外出游荡一去不回，好多年过去

了,一晃又是春天,草木茂盛。山中的那个富贵子弟啊,还是回来吧,山中不可久留。左思的"招隐",意思和淮南小山的"招隐"不太一样。左思去寻找隐士,结果自己爱上了隐居的生活,留在了山里。

"杖策招隐士,荒涂横古今。"杖,手杖,在这里用作动词;策,这里指的是树枝;荒涂,荒凉的道路;横,闭塞。拄着树枝当作拐杖,去找寻山里的隐士。通向隐士的道路,从古至今荒无人烟。"人问寒山道,寒山路不通。"有人问唐朝的隐居者寒山住的寒山在哪里,到寒山的路是不通的。也就是说,真正的隐士住在哪里,你是找不到的。

"岩穴无结构,丘中有鸣琴。"结构,就是房屋。全是岩石洞穴,看不到房子,好像没有人,但山里面传来琴声,又分明显示这里有人。不见房子,不见人影,但听到了琴声。有琴声,就肯定有弹琴的人。弹琴的人,就是那个要去找寻的隐士。此处不正面写人,只是通过琴声,让你去想象那个隐士。

"白云停阴冈,丹葩曜阳林。"白云停留在北边的山冈,红花映照着山南边的树林。静止的云和盛开着的鲜红的花形成了静和动、白色和红色的对比。"石泉漱琼瑶,纤鳞或浮沉。"漱,是激荡的意思;琼瑶,古汉语里意思是指美玉,这里指的是山石;纤鳞,指小鱼。泉水激荡于山石之间,小鱼沉浮于溪水之中。

山水之间,各种天籁之音,所以,"非必丝与竹,山水有清音"。何必一定要拿着弦乐器或管乐器,山水自然就有清妙的乐音。"何事待啸歌,灌木自悲吟。"古代士大夫有一种表达情感的方式,就是啸,在山上或树林间发出长啸。魏晋时期的文人,

03 隐

都喜欢长啸。但左思说，没有必要非要自己发出长啸，你看灌木林中自有悲吟的啸声。

远离人世，住在荒野，吃什么呢？"秋菊兼糇粮，幽兰间重襟。"菊花也可用来当作粮食，衣襟上佩戴着幽谷里的兰花。

这首诗写"招隐"，一开始，写踏上一条已经很多年没有人走的荒路，去寻找隐士。写到隐士的内容有：一是弹琴的声音，二是把菊花当粮食，三是衣襟上佩戴着兰花。透过这三个细节，可以想象隐士是什么样的人。其他全是写环境，而隐士所在的环境就是山水。这里的山水美妙到什么程度呢？山水所发出的声音，本身就是一种清澈动听的乐曲，无须等待人们的歌啸和吟唱。隐士这个人隐没在山水间，人就是山水，山水就是人，浑然一体。这样的氛围深深打动了寻找隐士的诗人。本来是招隐，要呼唤隐士走出山间，回到现实中去；但现在，诗人说："踌躇足力烦，聊欲投吾簪。"踌躇，徘徊；足力，脚力；烦，疲乏；聊欲，索性；簪，是古人用来连接帽子和头发的一种首饰；投簪，扔掉帽子，引申为弃官，不当官了。连起来的意思是：在人世间奔波劳碌，实在是疲惫不堪，还不如索性不当官了，来山里隐居做一个逍遥的隐士算了。

在人生旅途中，如果累了，要学会放弃，学会从大自然中去获取疗愈的方法。这是差不多两千年前诗人左思的感悟。关于左思，《世说新语》上有一个记载：当时的美男子潘安走到街上，妇女都狂热地围上去拉他的手。左思长得很丑，也学着潘安去街上漫游，结果一帮妇女向他吐口水。这件事的真假很难考证，但据历史文献记载，左思确实长得很丑。他因为丑，就不太喜欢社交，木讷寡言。也许出于补偿心理，他就在写文章上下功夫，曾经用了十年时间写就《三都赋》。《三都赋》问世后，因权贵名流的鉴赏，引起轰动，大家都争相去买纸抄写，结果引起洛阳的纸涨价，就有了一个成语叫"洛阳纸贵"。

左思有一个妹妹叫左棻，也长得很丑，却在晋武帝时因为富有才华而被选入后宫。大约因为这层关系，左思曾经进入朝廷的权力中心，但很快对政治纷争感到厌倦。即使齐王司马冏礼请左思担任幕僚，左思也婉言谢绝，远离政治，专心读书写书。相比之下，那个美男子潘安，虽然在文章中也说要淡泊名利，但是现实里依附权贵，热衷于功名利禄，最后不仅自己被杀害，还连累家族里的人也被杀害。那个年代，政治动荡，有名的文人如张华、陆机，也因为卷入权力斗争而死于非命。能够平安的，是像左思那样看透了权力的真相并懂得放弃、退步的人。

同时代的张翰、顾荣和陆机一样，都是吴国人。吴国被灭之后，他们到洛阳得到齐王司马冏的重用。张翰很快就觉得此处非久留之地，对顾荣说：现在天下纷乱，祸乱灾难远远没有结束。名扬四海的人，要想退隐是很难的。自己本来就是山林之间的人，没有声望。你可要好好地用你的智慧来思前虑后，防患于未然啊！张翰找了个借口，说是秋风起，想念家乡苏州的鲈鱼，就辞职回家了。顾荣名气很大，一时难以离开，就天天喝酒，后来也借故辞职回了南方。张翰和顾荣，后半生都在江南逍遥；而一直跟随齐王的陆机，最后的结局是被杀害。临死前，陆机感慨，再也听不到故乡华亭鹤鸟的鸣叫了，由此带来一个感伤的成语——华亭鹤唳。

回到左思那句"踌躇足力烦，聊欲投吾簪"，该句看似很平淡，但放在那样一个残酷的时代背景里，或者放在险恶的人世间,却有沉甸甸的分量。人活着,很艰难,人生的路,有时难到让你觉得走不下去。但是,还好你可以选择放下,可以选择到山水中去。

第45首　陶渊明:少无适俗韵,性本爱丘山

少无适俗韵,性本爱丘山。
误落尘网中,一去三十年。
羁鸟恋旧林,池鱼思故渊。
开荒南野际,守拙归园田。
方宅十余亩,草屋八九间。
榆柳荫后檐,桃李罗堂前。
暧暧远人村,依依墟里烟。
狗吠深巷中,鸡鸣桑树颠。
户庭无尘杂,虚室有余闲。
久在樊笼里,复得返自然。

这首诗的题目叫《归园田居》,回到田园去生活。现在的人对于田园有着浪漫的想象,以为是不食人间烟火的世外桃源,又或者像现在有些富豪为了度假,为了体验所谓的田园生活,在乡村建造精巧的房子。这些田园,是想象的、消费主义的。而陶渊明(352或365或372或376—427)所说的田园,就是指乡村;归

园田居，就是回到乡村像农民那样过日子。

为什么要回乡村呢？诗的开头作了这样的解释："少无适俗韵，性本爱丘山。"这里的"俗"，指的是风俗、社会习惯、主流意见、体制化的生活方式。从小就不想委屈自己去适应社会环境，天性就热爱大自然。"误落尘网中，一去三十年。"尘网，世俗社会构成的罗网。一不小心掉进了这个网里，一去就是三十年。也有人说不应该是三十年，而是十三年，因为陶渊明一生中做官的时间前后大概是十三年。在二十九岁到四十二岁之间，他任过江州祭酒、主簿、参军等职，最后一次是405年出任彭泽县令，几个月就辞职了，从此一直在家乡过着农耕的生活。

陶渊明每一次做官，时间都不长，因为他忍受不了官场那种习气；但不久又要出去当官，他自己的解释是：为了生计，要解决家里人吃饭的问题。这是迫于无奈，所以很辛苦，觉得是掉进了罗网里，被困在了一种束缚中。

"羁鸟恋旧林，池鱼思故渊。"此句进一步解释自己为什么归园田居。鸟儿的天地应该是树林，把它关在笼子里，哪怕是再好的笼子，还是会眷恋从前自由飞翔的树林；池塘里喂养的鱼，会怀念从前山里的溪流。鸟和鱼，都知道要回到自己的世界，何况人呢？所以，要归园田居。

"开荒南野际，守拙归园田。"拙，是笨拙、质朴的意思。我要去南边的野外开垦荒地，固守着自己的笨拙，回到农村种田种菜，过简简单单的生活。这个"守拙"，也是在解释自己为什么要离开官场。官场上讲究做人要"巧"，懂得人情世故，八面玲珑。但陶渊明说，自己很笨，也不想改变自己。那么，他宁愿贫苦也要回到老家，不愿意再在钩心斗角里浪费生命。

接下来讲的是园田的情况。"方宅十余亩,草屋八九间。"住宅四周方圆十几亩,茅草屋有八九间。"榆柳荫后檐,桃李罗堂前。"榆树、柳树的树荫遮蔽了后边的屋檐,桃树、李树排列在院子前面。"暧暧远人村,依依墟里烟。"暧暧,模糊不清的样子。依稀看见远方的村子,飘荡着柔和的炊烟。"狗吠深巷中,鸡鸣桑树颠。"幽深的巷子里有狗叫的声音,鸡在桑树上面啼叫。"户庭无尘杂,虚室有余闲。"户内的庭院里没有尘埃和杂物,空空的房间里有足够的空余显得安闲。《庄子·人间世》里有一句:"瞻彼阕者,虚室生白。"大概的意思是把房间里的杂物清理掉,那么,光线就能照进来;把心里的杂念去掉,心就会变得纯净。如果从庄子的角度去理解,那么"户庭无尘杂,虚室有余闲"讲的也是乡村生活让人的心境变得单纯了,再也没有那些杂七杂八的事了。这是用归隐后的生活来说明为什么要归园田居。

最后一句:"久在樊笼里,复得返自然。"我在牢笼里待得太久了,终于回归了自己的本性,按照自己的意愿过自己的日子。这是一句总结。为什么要辞职回归田园?归根结底是因为要活得自由、活得自然。从陶渊明这首诗里可以发现,"自然"这个词有两层含义:第一层含义是物理意义上的,"性本爱丘山",这个"丘山"就是指大自然的山山水水、花花草草、天空大地等;第二层含义是精神意义上的,"复得返自然",这个"自然",有"自然之道"的意思,大自然的运转,各种事物都依照自己的本性自然而然地自由生长。

陶渊明辞掉彭泽县令一职后,写过一篇《归去来兮辞》。该文前面有一段小序,讲了自己当官的经历,以及为什么要辞掉县令一职。其中关键的一句是:"质性自然,非矫厉所得。饥冻虽切,违己交病。"大意是:我天性率真耿直,很难勉强自己做作地附和环境,挨饿受冻虽然痛苦,但违背自己的内心更加痛苦。所以,陶渊明的隐不是逃避,而是诚实地面对自己,把自己的尊严、自由看得比社会地位更加重要。

前面左思的《招隐》中的隐士,隐居在人迹罕至的深山。这种隐于山水之间的隐,往往是一种想象式的表达,或者只是一种度假式的疗愈,并不是真正的日常。陶渊明的了不起,就在于他的隐不是清高,也不是为了缓解怀才不遇的苦恼,而是他自己对于生活方式的选择。他选择的隐,是回到乡村,自食其力,在劳动中实现自我价值。可以说,陶渊明是第一个意识到了人应该按照自己的意愿去过自己想要的生活的中国人。

第46首 | 陶渊明:既耕亦已种,时还读我书

孟夏草木长,绕屋树扶疏。
众鸟欣有托,吾亦爱吾庐。
既耕亦已种,时还读我书。
穷巷隔深辙,颇回故人车。
欢言酌春酒,摘我园中蔬。
微雨从东来,好风与之俱。
泛览《周王传》,流观《山海》图。
俯仰终宇宙,不乐复何如?

这是陶渊明《读山海经》组诗里的第一首。《山海经》是一部很好玩的古书，成书的年代大概是战国到汉代初年，西汉的刘向、刘歆父子把它们编校后合编在一起，分为《山经》《海经》《荒经》。这是一部以地理为线索的百科全书，里面包含了神话、传说、植物、动物、巫术等内容。陶渊明读了这部书后写了一组诗。在第一首诗里，他既写了对于《山海经》里一些内容的解读，也写了读书的乐趣，当然，更写出了自己回归乡村之后的自得其乐。

"孟夏草木长，绕屋树扶疏。"夏天刚刚来临，草木迅速生长，绕着屋子的树木，枝繁叶茂。"众鸟欣有托，吾亦爱吾庐。"树木茂盛了，鸟儿就可以在上面筑巢，所以，众鸟为自己有了依托而感到高兴。我呢，也很喜欢自己这间茅屋。

"既耕亦已种，时还读我书。"忙完耕地等种田事儿，空闲下来我就读读书。以前中国有一个词叫"耕读之家"，意味着一种理想的生活状态——一边忙农活，一边读书。另外，还有一个词，叫"渔樵耕读"，即打鱼的、砍柴的、耕种的、读书的，是中国农耕社会四个比较重要的职业。传说他们往往隐居在山林里，还常常怀有绝世武功，既显得高雅，又显得神秘。陶渊明既没有武功，也没有住在深山里，而是住在偏僻的巷子里。"穷巷隔深辙，颇回故人车。"住的巷子远离大路，老朋友坐着车来了，没有法子进去，只好掉头回去。

没有朋友来，自己一个人也挺好。"欢言酌春酒，摘我园中蔬。"一个人开开心心地喝着春酒，下酒的菜是从园子里摘下来的。"微雨从东来，好风与之俱。"东边下起了蒙蒙细雨，雨中飘来柔和的风，让人心旷神怡。"泛览《周王传》，流观《山海》图。"读读《穆天子传》，又翻翻《山海经》中的图画。"俯仰终宇宙，不乐复何如？"读书看图，让我在很短的时间内就遨游了宇宙，我怎么能够不快乐呢？

这首诗描绘了乡村生活的乐趣。住得虽然简陋，但有草木，有树林，有鸟儿，有酒，有菜，也有细雨和微风，还有书读，有什么能比得上这样的快乐呢？在一个与自己的内心格格不入的时代，陶渊明退隐到自己的乡村世界里。在那个世界里，他和大自然融为一体，自食其力，耕田种地，喝喝酒，读读书，找到了一个能安静提升自己的出口。他为自己写过一篇传记，叫作《五柳先生传》。文中他说自己"闲静少言，不慕荣利"，又说自己"好读书，不求甚解"，每每读到会心处，会高兴得连饭都忘了吃。他还说自己喜欢喝酒，但因为穷，不是常常有酒喝。亲戚朋友知道他爱酒，有时会备好酒招待他，他去了就会喝得尽兴，一醉方休，醉了以后就退席，乘兴而去，尽兴而归。家里没有什么像样的家具，屋子甚至连风雨都遮挡不住。他穿的是打了补丁的粗布短衣，也常常揭不开锅。虽然生活苦成这样，但他还是写文章自寻乐趣，表达自己的心志。人世间的得和失，他早就忘怀了，就这样度过一生，也挺好的。

这应该是他自己的真实写照。陶渊明如果活在今天，会有点像嬉皮士一类的人，追求个人自由，不受社会主流左右，独来独往，自得其乐。

陶渊明做彭泽令的时候，命令县里的公田都种秫谷，因为秫谷可以酿酒。他的妻子觉得这样做太过分了，坚持一顷田五十亩种秫、五十亩种粳。他晚年时，颜延之有一次路过他家，送给他两万钱。他拿到钱后就让儿子送到酒家那里去，全部存着买酒喝。

魏晋时期饮酒风气很盛,比如嵇康、阮籍等"竹林七贤",喝得惊天动地。陶渊明喝酒和他们不太一样,他们大多时候是聚在一起喝,而陶渊明一生大部分时间是独饮,即使和别人一起喝,也好像是在独饮。他有时请朋友来家里喝酒,自己先喝醉了,就说:"我醉欲眠,卿可去。"大意是:我醉了,先睡了,你们自己喝完就请自便离去。这句话里既有人情的亲切随和,又有一点孤独。

传说陶渊明有一张无弦琴,他常常边喝酒边抚弄这张琴,觉得如果明白音乐的趣味,不需要弹出声音来。他为人随和却不失原则。檀道济送他的米和肉,他退回去了,因为他和檀道济不熟。颜延之给他钱,他收了,还全部拿去买酒了,因为颜延之是他的朋友。刺史王弘邀请陶渊明去江州自己的府邸,陶渊明没有去。王弘亲自去陶渊明家里拜访,陶渊明以身体不好为由拒绝出来相见。这反而让王弘更加敬重陶渊明。

有一次,王弘知道陶渊明要去庐山,就请庞通之半道拦下他,这一次终于见到了陶渊明,就请他去江州。陶渊明答应了,但坚持只坐自己的篮舆,让儿子和门生抬着,不坐官府的轿子,一路上和王弘说说笑笑。

苏轼很推崇陶渊明,他说,陶渊明"欲仕则仕,不以求之为嫌;欲隐则隐,不以去之为高。饥则叩门而乞食,饱则鸡黍以迎客。古今贤之,贵其真也"。陶渊明的魅力在于他的率真。他的诗和他的人格、生活是完全一致的,诗里所写,就是他的为人和生活,而他的为人和生活本身就是一首诗。

第47首 | 陶渊明：人生归有道，衣食固其端

人生归有道，衣食固其端。
孰是都不营，而以求自安？
开春理常业，岁功聊可观。
晨出肆微勤，日入负耒还。
山中饶霜露，风气亦先寒。
田家岂不苦？弗获辞此难。
四体诚乃疲，庶无异患干。
盥濯息檐下，斗酒散襟颜。
遥遥沮溺心，千载乃相关。
但愿长如此，躬耕非所叹。

  这首诗的题目是《庚戌岁九月中于西田获早稻》。庚戌年，是410年，距离陶渊明辞去彭泽县令一职过去了五年。这一年的九月中旬，他在西边的田里收获了早稻，引发了他的感慨，写了这么一首诗。前面讲到的《归园田居》中，他写了自己为什么要退隐到乡村，《读山海经》写了耕读的快乐，而这一首《庚戌岁九月中于西田获早稻》写的是他退隐乡村之后的艰辛。

  "人生归有道，衣食固其端。"人活在世界上有一个基本的道理，穿衣吃饭是首先要解决的问题，也就是说，首先你要活下去。如果你都不能活下去，那么，人生的一切都无从谈起。"孰是都不营，而以求自安？"如果不去经营这个活下去的事情，那

么，如何能够求得自身的安定呢？人活在世上，首先要养活自己，然后再谈得上其他种种追求。有一个当中学老师的年轻人写信给爱因斯坦，说自己非常热爱物理学研究，想辞职一心研究物理学。爱因斯坦回信说，在你没有解决生计问题之前，千万不要辞职，你可以把物理学作为爱好一直坚持下去，直到有一天物理学能够养活你的时候，你就可以辞职了。陶渊明做彭泽县令的时候，很诚实地对人说："聊欲弦歌，以为三径之资。"大意是自己当县令，是为了积累一点财富，作为以后隐居的资本。当然，在官场上，像陶渊明那样洁身自好的人很难积累财富。

陶渊明最终选择以耕种的方式来养活自己。"开春理常业，岁功聊可观。"岁功，一年的收成；聊可观，还可以。一开春就打理农活，年头好好努力，年尾才有好的收成。"晨出肆微勤，日入负耒还。"一大早就出去，做一些轻微的劳动；太阳下山了，就扛着农具回到家。"山中饶霜露，风气亦先寒。"这里的"风气"，意思是气候。山里面有很多霜和露，冬季还没有来，天气却已经寒冷了。

"田家岂不苦？弗获辞此难。"耕田的农民生活很辛苦，但为了活下去，你不能摆脱这种痛苦。"四体诚乃疲，庶无异患干。"异患，意外的灾祸，这里特指官场上的危险；干，侵扰。虽然做农活身体上很辛苦，但好处是完全没有了官场上的危险，不用担心会惹上什么祸患。"盥濯息檐下，斗酒散襟颜。"盥，是洗手；濯，是洗脚；散，是放开了；襟颜，胸襟和容貌。在屋檐下洗漱休息，喝点小酒，整个身心都放松了，很惬意。

"遥遥沮溺心，千载乃相关。"沮溺，指长沮和桀溺，是古代两个隐士，但并非真实人名。长，指高大；沮，指低湿的洼地；长沮，指在低湿洼地里干活的高大的人。桀，也是高大的意思；溺，浸在水洼中；桀溺，指浸在水洼里干活的高大的人。《论语》里记载，孔子带着学生周游列国时，有一次在路上遇到长沮和桀溺。孔子让子路去向这两个人询问渡口在哪里。这两个人对子路说了一番话，大意是这个社会是很难改变的，还不如像他们那样远远地躲避社会，说完就埋头做农活了。这两人后来成为隐士的象征。而陶渊明这句诗讲的是，长沮和桀溺虽然生活在遥远的千年之前，但他们的心意和陶渊明是相通的。

"但愿长如此，躬耕非所叹。"躬耕，亲自耕种。但愿一直是这个样子，身体力行，自食其力，没有任何怨言。长沮和桀溺，被认为是躬耕的隐士代表。陶渊明把他们视为知音，希望自己能够安于躬耕这样一种生活。

陶渊明这首诗触及了隐逸的一个核心问题：如何解决谋生的问题？隐逸听起来是一件浪漫又高尚的事情，好像不食人间烟火。与陶渊明同时代的，以及陶渊明之后的隐士，都不太触及这个问题。一则这个问题有点庸俗，不够高雅；二则很多隐士和陶渊明不一样，要么有家产作为隐逸的资本，要么隐逸本身就是资本，这在唐宋时期特别普遍。但隐逸对于陶渊明来说，就是一种生活方式的选择。当他辞去彭泽县令一职的时候，面临着一个严峻的问题——如何养家糊口？这首诗便描述了他回到乡村，靠耕田种地养家糊口的种种艰辛，但相比之下，还是要比当县令的时候愉快一些。

陶渊明揭示了一个原则：谋生是每一个人必须诚实面对并去解决的基本问题，也可以说，是一个前提性的问题。这个问题不解决，一切也就无从谈起。但是，谋生不应该是我们生活的目的。假如谋生是目的的话，那么，陶渊明完全没有必要辞职，当县令不正是一个很好的谋生方式吗？当县令确实有丰厚的报酬，但当县令对于陶渊明而言，让他失去了自我。

陶渊明认为人不应该为了谋生而失去自我，让自己沦为工具，人应该去做自己感到惬意的事。这是陶渊明原则的第一个层面。第二个层面，当你去做自己喜欢的事情、去做让你感到惬意的事情时，你必须通过自己喜欢做的事情解决谋生的问题，否则，你喜欢的事情将很难持续。

概括起来，陶渊明在中国历史上首先确立了一种生活原则：人真正"成为自己"的关键，在于他能够通过做自己喜欢的事情来解决谋生的问题。用现在的话来说，人不应该成为工作的奴隶，而应该用自己的兴趣作为资源去获得生存的资源。做自己喜欢的事，这在今天是很多人爱说的话，但很少有人意识到，只有你通过做你喜欢的事真正养活自己，才是真正做自己。

第48首 谢灵运：池塘生春草，园柳变鸣禽

潜虬媚幽姿，飞鸿响远音。
薄霄愧云浮，栖川怍渊沉。
进德智所拙，退耕力不任。
徇禄反穷海，卧疴对空林。
衾枕昧节候，褰开暂窥临。

倾耳聆波澜，举目眺岖嵚。
初景革绪风，新阳改故阴。
池塘生春草，园柳变鸣禽。
祁祁伤豳歌，萋萋感楚吟。
索居易永久，离群难处心。
持操岂独古，无闷征在今。

　　这首诗的题目叫《登池上楼》，写的是登池上楼后的所见、所想。池上楼在永嘉，即现在的温州。谢灵运（385—433）为什么会去永嘉呢？因为他受到当时朝廷里当权者的排挤，被贬到永嘉做太守。那一年是422年，两年前的420年，刘裕篡权，废掉了东晋皇帝，自立为帝，改国号为"宋"。不久，刘裕去世，他的儿子继位，叫宋少帝。在这场激烈的权力斗争中，谢灵运被卷入其中，而且他的表现比较张狂。史书上记载他因为诽谤别人，也就是说他说了很多别人的坏话，结果就从京城被贬到了永嘉。当时那里还是一个靠海的偏僻的地方，所以，谢灵运的心情不太好。

　　登池上楼，也许是为了看看风景、散散心。"潜虬媚幽姿，飞鸿响远音。"潜虬，藏在深渊里的小龙；媚，形容词用作动词，使美好；幽姿，幽深的姿态。小龙藏得越深，幽深的姿态就越美好。飞鸿，飞翔的鸟儿；响，使更响亮；远音，传到很远的声音。飞鸟飞得越高，声音就越响亮，传得就越远。

　　"薄霄愧云浮，栖川怍渊沉。"薄霄，靠近云端；愧，惭愧；云浮，高飞的鸟儿。诗人想要靠近云端，但很惭愧，不能像鸟儿那样高高飞起。栖川，栖息在水里面；怍，也是惭愧的意思；渊沉，藏在水底深处的小龙。想要躲到水里面去，但又很惭愧，不能像小龙那样藏到水底。

谢灵运在楼上看到的应该是飞鸿，由此联想到了龙，然后，就拿鸟和龙作对比，龙隐藏得很深，鸟飞得很高；又说想要接近云端，但又不能像鸟儿那样高高飞起，想要躲到水里去，又不能像小龙那样藏到最深的深渊。显然，借着鸟和龙，谢灵运要表达的是自己的某种纠结。什么纠结呢？读完下面一句就会明白。"进德智所拙，退耕力不任。"进德，在德行、功业上有所进步，实际上指的是做官。想要在官场上有一番成就，自己的才智还不太够。直白一点，谢灵运想说的是，想在官场上混，自己又不够灵活，做不到阿谀奉承，但是，退回到乡村去耕田，自己的体力又不能胜任。读到这里，一下子就明白了谢灵运在纠结什么，他在纠结到底是做官还是隐退。

带着这个纠结，"徇禄反穷海，卧疴对空林"。卧疴，生病卧床了，估计心情不好，到了永嘉就生病了。为了一点俸禄来到这个荒凉的海边，病床对着窗外一片落尽了树叶的林子。"衾枕昧节候，褰开暂窥临。"衾，是被子；枕，是枕头；昧，不知道；节候，就是季节。因为生病一直睡在床上，不知道外面季节的变化。褰开，拉开窗帘；暂窥临，临窗眺望一会儿。"倾耳聆波澜，举目眺岖嵚。"岖嵚，山势险峻的样子。侧着耳朵仔细聆听水波的声音，抬起头来远眺崎岖的山峰。"初景革绪风，新阳改故阴。"初景，初春的阳光；革，清除；绪风，冬季最后的寒风；新阳，指春天；故阴，指冬天；改，改变。初春的阳光消除了冬季残留下来的寒风，春天正在取代冬天。"池塘生春草，园柳变鸣禽。"池塘之中长出了碧绿的春草，因为季节变化，园子里柳树间的鸟声也变得不一样了。这是临窗眺望所见，不知不觉间季节在转换，冬天要走了，春天来了。

"祁祁伤豳歌，萋萋感楚吟。"祁祁，很多的样子；伤，伤感；豳歌，《诗经》里的《豳风》。这里借用的典故是《诗经·豳风》里的一首诗《七月》，里面有这么一句："春日迟迟，采蘩祁祁。女心伤悲，殆及公子同归。"春天里时间很缓慢，白天很长，采摘白蒿的人很多，其中一个女孩子在伤心，因为不久她就要嫁人了，要跟着丈夫到别的地方去了。萋萋，草木茂盛的样子；感，感动；楚吟，就是《楚辞》里的吟诵。这里借用的典故出自《楚辞·招隐士》，里面有一句："王孙游兮不归，春草生兮萋萋。"那个隐居的贵族子弟啊还不回来，春草已经长得那么茂盛了。

"索居易永久，离群难处心。"索居，一个人独自居住；易永久，就是容易感觉到日子特别长。孤单的人感觉时间过得很慢。离群，离开了人群；难处心，难以安心。孤单的人没有归属感，总觉得心有所不安。"持操岂独古，无闷征在今。"持操，保持节操；岂独古，难道只有古人。并非只有古人才会坚守节操。无闷，来自《易经》里的一句话："龙，德而隐者也。不易乎世，不成乎名，遁世无闷。"意思是：有品德而隐居的人不会被世俗影响，不会去追求世俗的名声，甘心退隐而没有烦闷。征，是证明的意思；征在今，在今天我这儿也能得到证明。避开世俗而没有烦恼和忧愁，在我这里也得到了体现。

这首诗整体来看，可以分为三个部分。第一部分，讲了自己的纠结，讲得很形象，用了龙和鸟来比喻隐退和当官两种状态，要么像龙一样隐藏，要么像鸟那样高飞。但谢灵运说，他想隐退，却做不了那些耕田种地的事；他想当官，却又没有能力和智慧去钩心斗角。所以，他陷入一个既想要隐退又想要当官的僵局里。因为陷入这样一个僵局里，所以他来到这么荒凉的地方，而且生了病，睡得昏天暗地，不知道外面都已经转季了。第二部分，讲自己临窗眺望外面的风景，发现"池塘生春草，园柳变鸣禽"，春天不知不觉已经来了，这使他想到《诗经》和《楚辞》里的离别，不由得有一些感伤。第三部分，就是最后一句，好像眺望风景之后，风景治愈了谢灵运的纠结和悲伤，他借用《易经》的话，表明自己也能像古人那样，毫无怨言地远离功名利禄。

写完这首诗不久，谢灵运以生病为由辞了官，回到了老家，好像不再纠结了。但问题在于，谢灵运回到老家，并没有真正隐居，而是隔三岔五和朋友一起游山玩水，甚至还要大兴劳役、伐木开道。凭借着他和皇帝的关系，对于地方上的事情，他也多有干预。这样就得罪了地方官，地方官一怒之下诬告谢灵运谋反。好在宋文帝一直很欣赏谢灵运，也不相信他会谋反，就把他安排到临川做内史。谢灵运到了临川之后，还是放浪不羁，又受到弹劾，朝廷派人去抓他，谢灵运反过来把朝廷派来的人抓了起来，还写诗流露出要造反的念头。结果他还是被朝廷抓捕，负责的官员主张处死谢灵运，但宋文帝不忍心杀他，又不能不惩罚他，就把他流放到广州。

谢灵运四十九岁那年被流放到了广州，住在现在的中山大学附近的一个地方。据说，因为谢灵运世袭了谢玄康乐公的爵位，所以，后人把这个地方叫作康乐村。本来，如果谢灵运坦然接受流放的命运，在康乐村待上几年，那个很欣赏他文才的宋文帝说不定又会把他召回江南。但不久，一个武官因事去涂口，走到桃墟村时，看见七个形迹可疑的人，怀疑不是好人。回来告诉郡县长官，长官派兵随他前去抓捕，将其全部捉住，投入监狱，其中一人说谢灵运曾经给了他们钱要他们打劫他的囚车,结果不知道是他们胆小还是别的原因,没有成功。这个官员把这个情况报告给了皇帝。皇帝在以前已经多次宽宥过谢灵运,这次再也不能容忍了,于是下令斩杀谢灵运并"弃市于广州"。

谢灵运临死前的诗,表达了强烈的"怀才不遇",以及受到迫害的悲愤之情。在诗里,谢灵运把自己想象成了一个慷慨就义的英雄。谢灵运确实才华横溢,而且出身于世家。他比陶渊明小约二十岁。现在的文学史常常把陶、谢合在一起,因为他们两个人先后开创了田园诗派和山水诗派。陶渊明把农家的事情写进了诗歌,而谢灵运把自然的山水写进了诗歌。从此,中国的诗歌既多了日常的烟火气,又多了自然山水的清丽。

但在当时,谢灵运的名气远远大于陶渊明。谢灵运的家庭背景实在太强大了。有一句诗"旧时王谢堂前燕,飞入寻常百姓家",讲的是东晋时最显赫的两大家族:王家和谢家。谢灵运的祖父是谢玄,而他的外公是王羲之。相比之下,陶渊明的曾祖陶侃虽然是东晋大将,但毕竟是寒族,而且陶侃去世后,陶家很快就败落了。

当时的时代风气,人们更欣赏谢灵运的诗,却不太能欣赏陶渊明的诗。作为诗人的陶渊明并没有引起多少关注,当时不过是一个略有名声的隐士而已。陶渊明和谢灵运一样,在隐居和当官之间也很纠结。陶渊明的纠结在于,如果他不当官,就很难养家糊口;而谢灵运家底丰厚,隐居之后完全可以过上富足的生活。谢灵运之所以纠结,是因为他放不下功名心,更重要的是,他认为自己是治理国家的人才,而几个皇帝欣赏的只是他写作的才华,并不认可他的行政能力,这让谢灵运总是心有不甘。他也获得了几次当官的机会,却恃才傲物。谢灵运的问题出在哪里,他一辈子也没弄明白。

如果你要当官，就要有当官的样子；如果你当了官，却是一副山水诗人的做派，那么，就一定会受到指责和惩罚。

人生是必须有取舍的。你得到了这个，可能会牺牲那一个。得到什么就要失去什么，要付出代价。谢灵运却很天真地以为，他既可以拥有官员的权力，同时又可以拥有诗人的放浪不羁。当然，更严重的问题是，他的自恋使他认为自己无所不能。实际上，他最适合的是做一个逍遥山水的才子，却非要去做一个笑傲江湖的英雄，结果悲惨地死在了遥远的岭南。

如果在刘裕篡晋后，谢灵运就决意做一个隐士，那么，他的一生大概就是一个潇洒的、在山水间快活的才子，不论他多么傲慢，都不会招惹杀身之祸。然而，他终究要得太多，既要自由，又要功名，结果是一辈子像他那句诗描述的那样："进德智所拙，退耕力不任。"他想做大官，却并没有做官的能力；想像陶渊明那样回到田园，又心有不甘。他不停地在自由和功名之间纠结、摇摆，最后，这种纠结要了他的性命。

第49首 | 孟浩然：开轩面场圃，把酒话桑麻

故人具鸡黍，邀我至田家。
绿树村边合，青山郭外斜。
开轩面场圃，把酒话桑麻。
待到重阳日，还来就菊花。

这首诗叫《过故人庄》。过，拜访；故人，老朋友；庄，田庄。孟浩然拜访老朋友的田庄，有了特别的感受，就写了一首诗。"故人具鸡黍，邀我至田家。"鸡黍，鸡和黄米，泛指乡村人家招待客人的丰盛饭菜。老朋友准备了好吃好喝的，邀请我去他乡下的家里玩。"绿树村边合，青山郭外斜。"合，环绕；斜，倾斜；郭，外墙。村庄的边上，环绕着树木。村的外墙之外，横卧着的是青青的山峦。用"合"写绿树，用"斜"写青山，一下子就把树和山写活了，一个山峦下绿树环抱的村庄浮现在眼前。"开轩面场圃，把酒话桑麻。"轩，窗户。打开窗户面向打谷场，喝着酒聊起了关于庄稼的点点滴滴。"待到重阳日，还来就菊花。"等到重阳节，我还要再来这里喝菊花酒。

读完全诗，你会觉得这首诗好像很平常。一开始说的是很普通的事情——去老朋友家吃饭。老朋友的家也不特别，就在一个乡村，在绿树和青山之间。到了老朋友家，就是很平常地吃了一顿饭，窗外是打谷场，大家有一搭没一搭地聊着田地里的那一点事：桑树长得怎么样，麻类植物长得怎么样。然后，诗人说，等到重阳节，还要再来这里喝菊花酒。

平平常常的事却打动了诗人，他临走时还约了重阳节再来。为什么呢？妙处就在于"平常"。这首诗不仅写出了田园乡村的恬静，更以平淡的语言写出了田园生活的日常，揭示了人们向往田园乡村的原因。中国士大夫从年轻时开始读书，参加科举，然后进入官场，和我们现代人的职业生涯差不多，从小到大，都在竞争，都在为晋升而努力；他们偶尔到了乡村，却看到了竞争之外的另一种平常生活：自然、松弛、简单、平淡。乡村成了疲惫心灵的驿站，田园成了缓解精神压力的良药。在复杂的世界里，乡村田园寄寓着人们对简单自然生活的怀想，是一种诗意的象征。对于不得不在尘世追逐的人而言，乡村的"平常"显现了一种难得而独特的力量，让人重新回到日常生活本身，回到安宁和美。

孟浩然（689—740）早年生活在家乡襄阳，有一段时间隐居在鹿门山。这首《过故人庄》大概是他在鹿门山写的。孟浩然有一首《夜归鹿门山歌》："山寺钟鸣昼已昏，渔梁渡头争渡喧。人随沙岸向江村，余亦乘舟归鹿门。鹿门月照开烟树，忽到庞公栖隐处。岩扉松径长寂寥，惟有幽人自来去。"山寺的钟声意味着天快黑了，渔梁洲的渡口很多人喧哗着，争着要上渡船。大家都沿着岸边回到村里的家，我呢，要乘着小船去鹿门。月光照亮了鹿门山上雾气缭绕的树木，我忽然就到了从前庞公隐居的地方。清冷的岩石路，寂静的林间小道，只有隐居的人自己来来去去。这首诗像孟浩然的自述，在喧闹的尘世中，大家的方向都是回家，但他选择了另一个方向，去鹿门山，像从前的庞公那样在那里隐居，独自往来。"岩扉松径长寂寥，惟有幽人自来去"显现了他的神采。他写田园乡村的诗，平常的韵味里有一种"惟有幽人自来去"的寂寞洒脱。

孟浩然的诗在当时影响很大，像李白、王维那样一些有名的人物，在热闹而残酷的京城长安读到了孟浩然的诗，都有神往之心。李白写了一首诗《赠孟浩然》："吾爱孟夫子，风流天下闻。"这个"风流"不是我们现在说的风流，而是风行水流，风吹来，水流动，是自然而然，不是刻意为之，也没有什么目的。说一个人风流，意思是他活得自然率真、儒雅潇洒。"红颜弃轩冕，白首卧松云。"年轻时就放弃了仕途，对当官没有什么兴趣，一直到老都隐居在山林里。"醉月频中圣，迷花不事君。"常常在月光下饮酒，醉意蒙眬，喜欢花花草草，却不喜欢去侍奉君王。"高山安可仰，徒此揖清芬。"我们唯有仰望他高山一样的品格，只能向他清高的人品表达敬意。

可见当时的人有多么喜欢孟浩然，他们喜欢的是他表现出来的人格，那种"惟有幽人自来去"的风流潇洒。但是，李白可能没有想到的是，孟浩然后来并没有"白首卧松云"。他大约四十岁的时候改变了想法，不再隐居了，而是去了长安，寻求当官的机会。为什么到了这个年纪突然就放弃了隐居的想法？有一种可能是遇到了经济上的困难，必须去谋生；还有一种可能是，孟浩然年轻时正处于武则天统治的后期，政治比较混乱，而四十岁后到了唐玄宗的开元盛世，按照孔夫子的教导，无道则隐，有道则显，政治黑暗就隐居，政治清明就当官。不管什么原因，总之他后来去了长安。

据说他去了王维的办公室，偶遇唐玄宗。玄宗让他写一首诗，他马上写了一首，其中有一句："不才明主弃，多病故人疏。"这让玄宗有点不高兴，你自己不参加科举考试，怎么能说我抛弃了你？虽然不知道这个故事的真假，但孟浩然寻求做官，确实并不顺利。他后来在外面漫游了一圈，又回到了家乡。张九龄在荆州时，聘请孟浩然做过幕僚，但时间也很短。

孟浩然的后半生，潦倒落魄，最后在贫困中去世。他的本性自由散漫，适合做隐士，后来不知什么原因要去走仕途，走得很艰辛，他自己也变得很茫然。前期的孟浩然，是淡定的，他写田园乡村，是平常的、安稳的，"开轩面场圃，把酒话桑麻"，"岩扉松径长寂寥，惟有幽人自来去"。后期的孟浩然，有点焦虑，也有点不知所措。他写给张九龄的诗《望洞庭湖赠张丞相》，后面几句:"欲济无舟楫,端居耻圣明。坐观垂钓者,徒有羡鱼情。"直白的意思就是:想要当官却没有门路,这样白白地浪费生命,实在是愧对这个开明盛大的时代。自己只能看着别人有所成就,徒然地羡慕。他在旅途中有一首《早寒江上有怀》,最后一句:"迷津欲有问,平海夕漫漫。"找不到渡口了,他想去询问,却只见到一片茫茫大海,路在哪里呢?方向在哪里呢?

从"岩扉松径长寂寥,惟有幽人自来去"到"迷津欲有问,平海夕漫漫",从出世的笃定到入世的迷茫,孟浩然告诉我们,人世间的路不是一条容易走的路。

第50首 李白:我本楚狂人,凤歌笑孔丘

我本楚狂人,凤歌笑孔丘。
手持绿玉杖,朝别黄鹤楼。
五岳寻仙不辞远,一生好入名山游。
庐山秀出南斗傍,屏风九叠云锦张,影落明湖青黛光。
金阙前开二峰长,银河倒挂三石梁。
香炉瀑布遥相望,回崖沓嶂凌苍苍。
翠影红霞映朝日,鸟飞不到吴天长。
登高壮观天地间,大江茫茫去不还。
黄云万里动风色,白波九道流雪山。
好为庐山谣,兴因庐山发。

闲窥石镜清我心，谢公行处苍苔没。
早服还丹无世情，琴心三叠道初成。
遥见仙人彩云里，手把芙蓉朝玉京。
先期汗漫九垓上，愿接卢敖游太清。

这首诗的题目叫《庐山谣寄卢侍御虚舟》。谣，是诗歌的一种体裁；侍御，官职的名称；卢虚舟，是李白的朋友，因为当过侍御，所以尊称他为卢侍御虚舟。这首诗写于760年。758年，朝廷认为李白参与了永王李璘的谋反，将他流放到夜郎；759年，李白还没有到达夜郎便遇到了大赦天下，他就沿着长江折返回家，那首"朝辞白帝彩云间，千里江陵一日还"就是那个时候写的。他经过九江，重游庐山时，已经是760年，他写了这首诗寄给朋友卢虚舟。

"我本楚狂人，凤歌笑孔丘。"一上来就说，我本来就是那个楚国的疯子，唱着"凤凰啊凤凰啊"的歌嘲笑孔子。这里用了一个典故，那个楚国的疯子叫接舆，在《论语》和《庄子》里都出现过，叫"楚狂接舆"。《论语》里记录了他见到孔子时唱的一首歌：凤凰啊凤凰啊！为什么你的美德一天不如一天？过去的事情已经无法劝阻，未来的事情还来得及防范。罢休吧罢休吧！现在当官从政是多么危险的事情！

这个接舆行为上疯疯癫癫，说的话并非胡话，而是明白话。中国的民间传说、文学作品里经常出现这样的人物。比如寒山就是一种典型的疯癫形象：嘻嘻哈哈，独来独往。《红楼梦》里几次出现的癞头和尚，穿得破破烂烂，说话好像颠三倒四，但细听之下，是智者之言。那首著名的《好了歌》就是一个疯和尚所唱。在复杂的社会环境里，疯癫也是一种隐逸，是保全自我本性的一种策略。对于那些不愿意向庸常甚至邪恶的现实妥协，又不愿意去做激烈反抗的勇士的人来说，不正经也是一种反抗。

疯癫释放了不被允许的自由。一般来说，要么反抗，要么妥协。疯癫，既非反抗，也非妥协。妥协的结果，是自取灭亡。反抗的结果，往往是同归于尽，其实和妥协的结果一样，都是自取灭亡。而疯癫意味着看透，意味着看透后的跳跃而出，跳出别人制定的规则，活在自己的规则里。活在无规则里，疯着疯着就自由了。

在尘世间经过了无数次失败的李白，刚刚遭遇流放之后的李白，一上来就说：我就是楚国的那个疯子。这里有一种无奈，更有一种倔强。"手持绿玉杖，朝别黄鹤楼。五岳寻仙不辞远，一生好入名山游。"手里拄着绿玉杖，一大早就辞别了黄鹤楼。我这一辈子不辞辛劳，喜欢去名山游览，为的是寻找神仙。既然这个世界不接纳我，那么我就去寻找另一个世界，神仙的世界。

"庐山秀出南斗傍，屏风九叠云锦张，影落明湖青黛光。"南斗，星座的名字，中国人称之为星宿；屏风九叠，庐山五老峰东面的九叠屏；影落明湖，庐山倒映在清澈的鄱阳湖里。秀美的庐山挺拔地立在南斗星座旁，九叠云屏像铺展开来的锦绣云霞，庐山在鄱阳湖里的山影和水光相互映照，泛着青光。"金阙前开二峰长，银河倒挂三石梁。"金阙，指黄金的门楼，这里借指庐山的石门，庐山西南有铁船峰和天池山，两山相对，看起来像石门；银河，比喻瀑布；三石梁，在五老峰西边。庐山的石门前，两座山峰高耸入云端，三叠泉像银河一样，倒挂在三石梁上。

"香炉瀑布遥相望，回崖沓嶂凌苍苍。"香炉，南香炉峰；瀑布，黄岩瀑布。李白在725年前后写过一首《望庐山瀑布》：

"日照香炉生紫烟,遥看瀑布挂前川。飞流直下三千尺,疑是银河落九天。"这首诗被认为是描写庐山最好的诗。回崖,曲折的山崖;沓嶂,重叠的山峰;凌,高出;苍苍,青色的天空。香炉峰瀑布和山峦遥遥相望,曲折的山崖和重叠的山峰好像比青色的天空还要高。

"翠影红霞映朝日,鸟飞不到吴天长。"吴天,九江古代属于吴国。绿色的山影、红色的彩霞和早晨的太阳交相辉映,高峻的山峰、辽阔的天空,连鸟儿也难以飞越过去。"登高壮观天地间,大江茫茫去不还。"在山巅看到了天地的壮阔,长江茫茫向东流,一去不复回。"黄云万里动风色,白波九道流雪山。"黄云,昏暗的云;白波九道,九道河流,古代有一种说法,长江流到浔阳分为九条支流;雪山,形容白色浪花翻滚堆积,像雪山一样。天上万里黄云,天色瞬息变幻,江里波涛汹涌,浪高如雪山。

"好为庐山谣,兴因庐山发。"我喜欢为壮美的庐山歌吟,庐山激发了我心中的感触。"闲窥石镜清我心,谢公行处苍苔没。"石镜,据说庐山东面有一块圆形的悬石,光滑得像镜子一样,可以照出人影;谢公,就是谢灵运,他曾经来过庐山,诗里写到"攀崖照石镜",说明他看到过这块石镜。不经意看一下石镜,心变得清澈,谢灵运的足迹被掩埋在青苔之下了。

"早服还丹无世情,琴心三叠道初成。"还丹,一种丹药,把丹烧成水银,积累到一定时候又变回丹,所以叫"还丹";琴心三叠,道家术语,意思是人的意识活动像琴的声音那样和谐,三种丹田之气融为一体。我要早早地吃了仙丹,再也不受世俗的束缚,修炼三丹让自己的意识达到圆融和谐。"遥见仙人彩云里,手把芙蓉朝玉京。"玉京,传说中元始天尊居住的地方,在天的中心之上,叫玉京山。远远望见彩云里的仙人,手里捧着芙蓉花向着玉京朝拜。"先期汗漫九垓上,愿接卢敖游太清。"先期,预先约好;汗漫,无边无际,意为不可知,比喻神仙或造物者;九垓,九天之外;卢敖,战国时燕国人。传说卢敖游北海时,遇见一个奇怪的仙人在风中舞蹈。他想和仙人一起玩,仙人就说:"我和神仙约了在九天之外相会,我不能在这里待太久。"说完就跳入云中。太清,指天空,也指天道。已经和神仙约好在九天之外会面,愿意接引卢敖同游太清。这里用了卢敖的典故,讲的应该是自己,神仙愿意接引自己同游太清。

　　李白这首诗,一开始讲自己是一个疯癫的人,隐含的意思是自己对这个世俗世界看透了,不抱任何希望了。不抱希望了,怎么办呢?陶渊明回到庐山脚下的南村耕田种地去了;李白呢,也去了庐山,登上了高峰,在瑰丽壮阔的景色里要去寻找神仙。真的有神仙?不知道。但对于神仙的信仰,好像可以摆脱这个世界带给我们的痛苦。

第51首 ｜ 高适:乍可狂歌草泽中,宁堪作吏风尘下

我本渔樵孟诸野,一生自是悠悠者。
乍可狂歌草泽中,宁堪作吏风尘下?
只言小邑无所为,公门百事皆有期。
拜迎长官心欲碎,鞭挞黎庶令人悲。

> 归来向家问妻子，举家尽笑今如此。
> 生事应须南亩田，世情尽付东流水。
> 梦想旧山安在哉，为衔君命且迟回。
> 乃知梅福徒为尔，转忆陶潜归去来。

这首诗的题目叫《封丘作》，是高适（约700—765）担任封丘县县尉时写的。高适前半生穷困潦倒，到处游历，寻找当官的机会，也参加过考试，但都以失败告终。有很长一段时间，他在宋州宋城（今河南商丘市睢阳区）过着贫穷的乡村生活。直到四十六岁时，宋州刺史张九皋很欣赏高适的才华，举荐他去参加朝廷的考试。他终于考中，被任命为封丘县尉。县尉上面的领导是县令，县尉相当于现在的县秘书长或办公室主任之类的职务。杜甫写过一句诗："不做河西尉，凄凉为折腰。"说他自己不愿意去河西做县尉，这个职位太凄凉了，成天要点头哈腰，侍候县令和其他长官。高适这首诗，具体且直白地写出了这种凄凉。

"我本渔樵孟诸野，一生自是悠悠者。"渔樵，字面上的意思是渔夫和樵夫，打鱼的和砍柴的。但我们要留意，古代中国文化里，渔樵有符号式的意义，是隐逸的代表。武侠小说里，渔樵往往是深藏不露的高手。当高适用"渔樵"这个词来定位自己的时候，他要强调的不是打鱼砍柴，而是他的落拓不羁的生活态度。孟诸，古代河南商丘东北面的一个湖。我本来在孟诸的湖边打鱼砍柴，一辈子逍遥自在。

"乍可狂歌草泽中，宁堪作吏风尘下？"草泽，民间、江湖；风尘，不是风尘女子一词中的风尘义，而是指受到各种干扰的世俗社会。像我这样的人本来只能在江湖上狂歌度日，哪里能忍受在这样纷纷扰扰的官场做一个小官?"只言小邑无所为,公门百事皆有期。"以为小县城没有什么事,但衙门里的杂事很多,而且都要按照一定的形式去完成。"拜迎长官心欲碎,鞭挞黎庶令人悲。"长官来来往往,不是来检查,就是来视察,不管哪位长官,来了就是各种繁文缛节,免不了一番低声下气。看到官员们对老百姓的各种欺负,心里感到悲哀。"归来向家问妻子,举家尽笑今如此。"回到家里向家里人抱怨,没有想到全家人笑我太天真了,现在的风气就是这个样子。

"生事应须南亩田,世情尽付东流水。"生事,就是生计、谋生的事情。看来养家糊口还是须依靠耕田种地,那些人情世故,懒得管它,就付诸东流吧。"梦想旧山安在哉,为衔君命且迟回。"梦想中的家园在哪里呢?为了完成君王的使命,迟迟不能回去。"乃知梅福徒为尔,转忆陶潜归去来。"梅福,西汉时期的隐者,因为在官场上不能实现自己的理想,就抛家弃子到山里去隐居了。像梅福这样远远地到深山里,好像也没有什么意义,倒不如像陶渊明那样回归田园。

这首诗表现出来的是古代士大夫普遍面临的仕与隐的矛盾。他们要想实现自己的理想便要去做官,但又很难容忍官场上的人情世故,还有种种的不合理、不公正。他们希望能够自由自在便要出世去隐居,但又很难忍受寂寞贫困,时不时还是要寻求入世的机会。这种矛盾,其实不只在古代,在今天的职场依然存在。个人理想和社会现实、工作与兴趣,是永久的矛盾。在成长过程中,人们总要经历这样一番挣扎和折磨。

做封丘县尉没有多久,高适就辞官去江湖漂泊了。不久,他得到将军哥舒翰的欣赏,被任命为掌书记。后来,安史之乱爆发。这场动乱给无数人带来苦难,包括李白、王维、杜甫。对于高适来说,他却是获得了一次崭露头角的机会,从此建功立业、一路"开挂",一度做到了节度使,最后被封为渤海县侯。高适的一生,完美地诠释了什么叫大器晚成。在四川做蜀州刺史时,高适写过一首《人日寄杜二拾遗》,最后几句是:"一卧东山三十春,岂知书剑老风尘。龙钟还忝二千石,愧尔东西南北人。"大意是:早年赋闲在东山,贫困而自由,现在虽然显达,却辜负了随身的书剑。我已经老迈了,居然还获得了刺史这样的高位,实在是愧对你这样东西南北漂泊的人。东西南北人,意思是指到处漂泊的人,孔子自称"东西南北人",高适用这句话来形容杜甫。

"一卧东山三十春,岂知书剑老风尘。龙钟还忝二千石,愧尔东西南北人。"其中有深厚的友情,更有深层的感慨,诗人得到了想得到的,却感觉好像辜负了什么,对于漂泊而又抱有情怀的老友,又感到了惭愧。

第52首 | 王维:明月松间照,清泉石上流

空山新雨后,天气晚来秋。
明月松间照,清泉石上流。
竹喧归浣女,莲动下渔舟。
随意春芳歇,王孙自可留。

这首诗的题目叫《山居秋暝》。山居，就是在山里居住；秋暝，是秋天的一个黄昏。这里的"山"，指的应该是蓝田辋川。王维（701？—761）中年时，在蓝田辋川买了块地，自己建造了一个庄园，叫"辋川别业"。他一边在朝廷做官，另一边又在辋川隐居，即朝隐。这首诗，就是那个时候写的。

"空山新雨后，天气晚来秋。"用"空"字来形容山，字面上的意思是，山里面很幽静，人迹罕至，所以叫空山。新雨，刚刚下了一场雨，这个"新"字也让人想象到雨后空气清新。入秋时候，早晚比较凉，所以说天气晚来秋，到了晚上，从凉意中感到了秋天。下雨之后，山中更加空旷清新；到了晚上，感觉到秋天已经来了。

"明月松间照，清泉石上流。"明月照在松树林间，清澈的泉水在石头上流。为什么清泉会在石头上流动？大概是下了雨的缘故。"竹喧归浣女，莲动下渔舟。"竹林中传来喧闹的声音，是洗衣服的女孩子洗完衣服回家了，河里有莲花摇动的声音，是有渔船从上游下来。"随意春芳歇，王孙自可留。"这里用了《淮南子·招隐士》里的诗句，《招隐士》里的意思是：春天快过去了，隐居的人啊，你该回来了。王维的意思是：春天过去了就过去了，我还是长久地留在这里吧。

这首诗不需要解释，只需要感悟。生活中不经意的某个变化引发了诗人的兴致。下雨之后的傍晚，诗人看到的山成了空山。王维很喜欢用"空"这个字，他可能是中国古代诗歌里用"空"字最多的一个诗人。"人闲桂花落，夜静春山空""空山不见人，但闻人语响""山路元无雨，空翠湿人衣""自顾无长策，空知返旧林""峡里谁知有人事，世中遥望空云山"等，回响着空的意境。但这个空，不是死寂，不是了无生气，而是生机勃勃。空山里面，有雨，还有秋天的凉意；有松树林，有明月，有洗完衣服后说说笑笑着走过竹林的女孩子，还有河面上被行驶的渔舟惊动了的荷叶。视觉、触觉、听觉相互交织，动和静相互融合，构成了一个宁静的世界。"随意春芳歇，王孙自可留。"表面上的意思是：即使春天过去了，我还是愿意留在这里。更深的意思是：在季节的流转里，只要我安住在宁静里，那么，回去还是不回去并不重要，重要的是，我在每一个当下，都能抵达存在本来的样子。

王维的隐，是隐在了宁静里面。这个宁静，并非死寂，也没有远离人世，而是洋溢着当下勃勃的生机，也包含着人间的烟火气。只是人间的烟火在清净心的观照下，显现出空寂的样子，这是王维的独特之处。其他人的隐都是向外的，隐到田园，隐到寺庙，隐到山林；而王维的隐是向内的，是隐到内心。之所以如此，是因为王维一生不仅信仰佛教，而且是一个禅的修行者。他生活的年代正好是六祖慧能的南禅宗出现并开始产生影响的时期，而南禅宗后来成为禅宗的主流，被认为是佛教中国化的一个标志。王维和慧能的弟子神会有过交往，并为慧能写过碑文，对禅宗有很深的理解。

《坛经》里把佛教复杂的修行生活化："一行三昧者，于一切处行住坐卧，常行一直心是也。"就是说，修行不需要出家，也不需要回避世俗生活，而是在日常里的任何时候，无论在外，还是在家，是坐着，还是睡着，都在自己的清净心里。反过来说，如果心是清净的，那么，不论在哪里，都是在修行，都在净土里。禅宗很推崇一部佛经，叫《维摩诘经》，经书里的主人公是一位大富豪，他并没有刻意离开财富和灯红酒绿，在滚滚红尘里却不受其困扰，显现出无比清净的佛性。王维，字摩诘，这透露出了他修行的路径不是向外的，而是纯粹向内的。外在的世界并不重要，只是一种经过，自己虽然在当官，心却在官场之外。中年的王维在蓝田购置辋川别业，完成了一个转型，此后的他便活在了宁静的心境里。外面的一切，于他而言，不过是烟云。

表面上看，王维一生确实半官半隐、亦官亦隐，早期也有"隐"与"仕"的矛盾。但在禅修的过程中，他的心不断地向内，使得这个矛盾不再是一个困扰。随顺一切外缘，安住在当下的宁静中，这才是真正的王维。王维的禅隐完全超越了"官"和"隐"。就隐逸而言，陶渊明和王维代表了两种最高的境界，陶渊明的隐逸代表了向外隐的最高境界，王维的隐逸代表了向内隐的最高境界。陶渊明的诗很朴素，描述的一个个具体的劳动场景，让人感到了生命安顿下来的从容；王维的诗很自然，描述的一个个当下的感悟意境，让人感到了内心安定下来的宁静。

第53首 | 王维：深林人不知，明月来相照

独坐幽篁里，弹琴复长啸。
深林人不知，明月来相照。

这首诗的题目叫《竹里馆》。竹里馆，是王维辋川别业庄园里的一栋房子，因在竹林中，所以叫竹里馆。竹子、松柏和梅花在古代中国被称为"岁寒三友"，意思是冬天里百花凋零，这三种植物却在寒风里依然盛开，引申为一种高洁的人格。竹子又独具自然清雅的风格，尤其受到一些文人的喜爱。苏轼有一首著名的诗："宁可食无肉，不可居无竹。无肉令人瘦，无竹令人俗。人瘦尚可肥，士俗不可医。"苏轼认为，瘦了还可以再胖，俗了就无可救药了。郑板桥有一首诗《竹石》："咬定青山不放松，立根原在破岩中。千磨万击还坚劲，任尔东西南北风。"该诗写出了竹子所具有的人格力量。

魏晋时期有七个名士，嵇康、阮籍、山涛、向秀、刘伶、王戎、阮咸七个人，志趣相投，经常在阳山的竹林里聚会，被称为"竹林七贤"。但陈寅恪先生认为，"竹林七贤"的"竹林"，并不是真的有一个竹林，而是借用了佛经里的一个名称：竹林精舍，佛陀说法的地方之一。不管事实如何，"竹林七贤"这个名称，让竹林具有浓郁的人文意味，也有了象征的意义。王维的竹里馆，也是在竹林里。

"独坐幽篁里"，篁，就是竹林。诗人独自坐在幽深的竹林里。"弹琴复长啸"，啸，相当于现在的吹口哨，古代文人喜欢借此抒发自己的感情。一会儿弹弹琴，一会儿发出长长的啸声。"深林人不知，明月来相照。"没有人知道我在竹林深处，唯有明月照耀着我。

这首诗写的是夜晚独自一人在竹林间弹琴和长啸，没有人知道我在竹林里，但是明月好像懂得我的心意，特别照耀着我。一个人的时候，和大自然产生了深度的联结，并不觉得孤单。一个人的时候,更敏锐地感受到了当下,感受到了沉淀之后的安静。一片竹林就是一片竹林,一轮明月就是一轮明月,琴声就是琴声,啸声就是啸声,没有任何附加的东西。就像一面清净的镜子或一面清澈的湖水,映照出万物本来的样子。万物就是万物,当下就是当下。一切世俗生活里的算计、忧虑都被过滤了,被净化了,只有当下的事物,当下事物里的宁静。所以,读王维的诗,不需要解释,也不需要去了解他的生平或者诗创作的背景,这些已经不重要了,重要的是安住在当下的觉知里。

这一首诗,写的是很平常的一次独处。叔本华写过一篇文章叫《关于独处》,他的看法是:"孤独为一个精神禀赋优异的人带来双重的好处:第一,他可以与自己为伴;第二,他用不着和别人在一起。独处是一种自然的、适合每一个人的生活状态:它使每一个人都像亚当那样重新享受原初的、与自己本性相符的幸福快乐。尊贵的情感气质才能孕育出对孤独的喜爱。无赖都是喜欢交际的,他们的确可怜。相比之下,一个人的高贵本性正好反映在这个人无法从与他人的交往中得到乐趣,他宁愿孤独一人,而无意与他人为伴。"

而在佛教里,佛陀讲过一部经叫《胜妙独处经》。佛陀说,真正的独处,不是一个人去化缘,一个人去打坐,一个人去睡觉,而是无论在哪里,都能够"慎莫念过去,亦勿愿未来。过去事已灭,未来复未至。当下于此时,如实行谛观。行者住于斯,安稳无障碍"。大意是:放下过去,放下未来,如实观察当下发生的,但不要执着于它,这是独处最美妙的方法。修行的人安住于此,就会安安稳稳,不再有什么障碍。

有一个比丘听说了胜妙独处法,就向佛陀进一步请教。佛陀就讲解了为什么我们总是做不到真正的独处。因为我们被内在的诸行识束缚，这些行识基于六根之对象，即色、声、香、味、触、法等六尘，这些引起了我们的欲望和贪心。如果一个比丘困在六根六尘里，那么，即使一个人在不毛之地，他仍然和其他人生活在一起。反之，如果一个比丘摆脱了六根六尘的困扰，即便他生活在村子的中心，即便与其他比丘、比丘尼或者在家居士生活在一起，即便身处于皇宫贵族、达官贵人之列，或者与外道住在一起，他仍然是一个知道胜妙独处的人。他过着独处的生活，因为他摆脱了所有形式上的执着。

佛陀所讲的胜妙独处，核心是当我们生活在世俗的环境中时能够摈弃外缘的干扰，只是安住于当下的觉知里。这种当下的觉知把自己带进了安稳的宁静之流。王维最优秀的那些诗歌，显现了胜妙独处的境界。除了这首《竹里馆》，其他还有像《鹿柴》："空山不见人，但闻人语响。返景入深林，复照青苔上。"空旷的山野，见不到一个人，但隐隐听到有人在说话。太阳下山时透过云彩反射的光芒，穿透了幽深的树林，甚至照耀到了幽暗处的青苔上。再如《鸟鸣涧》："人闲桂花落，夜静春山空。月出惊山鸟，时鸣春涧中。"没有人打扰，桂花无声地飘落，夜晚静谧，春天的山间空寂一片。明月升起，月光好像惊动了山中的鸟儿，它们高高飞起，掠过溪流，不时发出鸣叫声。

这些诗，虽然描述的都只是很简单的一个眼前的画面，却是当下心境的呈现，刹那间过滤掉了世俗的种种混浊，回到了清澈的底色，令人在宁静里回味无穷，安住于当下的觉知里。

第54首　寒山：一住寒山万事休，更无杂念挂心头

> 一住寒山万事休，更无杂念挂心头。
> 闲书石壁题诗句，任运还同不系舟。

这首诗没有题目，作者是寒山。寒山并非他的原名，而是因为他住在寒山，就叫"寒山"。至于他的原名是什么，他去寒山之前是什么样的人，至今仍是一个谜。"一住寒山万事休"，一住进寒山，世间的事情就停歇了。这句诗透露出这个人是一个厌世者，而且很决绝，一到寒山就彻底放弃了世俗生活，在出世和入世之间，他毫不犹疑地选择了出世。"更无杂念挂心头"，毫不犹疑地选择了出世，那么，心里面也就没有了杂念。"闲书石壁题诗句"，兴之所至，写写诗，写完后将其题写在山间的石壁上。"任运还同不系舟"，自己到了寒山，就好像脱离了名缰利锁的小船，在大自然中自在飘荡。

为什么一住进寒山，对人世间就再无留恋、万事休了？有人推测这句简单的诗句里隐藏着一个曲折传奇的人生故事。比较流行的说法是，寒山应该出身于士大夫家庭，从小读书，考科举却屡考屡败，加上唐朝选拔官员还要看相貌，而寒山长得有点丑，因而愤然抛弃一切，上了天台山隐居。还有一种说法是，他是隋朝皇室后裔杨瓒的儿子杨温，因为被大家族其他人妒忌和排挤，而遁入天台山。还有很多种说法，但都是猜测。关于他在天台山的具体年代，也有很多种说法，有人认为是在初唐，也有人认为

是在中唐或晚唐，只能大概地说，是在唐代。

寒山到了天台山，既没有在国清寺出家，加入僧团，也没有去道家的桐柏宫，成为道友，而是独来独往、疯疯癫癫，穿着破衣服、木屐，用树皮当帽子，喜欢和儿童嬉戏玩耍。比较早记载寒山的文献出现在五代，有一个叫杜光庭的道士，在《仙传拾遗》里留下了这么一则记载："寒山子者，不知其名氏。大历中，隐居天台翠屏山。其山深邃，当暑有雪，亦名寒岩，因自号寒山子。好为诗，每得一篇一句，辄题于树间石上。有好事者，随而录之，凡三百余首。多述山林幽隐之兴，或讥讽时态，能警励流俗。桐柏征君徐灵府，序而集之，分为三卷，行于人间。十余年忽不复见。"这一段文字透露了两个信息：第一，寒山这个人，无名无姓，突然在大历年间到了天台山隐居，后来又突然消失了，不知道从哪儿来，也不知道到了哪里去。第二，寒山在天台山留下了三百多首诗歌，最早由一个叫徐灵府的人编为集子，在社会上流传。

到了宋代，寒山在中国成了著名人物。宋代有本《寒山子诗集》，书中收录了一个叫闾丘胤的人写的一篇序，序言里讲了一件似真似幻的事情：据说闾丘胤好不容易找到了寒山，却不想他突然退避到一个岩穴里。寒山一进去，岩穴就合上了。闾丘胤的序言里还有这么一段话："详夫寒山子者，不知何许人也。自古老见之，皆谓贫人风狂之士。隐居天台唐兴县西七十里，号为寒岩。每于兹地时还国清寺。寺有拾得，知食堂，寻常收贮余残菜滓于竹筒内，寒山若来，即负而去。或长廊徐行，叫唤快活，独言独笑时，僧遂捉骂打趁，乃驻立拊掌，呵呵大笑，良久而去。"

这一段话点出了另外一个关于寒山的重要信息，就是他在天台山有一个伙伴叫拾得。拾得是国清寺的丰干禅师在路上捡来的小孩,所以叫拾得。寒山在中国一直没有得到主流文学圈的认可,但在民间,他的名气越来越大,而且被看作神仙菩萨之类。有天台三圣的说法,寒山是文殊菩萨的化身,丰干是阿弥陀佛的化身,拾得是普贤菩萨的化身。清朝雍正皇帝,不知出于什么原因,很奇怪地把寒山和拾得封为和合二仙,象征着婚姻美满、社会和谐,有一点点黑色幽默。

从唐代末年开始,一直到清朝,寒山在中国,基本上是一个传说中的人物。这个人物的真实性并不重要,重要的是传说赋予他的那些特质,多多少少代表了人们内心的向往。这个人物身上散发出的是自由的气息,无所从来,也无所从去,纯粹的一个人,游荡在天台山上,不属于任何宗派,自己一个人在天地之间,来来去去,不受任何规矩的束缚。当感到沉重的世俗人情之累时,寒山一走了之,"一住寒山万事休,更无杂念挂心头",给予了人们自我解放的力量。

这一点,也应该是后来寒山在日本,以及现代美国受到欢迎的原因。日本人在宋代就知道了寒山,把他奉为禅宗的大师,非常崇拜他。日本的文学艺术源流里,有着一条寒山的传统。直到近代,作家森鸥外在1916年写成了一部短篇小说《寒山拾得》。1997年,美国作家查尔斯·弗雷泽写 Cold Mountain(《寒山》)时,把这个故事演绎成了一个美国故事。小说的扉页上引用了寒山的一首诗:"人问寒山道,寒山路不通。"后来这部小说被拍成了电影,影响巨大,但中国人好像并不知道寒山和美国的渊源,将其翻译成了并不确切的《冷山》。

最早翻译寒山诗歌的是阿瑟·魏雷,他1954年翻译了《寒山诗二十七首》。1958年,史耐德翻译出版《寒山诗二十四首》,产生了广泛的影响,很多美国人是从他翻译的诗歌里和寒山相遇的。为什么呢?因为史耐德不仅仅是翻译,更是创造了一个寒山。1953年,史耐德去看日本画展,一幅画吸引了他。那幅画画了一个衣衫褴褛、长发飞扬、在风里大笑的人,手握着一个卷轴,立在山中的一个高岩上,这个人就是寒山。因为这个形象,史耐德觉得自己和寒山心心相印。史耐德在译本的前言里写道:"寒山以他所住的地方命名,他是一个山野狂人,是中国古代一个衣衫褴褛的隐士。当他说到寒山时,他指的是他自己、他的家和他的心境……今天,你有时候会在美国贫民区的街道上、果园里、流浪汉的聚居处和伐木工人的营地,和他们这类人不期而遇。"

从中国民间传说里无牵无挂的传奇人物,到日本的禅宗大师,再到美国人心目中的禅疯子,一个纯粹的、孤独的、忠于自我的寒山的形象延续了一千五百多年,跨越了不同的民族和社会,回荡的是同一旋律:对无牵无挂的向往。

第55首 | 白居易:水竹花前谋活计,琴诗酒里到家乡

身心安处为吾土,岂限长安与洛阳。
水竹花前谋活计,琴诗酒里到家乡。
荣先生老何妨乐,楚接舆歌未必狂。
不用将金买庄宅,城东无主是春光。

这首诗的题目叫《吾土》，作者是白居易。吾土，我的土地，意思是我的故乡。每个人都有一个固定的故乡，但这首诗一开头就说，"身心安处为吾土，岂限长安与洛阳"。能够安顿身心的地方，就是我的家乡，管它是在长安还是在洛阳。那么，怎么样才算是安顿身心呢？"水竹花前谋活计，琴诗酒里到家乡。"在水边的竹林里、在花花草草里活着，弹弹琴，写写诗，喝喝酒，就是回到了家乡。

"荣先生老何妨乐，楚接舆歌未必狂。"这里用了两个典故：第一个是荣启期的故事。荣启期，春秋时期的隐士。有一次，孔子游泰山，在路上遇到荣启期，他穿得破破烂烂，却乐呵呵地在弹琴。孔子就问："先生为什么那么开心呢？"荣启期回答："我有很多快乐，最快乐的有三个：一是天生万物，以人为贵，我能够为人，是一大快乐；二是生而为男，我作为男子，又是一大快乐；三是有些人在襁褓里就夭折了，而我已经活到九十岁了，能不快乐吗？"孔子听了，感慨道："好啊，这是能够自己宽慰自己的人。"第二个是楚狂接舆的故事。前面讲李白"我本楚狂人"那句诗时介绍过楚狂接舆。在白居易看来，荣启期虽然年老，却并不影响他的快乐，接舆虽然孤傲，却未必是真正的张狂。白居易更欣赏荣启期的随遇而安，而对接舆的刻意远离世俗表示了怀疑。

"不用将金买庄宅，城东无主是春光。"没有钱购买豪宅，又有什么关系呢？你看城外那么多无主的土地，春光明媚，你尽可以去享受。

读完这首诗，你会发现，大家熟悉的那句"此心安处是吾乡"并非苏轼的原创，而是从白居易的诗里挪用的。心安处即家乡，这个意思在白居易的好几首诗里都有出现，比如，《种桃杏》里"无论海角与天涯，大抵心安即是家"，《初出城留别》里"我生本无乡，心安是归处"，等等。白居易提倡"心安即是家"，好像和王维的"回到内心"一致，都觉得没有必要逃避世俗生活，而是在自己的心性上下功夫，也可以做到不受世俗环境的困扰。

　　但如何从心性上下功夫？白居易和王维选择了完全不同的方向。王维是一个真正的禅修者，他主张回到内心，让心变得清净，不再受六根六尘的控制，因而把世俗生活过滤掉了，只有当下的澄明。没有禅修经验的人不太容易理解王维，但会被他散发出来的宁静所打动。白居易是一个热爱生活者，安下心来，是安于当下生活里的趣味，安于当下生活里的遗憾，尽情地享受生活。说得直白一点，白居易的安心，恰恰是安于"做一个俗人"，安于从世俗里发现美和乐趣，显现的是对于人生的通达。

　　半官半隐，亦官亦隐，形容白居易是非常贴切的。白居易有一首诗叫《中隐》，在他看来，小隐隐于野，太寂寞了；大隐隐于市，太难了。那怎么办呢？中隐。"不如作中隐，隐在留司官。似出复似处，非忙亦非闲。不劳心与力，又免饥与寒。终岁无公事，随月有俸钱。""人生处一世，其道难两全。贱即苦冻馁，贵则多忧患。唯此中隐士，致身吉且安。穷通与丰约，正在四者间。"大意是当官要当闲官。唐朝分司东都洛阳者，即中央官员在陪都洛阳的任职者，叫留司，那里的官大多是闲职，有名无实。白居易说就要隐逸在这样的官职里，既不辛苦又不用负什么责任，既不会挨饿又不影响游山玩水，实在是平衡之后的最好选择。后来的苏轼，走的也是白居易的路子，儒释道俗，成就了中国式的生活美学，安顿了我们的身心。

第56首 皎然：报道山中去，归时每日斜

> 移家虽带郭，野径入桑麻。
> 近种篱边菊，秋来未著花。
> 扣门无犬吠，欲去问西家。
> 报道山中去，归时每日斜。

这首诗的题目叫《寻陆鸿渐不遇》。陆鸿渐，就是陆羽（733—约804），《茶经》的作者。皎然（约720—约805）去陆羽家找陆羽却没有遇到。古人没有电话，更没有微信，不能预约，要去看望朋友，只能直接去他家里。如果正好朋友不在，古人叫"不遇"，好像很扫兴，但古人从不遇里也感受到了兴致，留下了不少"不遇"诗，有名的如贾岛的《寻隐者不遇》："松下问童子，言师采药去。只在此山中，云深不知处。"短短几句，就呈现了一个超尘脱俗的隐士形象。恰恰因为不遇，有了更多的空白。也许最好的相遇，就是不遇。

"移家虽带郭，野径入桑麻。"移家，看来陆羽是搬家了，皎然是去探访他的新家。搬到了哪里呢？城墙附近，郭，城墙。虽然还是在城市周边，却很安静，一条野外小道通向桑麻地。"近种篱边菊，秋来未著花。"附近的篱笆边上种满了菊花，秋天到了却还没有开花。"扣门无犬吠，欲去问西家。"敲了敲门，连狗叫的声音都没有，只好去问西边的邻居。"报道山中去，归时每日斜。"邻居说，陆羽这个人每天都去山里面，直到

太阳下山才回来。

一次即兴的访问,没有遇到朋友的遗憾,恰恰成了一次有兴味的观察,观察朋友生活的环境,好像和朋友有了一次不在之在的心灵交流。"移家虽带郭,野径入桑麻。近种篱边菊,秋来未著花。"这几句令人想起陶渊明的"结庐在人境,而无车马喧"以及"采菊东篱下,悠然见南山"。皎然第一次见到陆羽和韦早,就有了知遇之感,写了一首《赠韦早陆羽》:"只将陶与谢,终日可忘情。不欲多相识,逢人懒道名。"大意是这两个人很像陶渊明和谢灵运,和他们整天在一起,全身心投入不觉得时间漫长。又说自己不喜欢交往,遇到什么人自己连名字也懒得说。

后来,皎然和陆羽成了一辈子的挚友。陆羽二十四岁那一年,移居湖州,这是皎然的家乡。陆羽在湖州很长一段时间住在妙喜寺,大约二十八岁建了苕溪草堂,有了自己的家。皎然和陆羽身世完全不同:皎然出身于湖州的一个世家,是谢灵运第十代孙;而陆羽是一个弃婴,是智积禅师在湖北竟陵西湖边捡到的,从小在寺院长大,少年时代又浪迹江湖。但这两个人志趣相投,都不追求主流社会的功名利禄,对茶叶则倾注了无限的热爱。

陆羽因为《茶经》而被尊为"茶圣"。明陈文烛《茶经序》有一段表述:"稷树艺五谷而天下知食,羽辨水煮茗而天下知饮,羽之功不在稷下,虽与稷并祀可也。"确实,陆羽的功绩,在于把喝茶这么一件平常小事上升到了美学和哲学的境界,让茶成了艺,成了道。但皎然对于茶道的贡献,多少被人忽略了。在喝酒风气盛行的唐朝,皎然和陆羽一样提倡喝茶。有一次他和陆羽喝茶,写了一首《九日与陆处士羽饮茶》:"九日山僧院,东篱菊也黄。俗人多泛酒,谁解助茶香。"庸俗的人喝酒,那么,喝茶的是少数高雅的人吧。在另外一首《饮茶歌诮崔石使君》里,皎然认为"此物清高世莫知,世人饮酒多自欺"。此物就是茶叶。茶叶的清雅高贵,世俗里的人体会不到,只知道饮酒自欺欺人。这首诗里,皎然在历史上第一次用了"茶道"这样一个概念:"孰知茶道全尔真,唯有丹丘得如此",还写了饮茶的三种作用:"一饮涤昏寐,情来朗爽满天地。再饮清我神,忽如飞雨洒轻尘。三饮便得道,何须苦心破烦恼。"

后来卢仝的《七碗茶歌》,大约受到了皎然的启发。"三饮便得道,何须苦心破烦恼。"陆羽每天去山中,不是去寻找神仙,而是去探寻茶叶。他和皎然,用茶叶这样一件自然之物,抵御了人世间的风霜,找到了安心之所。用现在的话来说,他们把时间浪费在了无用而美好的事物上,这也是一种隐逸。

第57首 | 苏轼:轻舟短棹任斜横,醒后不知何处

其一

渔父饮,谁家去,鱼蟹一时分付。
酒无多少醉为期,彼此不论钱数。

其二

渔父醉,蓑衣舞,醉里却寻归路。
轻舟短棹任斜横,醒后不知何处。

其三

渔父醒,春江午,梦断落花飞絮。
酒醒还醉醉还醒,一笑人间今古。

其四

渔父笑,轻鸥举,漠漠一江风雨。
江边骑马是官人,借我孤舟南渡。

这四首词合称为《渔父四首》,据说是苏轼在黄州时写的。词中写了一个渔父的形象。渔父,就是打鱼的老者。渔父想要饮酒了,去哪一间酒家好呢?他没有现金,只能"鱼蟹一时分付",拿出自己的鱼蟹交给店家,用来换酒喝。换多少酒呢?没有定数,不是非要多少鱼蟹折合多少钱,多少钱能买多少酒,这样太复杂了,"酒无多少醉为期,彼此不论钱数"。彼此之间没有必要计较多少钱多少酒,喝到醉就好。意思是喝醉之前,你随便喝。但也隐隐有点关切的意味,意思是喝到有点醉意,就不要再喝了。这是第一首,描写了一幅很生动的画面:江边的酒家,来了一位打鱼的,他拿着鱼蟹换酒喝。店家古风犹存,接受了他的鱼蟹,也不计较值多少钱,只是说你随意喝,喝到醉了为止。

渔父真的喝醉了,穿着蓑衣跌跌撞撞地走着,像是在跳舞。"醉里却寻归路",他醉是醉了,却还知道要回家,还在找回家的路。"轻舟短棹任斜横",渔父到了自己船上,让船随意漂荡。"醒后不知何处",渔父醒过来,不知道船漂到了哪里。这是第二首,描写了渔父的醉态,躺在船上,任由船儿在江水里漂荡。

渔父这一醉,时间还挺长,醒来已经是中午了。"春江午",春天江上的中午。"梦断落花飞絮",两岸有落花飞絮,打断了他的好梦。"酒醒还醉醉还醒,一笑人间今古。"酒醒了,不一会儿又醉倒,不久又醒了。醉醒之间,渔父看破了红尘,觉得从古至今,人间的一切都很可笑。这一句让人想起明代杨慎的弹词《临江仙·滚滚长江东逝水》:"白发渔樵江渚上,惯看秋月春风。一壶浊酒喜相逢。古今多少事,都付笑谈中。"这是第三首,写的是渔父醉后醒来。

酒醒之后的渔父在呵呵地笑,海鸥在轻轻飞翔。"漠漠一江风雨",广阔的江面上风雨交加。"江边骑马是官人",有一位官员骑马到了江边,没有办法过江。怎么办呢?"借我孤舟南渡",只好借我的小船往南渡过长江。这是第四首,写的是渔父的笑。最后是一个戏剧性的幽默场景,骑着高头大马的官员到了江边一筹莫展,只好借用渔父的小船过江。

这四首词,从渔父的饮酒到醉酒,再到酒醒,再到酒醒之后的笑,完整地描写了一个喝酒的渔父形象。很明显,苏轼这四首词,挪用了唐朝戴复古的《渔父词》,其中也有张志和《渔歌子》的影子。当然,渔父这个形象在中国古典文学里有特定的象征意义。《庄子》和《楚辞》里各有一篇《渔父》,里面都出现了一个打鱼的老者,这当然不是普通的渔民,是隐居在江边的高人,表现出来的是智慧和清高。

苏轼的《渔父》,突出了喝酒。苏轼有一篇《酒隐赋》,讲了这么一个人生观。他认为在古代中国那样一种体制下,就像范蠡说的"飞鸟尽,良弓藏",在以权力为主导的体制里,个人很难逃脱作为一个工具的宿命,而且越有才华、越正派,就越倒霉。所以,苏轼说,干大事没有意思,不仅没有意思,还常常惹来杀身之祸；但是，像伯夷、叔齐那样清高隐居，最后饿死，也没有什么意思，其实和干大事的人本质上是一样的，都失去了生命的快乐。他提出了一个概念，到酒里去隐居。

如何到酒里隐居呢？苏轼觉得豪饮不是真正的喝酒。像刘伶那种酒徒，拎着酒壶，让仆人拿着铲子跟着，随时准备喝死，或者像李白那样的"斗酒诗百篇"，在苏轼看来，不过是暂时借酒排遣某种心绪，并不是真正看透了一切、了悟了大道。一旦他们从醉梦中的幻境里醒过来，依旧免不了种种事端，哪里称得上是扬名天下的贤者呢？

很明显，苏轼喝酒，喜欢的状态是微醺，是半醉半醒，是喝了之后能够更加清醒，更加洞察到世界和人生的真相。你看他的《临江仙·夜归临皋》，"夜饮东坡醒复醉"，然后觉悟到"何时忘却营营"。再看这四首《渔父》，喝醉了之后是"轻舟短棹任斜横，醒后不知何处"的洒脱，是"一笑人间今古"的自得。

第58首 | 林逋：疏影横斜水清浅，暗香浮动月黄昏

众芳摇落独暄妍，占尽风情向小园。
疏影横斜水清浅，暗香浮动月黄昏。
霜禽欲下先偷眼，粉蝶如知合断魂。
幸有微吟可相狎，不须檀板共金樽。

03 隐 219

这首诗的题目叫《山园小梅》，写的是梅花。"众芳摇落独暄妍，占尽风情向小园。"此处点出了是在冬天，所有的花都凋零了，梅花却还明媚鲜艳地开放着，成为小园里唯一的风景。唐代齐己《早梅》里有一句："前村深雪里，昨夜一枝开。"两首诗都突出了冬天里梅花的一枝独秀。

"疏影横斜水清浅，暗香浮动月黄昏。"疏影，稀疏的树影，和浓密相对；暗香，暗暗的香味，和浓郁相对。以"疏影"这个视觉形象和"暗香"这个嗅觉形象，突出了梅花的淡雅。"横斜"和"浮动"，把"疏影"和"暗香"动态化了。"水清浅"和"月黄昏"，一个是空间意象，一个是时间意象，构成了一个时空背景。黄昏月光下的水边，唯有梅花在盛开，疏影横斜，暗香浮动，构成了一个最美的梅花意境。这一联诗，也被认为是写梅花的巅峰。欧阳修说，过去也有不少人写梅花，但没有能超过这一句的。"疏影"和"暗香"，之后成了专门形容梅花的词语。

"霜禽欲下先偷眼，粉蝶如知合断魂。"霜禽，指白色的鸟儿，应该是白色的鹤。冬天，鹤还没有飞下来停在梅花树上，就先偷偷从高空看着梅花。粉蝶，蝴蝶的一种，白色的翅膀，有黑色或黄色、橙色的斑点。夏天里的粉蝶要是知道了梅花在冬天独一无二的美，一定会为之销魂。

"幸有微吟可相狎，不须檀板共金樽。"檀板，檀木制作的打拍子的木板，泛指乐器；金樽，豪华的酒杯，这里指饮酒。而我呢，太幸运了，只需轻轻吟诗，就能亲近梅花，不需要音乐和喝酒。

这首诗，应该是黄昏时赏梅的一个记录，表达了四个意思：

第一，梅花是独一无二的；第二，梅花的姿态和香味，雅致而沁人心脾；第三，梅花的美连霜禽和粉蝶也为之迷恋；第四，我和梅花之间不需要音乐和美酒，在梅花下吟诗就可以亲近梅花，在吟诗中和梅花合二为一。

这四个意思合起来，表达的无非是这个世上因为有了梅花，就有了热爱的理由。这首诗的作者林逋（967—1029）对于世间的功名利禄确实很淡漠，他在四十岁之后，就隐居在西湖孤山。他也有几次当官的机会，但他都放弃了，说："吾志之所适，非室家也，非功名富贵也，只觉青山绿水与我情相宜。"而在青山绿水之间，他最喜欢的是梅花。据说，他在孤山隐居了二十年，种了几百棵梅花树，还养了鹤，把梅花当作自己的妻子，把鹤当作自己的儿子，所以，人们用"梅妻鹤子"来形容林逋这个人。

林逋经常写诗，但随写随扔。有人劝他应该将其留下来让后世的人读到，他却说："我躲在山水之间，本来就是逃名，不想写诗而获得一时的名声，何况后世，那种名声更加没有意义了。"好在当时有有心人收集了他的诗、书法及画，所以，我们今天还能读到"疏影横斜水清浅，暗香浮动月黄昏"这样美好的句子。陆游称赞林逋的书法"高超卓绝"，说每次生病时见到，不用吃药，病就好了；饥饿时见到，不吃饭就饱了。

林逋越不想要名，就越有名，他的名声还传到了皇帝那里。宋真宗赐给他粮食和布帛，还交代地方政府要照顾他，但林逋并不以此为荣。他去世的时候，宋仁宗封了他一个谥号"和靖先生"。一直到现在，人们还是叫他林和靖。张岱《西湖梦寻》中记载了一件事，南宋灭亡之后，有盗墓贼盯上了林逋的墓，觉得这位名士名气那么大，一定有很多珍贵的陪葬品，挖开坟墓后，发现只有一方端砚和一支玉簪。

林逋喜欢简朴的生活，在梅花间吟吟诗，就觉得人生这么美好，好像什么都不需要了。而且，他喜欢的梅花解决了他的生计问题。他在房子前后种了几百棵梅树，树上的梅子熟了，就卖掉，每卖掉一棵树的梅子，就将钱包成一包，装在一个罐子里，作为生活费用。这大概就是人生最美好的事吧，用自己喜欢的事物养活自己。

写《山家清供》的林洪，自称是林逋的后人，也喜欢梅花，也有点孤傲，不太喜欢这个人世间。林逋是躲到孤山里与梅花、鹤为伍，来躲避人间喧嚣。而林洪，是在吃吃喝喝里发现了另一个世界，流连忘返，忘了人间是非。他把梅花做成了三道美味：第一道，叫"蜜渍梅花"。将梅肉用雪水浸泡，再用梅花来发酵，在露天放上一晚，取出来用蜜泡一泡就成了，可以用来下酒。第二道，叫"梅粥"。将地上的梅花捡起来，洗干净备用，用雪水加上白米煮粥，等到米熟了，把梅花倒进去，一起煮一小会儿，就做成了冬天的一道美味。第三道，叫"汤绽梅"。十月份，用竹刀把梅花的花苞采摘下来，蘸上蜡，放在蜜缸里保存，等到来年夏天，将其放到有热水的杯子里，梅花就会盛开。这大约是一种花茶。

从林逋的"疏影横斜水清浅，暗香浮动月黄昏"到林洪的三道梅花美味，我们可以看出对于他们来说仅仅有了梅花就可以抵御人间的烦恼，仅仅因为对某种美好事物的热爱，就为自己构建了一个桃花源。

第59首 陆游：山重水复疑无路，柳暗花明又一村

> 莫笑农家腊酒浑，丰年留客足鸡豚。
> 山重水复疑无路，柳暗花明又一村。
> 箫鼓追随春社近，衣冠简朴古风存。
> 从今若许闲乘月，拄杖无时夜叩门。

这首诗的题目叫《游山西村》，写于1167年年初。当时陆游被罢官回到自己的家乡，可以想见心情不会太好。心情不好的时候，"游"往往是一种治愈方式。游了之后还记录下来，那一定是在"游"的过程中感悟到或找到了什么。

"莫笑农家腊酒浑，丰年留客足鸡豚。"也许在外当官，尝够了官场上的世态炎凉，所以，诗人一上来就写了故乡乡村人情的温暖。不要嘲笑农家的腊酒品质不高，丰收的年景里，农家会拿出自己家里所有的菜肴来招待客人。虽然浊酒一杯，人情却浓。

"山重水复疑无路，柳暗花明又一村。"山峦溪流之间，道路曲折，常常让人以为无路可走了，但拨开柳树花草，发现又到了一个村庄。看来，山的西边不是一个村庄，而是一个村落。陆游在那里游览，走着走着以为迷路了，不想穿过柳树林又是一个村庄。由这个经验，他提炼出了一句千古名句："山重水复疑无路，柳暗花明又一村。"

"箫鼓追随春社近，衣冠简朴古风存。"春社，立春后第五个戊日为春社，拜祭社神，祈求丰收。一路有箫鼓的声音，春社

快要到了。村民们的穿着很朴素，待人接物古风犹存。

"从今若许闲乘月，拄杖无时夜叩门。"从今以后假如可以乘着月光随处漫游，那么，我随时可能在夜晚拄着手杖走到你那里，敲你的门。从这一句我们可以推测，大约陆游和一个村民聊得很投缘，依依不舍，所以说，假如以后我自由了，那么，我兴之所至，哪怕在夜晚，也要来找你聊天。"从今若许"是一个假设，这个假设表达了他对乡村生活的向往，但又有一点无奈，无奈的缘由也许是一份牵挂，也许是一份责任，也许是其他束缚了自己的东西。

在人生的低谷期，陆游游了山西村，从乡村朴素的民风中得到了慰藉，官场上尔虞我诈，壮志难酬，但到了这里，就回到了乡村的安稳里，回到一切随着四季流转，安安静静、简简单单的乡村生活里。而且无意之中，迷路之后的柳暗花明，也好像是人生的一种启示：无路可走的时候，拨开那些花花草草，就又有了一个新的世界。

陆游以一个"游客"的身份，写出了乡村如何成为中国古代失意文人的"心安之处"。背景和陆游相似的辛弃疾，则以居住者的身份，写出了失意者如何在乡村体验到了恬淡喜悦的情趣。辛弃疾从北方起义回到南宋，长达二十多年赋闲在江西，郁郁不得志，写过一首《清平乐·村居》，写出了乡村生活的美好。

茅檐低小，溪上青青草。醉里吴音相媚好，白发谁家翁媪？

大儿锄豆溪东，中儿正织鸡笼。最喜小儿亡赖，溪头卧剥莲蓬。

草屋的茅檐又低又小，溪边长满了青青的小草。有点醉意的吴音显得更加妩媚温柔，那满头白发的老头老太是谁家的呀？大儿子在溪东边的豆田锄草，二儿子正忙于编织鸡笼。最可爱的是小儿子，顽皮地横躺在溪头草丛中，剥着刚摘下的莲蓬。

第60首 沈周：微吟不道惊溪鸟，飞入乱云深处啼

> 碧水丹山映杖藜，夕阳犹在小桥西。
> 微吟不道惊溪鸟，飞入乱云深处啼。

这首诗的题目叫《题画》，是在一幅画上题的诗。作者沈周（1427—1509），明代著名书画家。一般画上的题诗，都是把画上的视觉内容转化为文字。虽然看不到那幅画，但从诗歌中可以想象出画面是怎样的。

"碧水丹山映杖藜，夕阳犹在小桥西。"碧水，绿水；丹山，红色的山，山会染上红色，说明是在黄昏；映，反映、映照；杖藜，拄着木杖，没有主语，但既然拄着木杖，肯定是人。一般人会把木杖理解成拐杖，因此，那个人一定是老人。事实上不一定，走山路，青年人有时也会拄着一根登山杖。然后，是夕阳、小桥，夕阳挂在小桥的西边。一个关键词"映"把夕阳和山水、人物连接了起来。在夕阳之中，山、水、人、小桥，相互映照，构成了一个浑然一体的光影世界。画面上，山水、人物、夕

阳、小桥是同时出现的,是一个整体。一个"映"字,让这个静态的整体动了起来。

"微吟不道惊溪鸟,飞入乱云深处啼。"微吟,很小声地吟诵。画面上的人在小声吟诵。为什么要吟诵?是因为风景太美,还是心里有事?不知道。因为不知道,所以有空白;有空白,读者可以自己去想象。吟诵得很小声,害怕打扰到山里的安静,但没想到还是惊动了溪流里的鸟儿,它高高地飞到云朵里,不断发出啼叫声。画面上画的,应该是突然从溪流上飞向云端的鸟儿。

小桥、夕阳、山水、挂杖的人、飞向高空的鸟儿,构成了这幅画。诗歌用因果关系把这些事物串联了起来,让它们成为一个戏剧性的和谐场景。在这个场景里,人和自然融为一体,动静相宜,空寂之中却又生机勃勃。当画家/诗人用心透过尘世,发现并去表现这样一个场景时,世俗世界里的喧哗和烦恼,一下子就被过滤掉了。

沈周在绘画史上有崇高的地位。从这一首《题画》诗里,可以隐约感受到他身上那种细腻而温润的气质,他被认为是当时"风雅"的代表。更重要的在于,沈周年轻时看到政治动荡、官场风气恶劣,就决定放弃科举。他是历史上极少的不参加科举,不走仕途,安心在苏州以画画、写字为生的人。这在中国古代极其少见,因为极少数人坚持过自己想要的生活。即使在今天,敢于放弃考公,放弃进体制,完全靠自己的一技之长在市场上自食其力也很不容易。沈周在明代中期做到了。

他的学生文徵明(1470—1559)很推崇他,说老师不是人间的人,而是神仙。文徵明虽然做不到像沈周那样一开始就拒绝参加科举考试，但在北京做官不久，就觉悟到官场非久留之地，辞职回了苏州，像他的老师沈周那样，安安静静地画画、写字、造园，一直活到了八十九岁。

从陶渊明的隐居乡村，到沈周、文徵明等人的隐居城市，隐的本质并没有改变，但形式发生了深刻的变化。至少在沈周、文徵明时代，由于商业发达，隐居者不再像陶渊明那样注定贫穷。画和书法成为一种商品，甚至成为一种文化资本，使得他们过上了富足的生活，而且一定程度上会受人尊敬。沈周和文徵明赋予了隐逸以现代意义：隐逸并非逃离，而是坚持自己的热爱，并以自己的热爱自食其力。

如果说，桃花源代表了古典的隐逸理想，那么，园林则代表了现代的隐逸理想。文徵明参与了著名园林拙政园的设计与改造。拙政园的拓建缘于一位士大夫的心灰意懒。明代弘治、正德年间，御史王献臣因为正直而遭到诬陷，被一贬再贬。到了1509年，他辞掉了小官，回到老家苏州，买下大弘寺，开始建拙政园。"拙政"两字源于晋代潘岳《闲居赋》中的一段话："庶浮云之志，筑室种树，逍遥自得。池沼足以渔钓，春税足以代耕。灌园鬻蔬，供朝夕之膳；牧羊酤酪，俟伏腊之费。孝乎惟孝，友于兄弟，此亦拙者之为政也。"

王献臣的意思大概是：我只不过是一个愚人，哪里管得了国家大事、天下盛衰，能够种种菜、浇浇花，照顾一下家人，就算不错了，就算是在做"政事"了。这与陶渊明"守拙归园田"的意思其实是一样的。

文徵明的曾孙文震亨在《长物志》里提到，一般人很难去深山里隐居，但可以做到在都市里把自己的居所弄得雅致、洁净，而这个居所,最好的形式就是园林。园林是出世入世之间的一种平衡,薄薄的一堵墙、一扇门,跨进来就出了世间,跨出去就到了世间;在那里面生活,既不失世间的热闹,又蕴含着世外的高逸,是城市里的桃花源。

04

禅

关于禅,有两层含义。第一层含义,禅,是梵文dhyāna(禅那)的音译,意思是"静虑""思维修""弃恶""功德丛林"等,大意是身心要专注在一处,还要思维审虑。"禅"经常和"定"连在一起,叫"禅定",是一种修行的方法,一般采取打坐的姿势,所以也叫"坐禅"。第二层含义,是佛教中国化的一个流派,叫"禅宗"。一般认为,中国禅宗滥觞于唐代六祖慧能的《坛经》,形成了云门、曹洞、临济、沩仰、法眼五个主要宗派,活跃在唐代和宋代,几乎是当时社会文化的主流。

关于禅与诗的关系始于唐朝,钱穆先生有一段话讲得十分清楚:"唐代禅宗之盛行,其开始在武则天时期,那时唐代,一切文学艺术正在含苞待放,而禅宗却如早春寒梅,一枝绝娇艳的花朵,先在冰天雪地中开出。禅宗的精神,完全要在现实人生之日常生活中认取,他们一片天机,自由自在,正是从宗教束缚中解放而重新回到现实人生来的第一声。运水担柴,莫非神通。嬉笑怒骂,全成妙道。中国此后文学艺术一切活泼自然空灵洒脱的境界,论其意趣理致,几乎完全与禅宗的精神发生内在而很深微的关系。"(《中国文化史导论》)

从形式上看,所谓禅诗,一类是寺院里的禅师以诗的形式表达的佛理,佛教里叫作"偈",即佛经的唱词;一类是诗人把禅理或禅意写进诗里。

第61首 | 慧能：本来无一物，何处惹尘埃

菩提本无树，明镜亦非台。
本来无一物，何处惹尘埃？

这首偈是慧能（638—713）所作。菩提树，是一种树，原产地印度，因为佛陀在该树下悟道，所以叫菩提树。菩提是觉悟的意思。明镜台，就是梳妆台，台上放着镜子。"菩提本无树"，菩提本来没有树，这个意思有一点不好理解。"明镜亦非台"，明亮的镜子也不是桌台，也有点别扭，不太容易读懂。"本来无一物"，本来什么都没有，这一句似乎有些怪诞，但稍稍思考，就会觉得是一个很特别的发现，因为确实本来什么都没有，一个人，在出生之前好像并不存在，原来并没有这个人。任何东西都是一样，本来都是没有的，甚至地球、宇宙，本来都不存在，天地原本应该是空荡荡的。"何处惹尘埃？"哪里惹上了尘埃呢？可以理解为本来什么都没有，因为惹上了尘埃，所以就有了纷纷扰扰的东西，一旦意识到这些尘埃是附加的，那么，一下子就回到了本来无一物的状态。

读了后面两句，再去读"菩提本无树，明镜亦非台"，好像模模糊糊地能体会到慧能要说的，也许觉悟智慧并不依赖什么树，明亮的镜子也不需要依赖桌台。整首偈所要说的，也许是面对各种现象，我们要从根源上去把握。但是，无论如何解释，单独从这首偈本身的文本去解读，都比较困难。一定要弄清楚慧能写这首偈的背景，才能真正领会他要表达的是什么。

据《坛经》记载，五祖弘忍想要选拔继承人，就让弟子每人去写一首偈，看看到底谁真正觉悟了。大弟子神秀写了一首偈：

身是菩提树，心如明镜台。
时时勤拂拭，勿使惹尘埃。

在弘忍的弟子里，慧能当时还是个很不起眼的杂工，又是一个文盲。但慧能听别人给他念了神秀的偈后，觉得神秀的偈还差那么一点意思，就自己说了一首偈：

菩提本无树，明镜亦非台。
本来无一物，何处惹尘埃？

不想，这首偈引起了五祖的重视，五祖把衣钵传给了他，于是他成为六祖。当然，这是《坛经》的说法，另外的文献里，也有说神秀才是五祖的继承人。撇开五祖继承人到底是谁的争议，仅仅读神秀和慧能的偈，可以体会到两首偈确实显示了两种不同的修行理念和方法，一般把神秀的禅宗叫作"北宗"，把慧能的禅宗叫作"南宗"。

神秀的偈说了什么呢?"身是菩提树",身体像菩提树。"心如明镜台",心就像梳妆台。"时时勤拂拭",要经常打扫。"勿使惹尘埃",不要让它们惹上尘埃。神秀这首偈,讲佛法修行,就是要使身心清净,他把身体比喻成树,把心比喻成镜子,树也罢,镜子也罢,如果不去打理,就会有尘埃。这里可以进一步理解到神秀要说的意思,核心是把佛法修行看作为了心的清净。怎样让心清净呢?需要通过修行去清除掉尘埃,或者不让心染上尘埃。

明白了神秀的偈,再读慧能的偈,就会清楚很多。慧能和神秀一样,都把心的清净看作修行的目的,都把心比作镜子,都认为佛性就在自己的心里。那么,他们的差别在哪里呢?差别在于,神秀认为心和佛性是有一段距离的,需要修炼让心变得纯粹,佛性才会浮现出来;而慧能认为只要你觉悟到每一个人都有佛性,心的本性就是佛性,那么,你并不需要经过中间环节,而是"直指人心,见性成佛"。

《坛经》里记录的一件事,很能说明神秀和慧能的不同。志诚原来是神秀的弟子,因此,慧能问他神秀是怎么教"戒""定""慧"的。志诚回答,神秀师父是这样说的:不做任何恶事就叫"戒",凡是善的事就去做叫"慧",能自己净化自己的意念叫"定"。慧能就对志诚说,神秀所说的"戒""定""慧"适合悟性不是特别高的人,对于悟性高的人来说,心里面没有是是非非的纠缠就是"戒",心里没有迷乱自性就处于"定"的状态,心里没有愚痴自性就处于"慧"的境地。一句话,如果悟到了自己的本性,其实就不必再立什么"戒""定""慧"了。

慧能对于坐禅有很多批评,在他看来,想通过坐禅达到清净是不可能的。"坐禅"的"坐",不是一动不动地坐在那里,而是一切圆融无碍、任何形形色色都不能引起妄念,这才是真正的坐。而真正的"禅"是显现自己的本性,不迷乱,就像《菩萨经》里所说:"戒本源自性清净。"慧能的弟子南岳怀让门下有一个小和尚,就是后来的马祖道一。有一天,怀让看到马祖在打坐,就问,你这样打坐是为了什么?马祖道一回答,为了成佛。怀让拿来一块砖,放到石头上磨。马祖问师傅在做什么?怀让说,把砖磨成镜子。马祖说,砖怎么可能磨成镜子呢?怀让反问,那坐禅就能成佛吗?马祖又问,那要如何做呢?怀让就说,就像用牛驾车一样,想要让车往前走,打牛就是了,难道打车吗?怀让的这些问题是在引导马祖思考:修行不能过于执着于形式,而要领悟其本质。马祖因此就觉悟了。

　　因为这种差异,神秀的方法被称为"渐",而慧能的方法被称为"顿",南宗也被称为"顿教"。但是,我们一定要注意,"渐"和"顿"并非表示修行时间上的慢和快,而是指修行方向的不同。举例来说,一个人要找工作,神秀的方法是不断地去考察哪个行业哪个单位是有前途的,是适合"我"的,在不断的考察、试验中,总能找到最适合的工作;而慧能的方法是首先弄清楚"我"这一生到底要成为什么样的人,"我"心中真正的热爱是什么,然后,找工作就会水到渠成。神秀是循序渐进的,而慧能是一下子就达到那个制高点。神秀的"渐"的好处是容易掌握,但弊端是可能会流于形式,为了修行而修行;而慧能的"顿"的好处是占据了制高点,但弊端是可能会流于空洞,让觉悟失去立足点。

　　慧能的偈,在另外一个版本的《坛经》里,是两首,第一首:"菩提本无树,明镜亦非台。佛性常清净,何处有尘埃?"第二首:"心是菩提树,身为明镜台。明镜本清净,何处染尘埃?"这两首偈明确点出了"佛性常清净",意思是每一个人都有佛性,而这个佛性是常清净,并没有尘埃,所以,你没有必要"时时勤拂拭",你只要依靠内在的觉悟,回到一直就在那里的佛性,尘埃自然就消失了。

第62首 | 傅大士:空手把锄头,步行骑水牛

空手把锄头,步行骑水牛。
人从桥上过,桥流水不流。

这首禅诗,一下子让人感到一种冲击,因为不符合我们的惯性思维。"空手"和"把锄头"、"步行"和"骑水牛",是两种不能同时存在的状态:空着手和拿着锄头,是手的两种状态;走着路和骑着牛,是脚的两种状态。当它们并列在一起的时候,我们会觉得很奇怪。"桥流水不流",是一种颠覆。我们一般认为桥是不动的,而水是流动的,但这首禅诗说,桥在流动,水是不动的。这完全颠覆了我们的认知。

这种矛盾和颠覆,逼着我们去反思,去重新看待这些日常事物,尤其是重新看待日常事物之间的联系。"空手"和"把锄头"、"步行"和"骑水牛",并非互不关联,也并非只有一种

关联，而是有着多种关联。手空了，就可以去握锄头；步行过去，才能骑上水牛。貌似矛盾对立的两件事，其实也是和谐的相互依存的一件事。当然，这也可以理解为，即使拿着锄头，手的本性是空的；即使骑着牛，脚的本性是步行。所以，拿着锄头，不应该让锄头成为主宰；骑着水牛，也不应该让水牛成为主宰。锄头也好，水牛也罢，都是暂时的浮云。

"人从桥上过，桥流水不流。"这描述的并非一般的感知，桥是固定的，水是流动的。这是局限于自身的感知。如果跳出自身，把时间和空间拉长，那么，会发现一种新的动静关系。水一直在流，而桥在逐渐老化。有一天，桥会倒塌，桥上的人也在老去，一代一代的人在桥上来来去去，而水一直没有什么改变，一直在流。有人说，水像一面镜子，映照出桥和人，像幻象，所以桥流水不流。甚至有人把水理解成佛性，把人和桥理解成无常，好像也未尝不可。

传说这首禅诗的作者是傅大士（497—569），是南朝梁武帝时期的人。据说，他曾经在梁武帝的皇宫里讲《般若经》和《金刚经》。他讲《金刚经》，走到讲台上，敲了一下板子，就走了下来。这让梁武帝有点摸不着头脑。当时在场的一个僧人问梁武帝，陛下您明白了吗？梁武帝说，不明白。那个僧人说，大士讲经已经讲完了。梁武帝说，不行，这样一言不发，自己怎么会明白？他再次请傅大士上去讲解。傅大士到了讲台上，拍着板子，唱了四十九颂，就又下来了，说这次是真的讲完了。

傅大士的真名叫傅翕，号善慧，也有人叫他善慧大士。他并没有出家，是一个居士。他的妻子妙留光也信仰佛教，夫妻俩在松山一边种田一边修行。民间流传着许多关于傅大士的传说。他有一篇文章叫《心王铭》，对禅宗有很深的影响。另外有一篇文章叫《梁朝傅大士颂金刚经》。有学者认为这两篇文章是后人假冒了傅大士的名字写的。甚至连傅大士这个人，到底有多少事迹是真实的、多少事迹是虚构的，还存在着很多疑问。当然，这些并不重要，重要的是，"空手把锄头，步行骑水牛。人从桥上过，桥流水不流"确实为我们打开了新的视野。

第63首 寒山：无物堪比伦，教我如何说

> 吾心似秋月，碧潭清皎洁。
> 无物堪比伦，教我如何说。

这是寒山很著名的一首诗，讲了自己的心像什么。像什么呢？我的心犹如秋天的月亮，映照在碧潭里洁白无瑕。但终究，没有什么东西能够比拟我的心，我不知道怎么来形容它。

关键概念是"心"。寒山说自己的心像秋天的月亮那样皎洁，又说无法用语言描述。这是一种开悟的经验。佛经上说，一般人的心像猴子一样，从一棵树跳到另一棵树，从一个妄念跳到另一个妄念，一刻都不能停下来。寒山的心，却像秋天的月亮，有着无法描述的宁静和清净。

这里月亮当然是一个比喻，比喻什么呢？寒山在另外一首诗中写得很清楚："寒山顶上月轮孤，照见晴空一物无。可贵天然

04 禅

无价宝,埋在五阴溺身躯。"五阴,就是五蕴,即色、受、想、行、识。"色"就是身体,"受""想""行""识"就是感受、情绪、意志、意识等心理层面的机制。五蕴产生了贪嗔痴。我们以为贪嗔痴是真实的,从而引起了各种烦恼,心就迷失了。显然,寒山这里讲的无价之宝,就是每一个人心中都具有的佛性,而月亮用来比喻佛性。

当内心的佛性显现,心就像皎洁的月光。寒山另有一首诗写佛性的月亮,写出了深邃而优美的意境:

<blockquote>
高高峰顶上,四顾极无边。
独坐无人知,孤月照寒泉。
泉中且无月,月自在青天。
吟此一曲歌,歌终不是禅。
</blockquote>

站在峰顶上,向四处望去,看到的是无限。一个人独坐在天地之间,没有人知道,断绝了世俗的因缘,就像孤独的月亮照耀着寒冷的泉水。泉水中的月亮只是一个幻影,不是真正的月亮,真正的月亮在青天之上。把这样像歌一样的诗吟咏出来,吟咏的最后,并不是禅。

这首诗虽说吟咏的不是禅,但其实就是禅。禅是什么呢?慧能说:"内见自性不动,名为禅。"内在显现出来的,是如如不动的自性,就叫禅。寒山所说的心,是禅心,像秋天的月亮,照耀在潭水里,也是那么洁白无瑕。但月亮的比喻,还是无法真正进入禅心的空寂,因为那是完全无法用语言文字来表达的。所以,教我如何说,还是不说为妙。

第64首 | 布袋和尚：六根清净方成稻，退步原来是向前

> 手捏青苗种福田，低头便见水中天。
> 六根清净方成稻，退步原来是向前。

这首诗写的完全是插秧的过程。插秧，手里要拿着青苗，头要低下去，田里一片水茫茫，看到天空的倒影。青苗的根部要洗干净，才能够生长出苗壮的稻谷。插秧不是一棵一棵往前插的，而是插一棵，就退一步，再插下一棵，这样既能看得更清楚，也不会弄倒已经插好的青苗。所以说，"退步原来是向前"。我们在竞争的生活里，只知道一味向前，一味追求成功，却忘了有时候需要退一步才能海阔天空。退一步更深的意思，是停歇，不再为着虚妄的名利奔波忙碌，而是回归自己的本心，退下来，停下来，歇即菩提。

插秧这项普通的农活，让我们领悟到了"退一步海阔天空"的自如，更让我们领悟到了，活在世界上，最重要的事情是种好自己的福田。所谓田，就是能够生长出东西的地方。我们的心，就像田一样，你种什么就会长什么。想要让生命圆满，应该种什么呢？这首诗说："六根清净方成稻。""稻"与"道"谐音。对于秧苗而言，根部洁净饱满，才能结出稻谷；对于人而言，六根清净才能成道。这个道，就是佛性，成道就是成佛。六根，身心的基本，即眼、耳、鼻、舌、身、意。这是我们作为人的基本，我们所有的一切都以六根为工具展开。六根引发了六种

基本烦恼：贪、嗔、痴、慢、疑、不正见。贪，是欲望；嗔，是情绪；痴，是愚昧；慢，是自以为是；疑，是不相信因果，不相信佛性；正，不是正确的"正"，而是不偏颇、不执着于一端的意思，不正见，简单地说，就是偏执于一端，看不到全体，不圆融。因为这六种基本烦恼，引发了人生的种种问题，也带来了各种各样痛苦的命运。

当我们手捏青苗去种自己的福田，当我们让自己的六根清净下来，我们就走上了摆脱烦恼和命运的束缚，通向平静、喜乐的道路。这是这首诗给忙碌奔波中的人们的一个提醒。

这首诗的作者布袋和尚，生活在唐代末五代初，活跃在宁波一带，没有人知道他从哪儿来。一个疯疯癫癫的和尚，背着布袋，挺着大肚子，总是笑呵呵的。民间传说他是弥勒佛的化身，因为他的形象很喜庆，也常常被看作财神。中国寺庙里的弥勒像，就是根据布袋和尚的形象塑造的，还有一副大家都很熟悉的对联：

大肚能容，容天下难容之事；
开口常笑，笑世上可笑之人。

《景德传灯录》里记载了一件公案：一位禅师遇到布袋和尚，布袋和尚摸了一下禅师的背。禅师回过头去看，布袋和尚就说，给我一文钱。禅师说，道得出，就给你一文钱。布袋和尚就放下布袋，叉手而立。又有一个白鹿禅师问布袋和尚，如何是布袋？布袋和尚马上就放下了布袋。又问他，如何是布袋下之事？他背着布袋马上就跑了。

关于布袋和尚，民间流传着很多传说。有一次，赵、钱、孙、李四家人请他帮忙插秧，他都答应了。到了晚上，四家的秧都插好了，四家人请他吃饭，他分身成四个人同时去赴约。吃饭时，他分享了自己插秧的感受，吟诵了一首诗："手捏青苗种福田，低头便见水中天。六根清净方成稻，退步原来是向前。"

916年，布袋和尚端坐在宁波岳林寺东边的一块大石头上，说了一首偈："弥勒真弥勒，分身千百亿。时时示时人，时人自不识。"弥勒佛分身千百亿，时时在人间教化众生，但可惜，人们常常见面不相识，不知道这就是弥勒佛。这是感叹在贪嗔痴里流转的众生，在生死轮回里流转的众生，习气深重，很难觉醒。说完，布袋和尚就坐化而去。

第65首　无尽藏：尽日寻春不见春，芒鞋踏遍岭头云

尽日寻春不见春，芒鞋踏遍岭头云。
归来笑拈梅花嗅，春在枝头已十分。

这是一首被认为象征开悟的诗。整天去寻找春天，却怎么都见不到春天。从这座山到那座山，芒鞋几乎要把山上的云都踏破了。直到回到自己的寺院，发现梅花已经盛开，拿起梅花放在鼻子底下，才惊觉苦苦找寻的春天，不就正绚丽地绽放在枝头吗？

这有一点像我们大老远地去看风景，花了不少钱，一路拥

堵、折腾，看到风景却觉得很一般。回到了家里，发现家门口就有很好的风景，自己居住的城市里就有很美丽的风景，却因为近在眼前，一次都没有去欣赏。又有一点像我们找一个什么东西，翻箱倒柜到处去找，怎么也找不到，却突然发现这个东西一直在自己手上。又好像有时候我们的生活陷入了困顿，感觉怎么努力都没有用，怎么努力都赶不上别人，于是，就到处去向别人学习。有一天突然发现，原来我自己身上也有别人不具备的那种优点，而我总想着去找别人的优点，因此就陷入了困顿；一旦用好自己的优点，人生就会变得很顺畅。

并不是说不需要向外寻找，向外也是一种必要，如果不向外去寻找，你归来的时候怎么能够闻到梅花的香气？如果不向外去寻找，你怎么能够发现自己家门口的风景？如果不向外去寻找，你怎么能意识到自己的优势所在？所以，尼采说，闭门不出的人是对思想的犯罪。只不过我们要记住，向外寻找，向外行走，是为了找到自己。

这首诗里的春天，当是一个比喻，比喻佛性。一旦意识到佛性本自具足，就是一个重大的觉醒，也是一个开悟。慧能当年听五祖弘忍讲《金刚经》，讲到"应无所住而生其心"时，慧能就开悟了，明白了"一切万法不离自性"，于是发出这样的赞叹："何期自性本自清净，何期自性本不生灭，何期自性本自具足，何期自性本无动摇，何期自性能生万法。"大意是：哎呀，我怎么没有想到自性本来就是清净的，怎么没有想到自性本来就是不生不灭的，怎么没有想到自性本来就是具足圆满的，怎么没有想到自性本来就是不会动摇的，怎么没有想到自性本来就是能够生出万法的。这就是慧能的开悟。

了解了慧能的开悟，再读"尽日寻春不见春，芒鞋踏遍岭头云。归来笑拈梅花嗅，春在枝头已十分"，就可以体会出其中包含的禅意。这首诗的作者是一位尼师，法号无尽藏，在当时距宝林寺不远的无尽庵修行。据说，慧能在韶关的时候，一个叫刘志略的人帮助了他。刘志略有一个姑妈，是出家修行的尼姑，法号无尽藏。她和慧能聊佛法，很惊奇慧能居然不识字，而慧能解释："诸佛妙理，非关文字。""万法尽在自性中。"慧能听到无尽藏念的经文后，作了讲解，无尽藏大吃一惊，觉得慧能已经得道。有一种说法，无尽藏是慧能第一个护法弟子。当然，这些都是传说。但无论如何，这首"尽日寻春不见春"，和慧能开悟的理路，是一脉相承的。

第66首　鸟窠禅师：何须更问浮生事，只此浮生是梦中

来时无迹去无踪，去与来时事一同。
何须更问浮生事，只此浮生是梦中。

　　这首诗讲的是浮生若梦。"浮生"这个词最早出现在《庄子》里，"其生若浮，其死若休"。生在世间，就像漂浮在水面上，死了，就好像去休息了。关于浮生若梦，庄子的"庄生梦蝶"，有世事一场大梦的意思。《金刚经》的四句偈，第一句就是："一切有为法，如梦幻泡影。"

04 禅　　243

"来时无迹去无踪,去与来时事一同。"这是跳出了人的视角,回看人世间:来的时候,无迹可寻;去的时候,无踪可留。来到这个世界,是赤条条而来;死了离开这个世界,是赤条条而去。"来"与"去",在更大的宇宙里,不过是能量的转换,不过是生死的轮回,所以是同一件事。这样一来,对于人世间的事情,实在没有必要计较,更无须执着,因为浮生如梦,何必当真。

这首诗的作者道林禅师(735—833),九岁就出家了,曾经去福建在百丈怀海的门下学习。后来他到了自己的家乡杭州,住在西湖背面的秦望山,不是住在房子里,而是住在一棵茂密的松树上,所以,他也被人称为"鸟窠禅师"。就算太守去拜访,他也不肯下树,太守便只能在下面仰望他。当时,白居易做了杭州太守,听说有这么一个禅师,就很好奇,去秦望山拜访他。白居易看到这棵树很高,就说,禅师住在树上实在太危险了。不想鸟窠禅师回答,太守啊,其实你住的地方比我的更危险。白居易疑惑,我是一方太守,住在官邸,有什么危险?禅师就说:"薪火不停,识性交攻,安得不危?"大意是官场上争名夺利、钩心斗角,能不危险吗?

鸟窠禅师的话让白居易有所触动,白居易又问,什么是佛法呢?鸟窠禅师就说:"诸恶莫作,众善奉行,自净其意,是诸佛教!"白居易说,这三岁小孩都知道啊。鸟窠禅师回答说,确实三岁小孩都知道,但即使是百岁的老人也不一定能够做到。从此,白居易和鸟窠禅师成了好友。有一次,白居易写了一首诗:"特入空门问苦空,敢将禅事问禅翁。为当梦是浮生事,为复浮生是梦中。"鸟窠禅师就用开头这首禅诗作了回答:"来时无迹去无踪,去与来时事一同。何须更问浮生事,只此浮生是梦中。"

浮生若梦，是提醒大家不要被形形色色的表面现象迷惑，要透过现象看清真相，领悟实相。既然浮生若梦，那么，不如放下对功名利禄、爱恨情仇的执着。但是，浮生若梦，并不是让你放弃，恰恰因为浮生若梦，更要珍惜这一生的时光，把时间花在精进上。

第67首 | 德诚禅师：千尺丝纶直下垂，一波才动万波随

千尺丝纶直下垂，一波才动万波随。
夜静水寒鱼不食，满船空载月明归。

"千尺丝纶"，一千尺的钓鱼线。线很长，说明水很深。"千尺丝纶直下垂"，把一条很长的钓鱼线直接往下垂到水里。"一波才动万波随"，钓鱼线下垂的时候，钓鱼钩碰到水面，很小的一点接触，激荡起小小的水波，却引发万波随之而动。这是一种很常见的自然现象，叫作"蝴蝶效应"。任何一个微小的点，都会影响整体的格局。这种现象很常见，但常常被我们忽略，因为我们习惯于孤立地看问题，所以总是解决不了问题，于是问题就一个接一个地出现。我们的念头也是一样，一个念头升起，引发的是千千万万个念头。一念之间，人生的格局全都变了。

"夜静水寒鱼不食"，夜晚寒冷，水里的鱼特别警觉，不上

诱饵的当。"满船空载月明归",钓不到一条鱼,只有载着满船的月光回去。本来要去钓鱼,结果,鱼没有钓到,带回来的是满船的月光。这是一个耐人寻味的过程,想要得到鱼,却什么也没有得到,只有空船带着月光,空空地回去了。

一次月夜钓鱼,空手而归,却是开悟的契机。这首禅诗的作者是德诚禅师,他的出生年月不太清楚,只知道他是药山惟俨禅师(737—834)的弟子,药山惟俨是青原行思的弟子,青原行思是慧能的弟子。这样算起来,德诚是慧能的第三代弟子。德诚离开药山惟俨之后,到了华亭吴江边上隐居,经常用小船帮人摆渡。所以,当时的人叫他"船子和尚"。

有一天,一个年轻的法师,叫善会,来到江边。德诚问他是从哪一个寺庙来的。善会回答:"寺即不住,住即不似。"开口即充满禅机,引用的是《金刚经》里的一句话:"应无所住而生其心。"这里的"住",大概的意思是执念、执着。寺庙只是出家的地方,并不是固定的住所,是心灵的归宿。所以,如果真的是寺庙,就会不住,没有执念和执着;如果住了,也就是有了执念和执着,那里就不是寺庙了。这里玩了一个文字游戏,却暗含着对"应无所住而生其心"的理解。所以,德诚觉得这个年轻的法师有一定的根基,就继续和他聊下去,聊出了不少思想火花。

善会问德诚:"每日直钩钓鱼,此意如何?"每天用直的渔钩去钓鱼,这里面有什么意味呢?德诚反问道:"垂丝千丈,意在深潭。浮定有无,离钩三寸。子何不问?"大概的意思是,放下千丈长的渔线,想要到达水的最深处,却总是距离渔钩三寸。一会儿漂浮,一会儿安定。你为什么不说呢?善会刚想说,德诚禅师用船桨一下子把他打落在水里。当善会手忙脚乱地爬上船,德诚又逼着他,快说,快说!当善会又要说的时候,德诚又举起船桨,要把他打落水中。这时,善会豁然开朗,点了三下头。

德诚就说了一句:"竿头丝线从君弄,不犯清波意自殊。"大意是,渔竿上的丝线随便你弄来弄去,不会触动清澈的河水,不会泛起波浪,自在潇洒。这句话显现出来的是"无所住而生其心"的境界,无论我的心怎么动,都不会有执念的污染,一片清净,来去自在。善会就说:"抛纶掷钓,师意如何?"把渔线和渔钩都扔掉,老师您觉得如何呢?德诚禅师接着说:"丝悬渌水,浮定有无之意。"丝线浮在绿水上,在漂浮和安定之间,在有与无之间。善会接着说:"语带玄而无路,舌头谈而不谈。"语言很玄,其实是进了死胡同,舌头说话,其实什么也没有说。

一听这句话,德诚赞叹道:"钓尽江波,金鳞始遇。"终于在江波上钓到珍贵的鱼了,隐藏的意思是终于遇到了理想的学生。善会听了,马上就捂住了自己的耳朵。德诚连忙说:"如是,如是。"确实如此,暗含着《金刚经》里"应作如是观",如实地去观照。

善会就这样成了德诚的弟子,德诚叮嘱他:"汝向去直须藏身处没踪迹,没踪迹处莫藏身。吾三十年在药山,只明斯事。汝今已得,他后莫住城隍聚落,但向深山里,镢头边,觅取一个半个接续,无令断绝。"善会就和师父道别,自己上路,但走的时候还不时回头去看师父。德诚就喊了一声善会,然后在船上高高举起手中的船桨,大声说,你以为还有别的吗?说完就把小船弄翻,自己随着流水而逝。当德诚看到善会还有一丝疑惑的时候,居然以自己的生命给了他最后的启示。这在中国禅宗历史上是唯一的一次。随着水流而去的德诚,应该是"满船空载月明归",回归到皎洁的月光里去了。

第68首 | 无门慧开：春有百花秋有月，夏有凉风冬有雪

> 春有百花秋有月，夏有凉风冬有雪。
> 若无闲事挂心头，便是人间好时节。

这首禅诗完全是大白话，平常得不能再平常。春天里，有百花盛开；秋天的天空，有皎洁的月亮；夏天，凉风习习；冬天，白雪飘飘。当你心中没有了杂七杂八的念头，什么时候都是人间美好的季节。当我们心中杂念丛生，在春天，不会为花朵而喜悦；在秋天，看不到月亮的光辉；在夏天，体会不到炎热里吹来凉风的那种清爽；在冬天，不会去欣赏皑皑的白雪。

这是慧开禅师（1183—1260）的一首禅诗。慧开的禅修方法属于临济宗的参话头，这是南宋初年临济宗大师大慧宗杲开创的一种反方法。慧开参"赵州狗子"这则公案中的"无"字话头，参了六年，听到斋鼓之声而开悟。他认为只要参透了一个"无"字，就能觉悟。他选择了四十八则禅宗公案进行解读，编成一本书叫《无门关》。序言里开宗明义："佛语心为宗，无门为法门。"佛的语言以心为根本，以无门为法门。为什么提倡无门呢？因为能够从门户进入所获得的东西都不是真正的财宝，凭借因缘而获得的东西都注定会被毁坏。所以，一定要修行无门关。因为提倡无门关，人们就把慧开称作"无门慧开"。

这首禅诗是《无门关》第十九篇里的颂，是对"平常心是道"这个公案的诗意解释。赵州问南泉："如何是道？"南泉回

答:"平常心是道。"赵州就说:"还可趣向否?"那还可以去有意追求这个道吗?南泉回答:"拟向即乖。"既然道是平常,那么,你有意去追求就违背了这个道。赵州就很困惑:"不拟争知是道?"假如我不去追求,怎么知道这个道呢?南泉就说:"道不属知,不属不知。知是妄觉,不知是无记。若真达不疑之道,犹如太虚廓然洞豁,岂可强是非也。"道不属于知见,也不属于没有知见,知见是妄觉,没有知见是对于善恶美丑之类的二元对立不作判断。如果你真正做到了不去追求这个道,那么,就会像虚空一样豁然开朗,为什么非要去作是与非的分别?

赵州一听,就开悟了。无门慧开讲完这段公案点评说:南泉被赵州这么一问,好像瓦解冰消,分辨解释不清楚。赵州虽然当下悟了,但还得要再参三十年才能真正觉悟。然后,他就颂曰:"春有百花秋有月,夏有凉风冬有雪。若无闲事挂心头,便是人间好时节。"

第69首　川禅师:竹密不妨流水过,山高岂碍白云飞

旧竹生新笋,新花长旧枝。
雨催行客到,风送片帆归。
竹密不妨流水过,山高岂碍白云飞。

这首禅诗写的是自然现象。初读,会觉得很励志。旧的竹子

上会长出新的笋;而老的树枝上也会长出花朵。雨来了,催促着客人赶紧躲避;风来了,吹动着帆船把人送回家。竹林再密,也无法妨碍流水流过;高山再高,又怎么能够妨碍白云飞来飞去?"旧竹生新笋,新花长旧枝"让人想起刘禹锡的"沉舟侧畔千帆过,病树前头万木春"。"竹密不妨流水过,山高岂碍白云飞"让人想起杨万里的《桂源铺》:"万山不许一溪奔,拦得溪声日夜喧。到得前头山脚尽,堂堂溪水出前村。"

这首禅诗是川禅师解读《金刚经》的一首偈,联系《金刚经》原文一起看,对于它的理解会更深入一些。"何以故,此人无我相,无人相,无众生相,无寿者相。所以者何?我相,即是非相;人相、众生相、寿者相,即是非相。何以故?离一切诸相,即名诸佛。"无相,世间的相,无非是我相、人相、众生相、寿者相,我们困在了这四相之中,以为它们是真实的,因而陷入了生死烦恼的轮回。假如能够超越这四相,就能抵达觉悟。

从无相的角度再去读这首禅诗,就会有新的感受。当我们摆脱了"我相""人相""众生相""寿者相",以开放的心态去看待周围的一切,那么一切都会变得既生机勃勃,又宁静深邃。竹子老了,会长出新笋;树老了,枝干上还能长出花朵。风雨中的客人来来去去,缘起缘灭,彼此依存,环环相扣,并没有一种"相"是固定不变的。相的背后,是无相,是空相。也没有一种界限是牢不可破的,再密的竹林也挡不住流水,再高的山也挡不住白云。水和白云,好像我们的自性,能够穿透一切。

当然,这样去解释,就有点乏味了。川禅师用了诗的语言去领悟无相,本意是要我们不要去解释,不要陷入语言文字之中,而要用心去感受千姿百态的自然现象。这些无处不在、无时不在的自然现象里就有最深奥的秘密，但无法说出来，只能因感悟而得。

川禅师，就是冶父道川禅师，南宋时的人。他年轻时当过捕快，喜欢去附近的一座寺庙听和尚讲经。有一次，他因为听得太入迷了，把衙门里的公事给忘了，受到上司的惩罚。他就辞去了公职，出家当了和尚，后来在冶父寺做过住持，所以，又被称为冶父道川禅师，也称"川禅师"。他留下来的文本《金刚经偈颂》，以诗的形式解读《金刚经》，很有趣。

第70首 | 志芝禅师：千峰顶上一茅屋，老僧半间云半间

千峰顶上一间屋，老僧半间云半间。
昨夜云随风雨去，回头方羡老僧闲。

这首禅诗的作者志芝禅师，有关他的资料很少，一般认为他生活在南宋。这首禅诗显现出开阔的气象，一读，好像就能跳出狭小的格局，从最高处俯瞰世界，东南西北，上下左右，里里外外，都看到了。"千峰顶上一间屋，老僧半间云半间。"在千万座山峰中，在最高的山峰上，有一间茅屋，住着我，还有白云，半间是我的，半间是白云的。虽然只有一间屋、一个人，诗人却并不孤单。想象一下这个场面：山巅之上，一间茅屋，一个人，还有一片白云。

"昨夜云随风雨去,回头方羡老僧闲。"昨天夜里下雨了,云随着风雨飘散了。到头来,还是我淡定啊,还安定在山巅之上的茅屋中。这里的"闲",不是"若无闲事挂心头"的那个"闲",而是气定神闲的"闲",也是苏轼诗词里"几时归去,作个闲人"的"闲"。这个闲下来的老僧,是百丈怀海所说的"乾坤赢得一闲人"的"闲人"。怀海的诗是这样的:"幸为福田衣下僧,乾坤赢得一闲人。有缘即住无缘去,一任清风送白云。"很幸运成为一名出家人,种植自己的福田,在宇宙之中,成了一个淡定悠闲的人。有缘,就住下来,缘分尽了,就走了,就像清风送走白云。

百丈怀海的诗和志芝的诗,都写出了宇宙天地之间,超越了因果法则的真正的"我",即无我。这种气象,有点像佛陀刚刚出生时所说的"天上天下,惟我独尊"。很多人把这句误解成"天地之间,只有我最尊贵",其实,佛陀的意思是:当我把自己融入天地之中后,无我才是真正的我,是世间最尊贵的。

志芝的诗让我想起德国诗人歌德的一首短诗:

一切的峰顶
沉静,
一切的树尖
全不见
丝儿风影。
小鸟们在林间无声
等着罢:俄顷
你也要安静。

1780年9月，在黄昏的山顶上，三十一岁的歌德在一座小木屋的墙上写下了这么一首诗，题目叫《浪游者之夜歌》。三十多年后，他再次来到小木屋，用笔把这首诗重新写了一遍。又过了近二十年，八十二岁的歌德又来到小木屋，含泪咏诵着这首诗。一年后，歌德就去世了。

用尽我们一生的时间，也不一定能够到达峰顶，更不一定能够遇到那个笃定安静的自己，所以，"千峰顶上一间屋，老僧半间云半间。昨夜云随风雨去，回头方羡老僧闲"这样的感悟，"一切的峰顶，沉静"这样的感叹，像是一种来自神秘宇宙的呼唤，唤醒天地宇宙间的那个"我"。

第71首 ｜ 王维：薄暮空潭曲，安禅制毒龙

不知香积寺，数里入云峰。
古木无人径，深山何处钟。
泉声咽危石，日色冷青松。
薄暮空潭曲，安禅制毒龙。

这是王维的《过香积寺》。第一句是"不知香积寺"，并不知道香积寺在哪里，只是一路寻访而去。"数里入云峰"，在山里走了几里路，就进入了白云缭绕的山峰里。"古木无人径，深山何处钟。"穿行在人迹罕至的古木之间，不知深山里何处传来

了寺院的钟声，原来香积寺就在这附近。崎岖不平的岩石使得泉水的流淌变得曲折，发出的声音像是呜咽，诗人却说"泉声咽危石"，好像是泉水让嶙峋的石头发出呜咽。浓密的青松林，使得日光的色彩令人感觉有点寒冷，诗人却说"日色冷青松"，好像是日光的颜色让青松显得寒冷。"薄暮空潭曲"，曲，是水边的意思，黄昏使得潭水的周边显得更加空旷。"安禅制毒龙"，毒龙，泛指妄念，安心禅修制服自己的妄念。

关于毒龙，《增一阿含经》里有一个故事：某日，佛陀从波罗奈国到了摩羯陀国，要在一个名叫迦叶的人那里借宿。迦叶说，其他房间都满了，只有一间是空的，但那里有一条凶暴的毒龙，不知道您敢不敢住。佛陀说，没有关系，我就住那里吧。佛陀就一个人住进了那间空房，结跏趺坐，进入三昧禅定。暗处的毒龙看到陌生人，马上冒出毒烟，喷出无名之火，整个房间陷入火海。迦叶他们拼命救火，等到火焰熄灭，发现佛陀端坐在地上，毫发无伤。这个故事是一个寓言，讲的是佛陀以慈悲心降伏毒龙。所谓毒龙，就是众生因为"我执"而产生的嗔恨心，像猛烈的火焰。唯有慈悲心，可以浇灭这火焰，从而让自己拥有平静喜乐。

在中国禅宗里，用毒龙比喻一切的妄念。禅修的目的，就是制服妄念。王维这首诗，关键是最后一句，"安禅制毒龙"，安心禅修，或者说，安心于禅境，就可以制服心里面各种乱七八糟的妄念。什么是妄念呢？想知道答案就要先弄清楚什么是念头。念头分为彼此作用的两个部分：第一，当下环境引发的心理活动；第二，积淀在意识里的各种观念。笼统地说，凡是带着欲望的念头都是妄念。第一个层次，是把妄念看作恶念，损人利己或者损人不利己的都是恶念，这个层次，以善念克服妄念；第二个层次,连善念都是妄念,以正念来清净内心,保持一种觉知状态。

王维传达了一个简单的信息:禅修可以让我们内心平静。为了把这个意思有效地表达出来,他以诗的形式叙述了一个过程,一个寻找香积寺的过程。为什么要去香积寺?他没有说,但我们可以想象,当我们从世俗生活中抽离出来想要去寺庙的时候,一定是内心有所触动,想要寻找一点什么安稳的东西。或者说,当我们去寺庙的时候,是一种停顿,从惯性的热闹的轨道上停歇了下来。诗的开始是不知,不知道香积寺在哪里,有点茫然。但走过了一路的空寂,在黄昏的潭水边,王维以一句简单而坚定的话作为结束:"安禅制毒龙。"

第72首 | 王维:行到水穷处,坐看云起时

> 中岁颇好道,晚家南山陲。
> 兴来每独往,胜事空自知。
> 行到水穷处,坐看云起时。
> 偶然值林叟,谈笑无还期。

这首诗的题目叫《终南别业》。说到终南别业,就会想起王维,想起他的辋川,它不仅仅是一个地名,也是一种禅意。"中岁颇好道,晚家南山陲。"中年时喜欢修行佛法,到了晚年,就把家搬到了终南山的旁边。这一联讲了终南别业的缘起。终南别

业对于王维而言，不是普通的别墅，而是心路历程的一个标记，一个靠岸的地方。"兴来每独往，胜事空自知。"每次兴致来了，就独自前往别业，遇到美好事物的那种喜悦，只有我自己知道。王维的诗歌，喜欢用"空"字，这里"空自知"一般解释为自己突然知道好像缺少了一点什么，也许应该理解为空灵更符合诗句传达的意味。那些只有自己知道的"胜事"，在自己的感受和品味里，变得空灵。

哪些"胜事"呢？"行到水穷处，坐看云起时。"走到水的尽头，就坐下来看着天上的云冉冉升起。这里面人和自然之间的玄妙，别人很难体会。"偶然值林叟，谈笑无还期。"在树林里，偶尔遇到一位老人，谈笑间，忘了回去的时间。这里面人和人之间的投缘，别人也很难体会。从开始时的重大选择到最后的"谈笑无还期"，忘了时间，人生变得越来越简单，越来越即兴，越来越自得其乐，越来越忘我。一切多余的都放弃了，剩下的仅仅是本心。这是王维在辋川的禅意人生。

毫无疑问，"行到水穷处，坐看云起时"是这首诗中的神来之笔。走到水的尽头，无路可走了，就坐下来看看云，这种意境无法用语言表达。从表面看，这里和陆游的"山重水复疑无路，柳暗花明又一村"有相近的意思，好像都在激励人们在走投无路时不要绝望。但细细研读，"行到水穷处，坐看云起时"和"山重水复疑无路，柳暗花明又一村"还是有着细微的差别：陆游写的，是真的还有路，隐藏在树木花草间；而王维写的，是真的没有了路。陆游是以为没有了路，其实还有路，强调的是不要绝望，这个世界上总是有路可走。要找到路，是陆游的念想。而王维只是走着走着，就到了水的尽头，他认为无路可走了，并不是一定要找路走，坐下来也很好，抬头看看云，不也很好吗？

显然，"行到水穷处，坐看云起时"流露出来的，是无处不在的自在，是浑然一体的和谐。"行到水穷处"，走着走着，写的是时间，到水穷处，写的是空间；"坐看云起时"，坐下来看，写的是空间，而云起时，写的是时间。在时间和空间的交织里，一切界限好像消失了，从"行"到"坐"，从"水穷处"到"云起时"，一气呵成，浑然天成。一切喧嚣消退了，唯有空寂、宁静、自得。相应的是《坛经》里的一句话："一行三昧者，于一切处行住坐卧，常行一直心是也。"大意是：所谓专注于禅定的修行，只不过是在任何时候任何地方，走路也罢，住下来也罢，坐着也罢，睡着也罢，都保持清净的心。

所以，禅宗的公案很喜欢引用这句诗。据统计，这句诗在禅宗公案里被引用将近一百次。有人问："如何是道？"传宗禅师回答："蛇无头不行。"又问："如何是道中人？"回答："行到水穷处，坐看云起时。"惟清禅师说："未能行到水穷处，难解坐看云起时。"我们每天都在行走，但多半不能走到水穷处，即使走到了水穷处，多半也不能坐看云起时。

第73首 | 常建：曲径通幽处，禅房花木深

清晨入古寺，初日照高林。
曲径通幽处，禅房花木深。

山光悦鸟性，潭影空人心。
万籁此都寂，但余钟磬音。

这首诗的题目叫《题破山寺后禅院》。破山寺，在江苏常熟西北的虞山上。"清晨入古寺"，一大早去寺院。去寺院干什么呢？一般人都会去烧香拜佛。"寺院"的"寺"，在中国古代是官方的管理机构，比如大家熟悉的大理寺，是法律机构。"寺"的本义是持续，为什么把官方机构叫作寺？大概的含义是，这些机构非常重要，具有持续性，不是临时的，而是长期的。汉明帝梦见佛陀，于是就派遣使者去西域求法，使者回来时用白马驮了佛经回来。所以，朝廷建了一个官方的专门翻译佛经的机构，叫"白马寺"。后来，寺院成为僧人修行的场所，以及一般信徒礼拜的地方。一般人把"寺""庙"混在一起，其实，"庙"在古代，和佛教没有什么关系，是用来祭祀祖先的地方，古代的贵族家庭都有自己的家庙，后来延伸到在里面供奉一些杰出的人物，比如孔庙、关帝庙等。

"清晨入古寺"，去做什么，诗人没有说，只是接了一句"初日照高林"。旭日从东方升起，照耀着高高的树林。看不到动机，也没有什么情绪波澜，只是平视地描述了一个场景：一大早，就在去古寺的路上，阳光很好，洒满了树林。"曲径通幽处，禅房花木深。"曲径，有些版本里写作"竹径"，曲径，给人的想象是曲折的小路；竹径，给人的想象是竹林中的小路。不管是曲径还是竹径，通向的都是幽处，幽静的所在。禅房，出家人居住修行的地方，在浓密的花木之中。

从小路上转移到更大的视野，看到的是山，还有潭水，看到的是山里的鸟，还有潭水边的人。山和鸟，水和人，构成了一组画面，用了"山光悦鸟性，潭影空人心"加以串联，一下子让人感受到画面里洋溢着的"喜悦"和"空灵"之感。字面上的意思是：山的光辉使得鸟的本性感到喜悦，潭水的倒影使得人心空寂。进一步的理解是：鸟的本性就是飞翔栖息在山林之间，心的本性就是空寂。鸟要顺着自己的本性，人呢，要顺着自己的本心。

"万籁此都寂，但余钟磬音。"籁，本义是指孔穴里发出的声音，泛指声音；钟磬，是寺院里的法器。所有的声音都消失了，只有寺院里敲钟的声音、击磬的声音还在耳边回荡。虽然诗人还没有进入禅房，但在通向禅房的小路上，感觉世间的声音都停止了，只听到钟磬声。

这首诗写的是访问古寺，但通篇没有写寺院里的佛像、法事等，只是写了自己用心走过一段小路，通向禅房，却把要去寺院的真正目的写了出来。慧能在《坛经》里，把"皈依僧"创造性地改为"皈依净"。为什么呢？因为出家的目的是为了清净。僧人代表着清净，那么，皈依僧，根本上是皈依清净，不如直接叫"皈依净"。这首诗，几乎就是慧能"皈依净"的一个诗意解读。去古寺的目的，是让自己的心清净下来。在通向禅房的小路上，自己已经心香盛开，万籁俱寂，唯有佛音缭绕，至于进不进古寺、进不进去烧香拜佛，当然就不重要了。

这首诗的作者常建（708—765）和王昌龄是同榜进士，但他的仕途一直不顺，做过最大的官是县尉。所以，他就过着放浪隐逸的生活。有一次他去深山采药，遇到一位遍体长满绿毛的女子，说是秦朝的宫女，秦代灭亡后躲在山里靠吃树叶为生。这当然只是一个传说。常建留下的作品,仅这一首《题破山寺后禅院》里的"曲径通幽处,禅房花木深",就已深入人心,几乎家喻户晓。看来,在世俗里奔波的人,并不是都希望走上康庄大道,也常常希望通向幽静,把一切喧嚣、烦恼抛在脑后。常建把早上去寺院后面禅房的一个小小片段定格在时间里,提醒后人:不要忘了去一些曲径上走走,那是通向幽静的所在。

第74首 | 李翱:我来问道无余说,云在青天水在瓶

> 练得身形似鹤形,千株松下两函经。
> 我来问道无余说,云在青天水在瓶。

这首诗的题目叫《赠药山高僧惟俨二首》,这是其中的第一首。药山惟俨在禅宗史上有着重要地位,他先后向石头希迁和马祖道一学习,后来在药山(在今湖南津市)创立慈云寺(俗称"药山寺"),弘法三十多年。在禅宗史上,他被认为是青原行思一脉的传人,也是曹洞宗的先驱之一。这首诗的作者李翱(772—836)在朗州(今湖南常德)做刺史时,拜访了药山惟俨,并向他问道。李翱是韩愈的弟子,极力要恢复儒家的道统,却去向禅师问道,而且以诗的形式记录下来,说明对于当时的士大夫而言,儒释道并非水火不容,而是相互融合、相互补充。

"练得身形似鹤形",身形修炼得像鹤的形状。有一个成

语叫"鹤立鸡群",鹤在汉语里有吉祥、长寿、高雅的寓意,这里用来形容药山惟俨修行得很深。"千株松下两函经",千年松树下只有两卷佛经。这是讲禅师生活的环境:松树,佛经。其中还隐藏着一个故事:药山惟俨不太主张他的弟子研读佛经,他自己却读佛经,有一个弟子就问他为什么,他说他不过是拿佛经来遮住光线而已。那个弟子进一步问自己读佛经会怎么样。惟俨回答,你读佛经的话,牛皮也能看透。惟俨的意思是,假如你还没有找到自己的本性,那么,死读佛经,钻牛角尖,反而会迷失自己。

"我来问道无余说",我来向禅师问道,禅师没有什么多余的话。那么,说了什么呢?"云在青天水在瓶。"禅师只是说,云在青天之上,水就在瓶里。关于李翱和药山惟俨的见面,据《景德传灯录》记载,李翱去见药山惟俨,惟俨正在诵读佛经,不怎么搭理他。旁边的小和尚提醒惟俨,是太守大人来拜访您了。惟俨好像没有听到,还是一心诵经。李翱感叹,真是见面不如闻名啊!说完转身就走。惟俨却突然回头说,太守为什么看重耳朵而轻贱眼睛呢?这句话让李翱有所触动,立即表示歉意,并向禅师请教:"如何是道?"道的大意本源,或者说,终极的真理是什么?惟俨用手指了指天上和地下,问懂了吗?李翱没有反应过来,禅师就说:"云在天,水在瓶。"

"云在青天水在瓶",这句话的第一层含义,是要让听者回到当下。我们平时往往处于各种胡思乱想之中,很少关注当下。我们想着股票是不是跌了,单位里的小王是不是要加工资了,想着怎样去约自己喜欢的那个男孩子,等等,却看不到眼前的一棵树、一朵花、一条河流、一条街道,看不到天上的云。惟俨禅师指着天上地下，其实是让李翱把心收回来，回到当下。第二层含义，当你的心回到当下时，眼前的事物就会如实地呈现，正好头顶上有云，瓶里有水，那么，你看到的就是云在青天之上，水在瓶里，你只是如实地看到这个事实，没有别的想法。第三层含义，当你如实地看到"云在青天水在瓶"，那么，你就是觉知到了一种联系，云、青天、水、瓶，构成了一种联系，一种不断延伸的联系。世界的奥秘，生命的奥秘，都在这种联系之中。你需要的不是妄加判断，而是仅仅觉知到这种联系，你就会透过现象看清真相。

世界很简单，人生很简单，云在青天水在瓶。

第75首 杜荀鹤：逢人不说人间事，便是人间无事人

栟坐云游出世尘，兼无瓶钵可随身。
逢人不说人间事，便是人间无事人。

这首诗的题目叫《赠质上人》。"上人"是僧人的尊称，应该是杜荀鹤（846—904）见到了一位法号"质"的高僧，写了这么一首诗送给他。"栟坐云游出世尘，兼无瓶钵可随身。"栟坐，就是打坐。不是在打坐，就是在云游四海，出离了世间，随身连水瓶和饭钵也不带，空无一物。"逢人不说人间事，便是人间无事人。"遇到人，从来不说人间的是是非非，因而心无挂

碍，自由自在。这首短诗，生动地写出了一个出家人超尘脱俗的风采。这种风采，在杜荀鹤的另一首诗《题道林寺》里也有描写："万般不及僧无事，共水将山过一生。"无事，不是无所事事，而是不受任何事情的羁绊。不论做什么，即使做大官，也不如出家人的无所牵挂、云淡风轻，和山水一起度过一生。

无事的关键是"逢人不说人间事，便是人间无事人"。为什么不说人间事就能成为人间无事人呢？这就要说到佛教里的业力。"业力"这个词，有人说有点像基因，因为都是你的生命带来的以前的信息，带业而来。但佛教的业力又有点像物理学的作用力和反作用力，只要我们做了什么，就会有一种作用力，然后一定有反作用力。负面的作用力，会有负面的反作用力，相互纠缠，彼此消耗；而正向的作用力就有正向的反作用力，相互提升，彼此成就。

那么，做了什么会有业力呢？分为三种：一种是口业，一种是身业，一种是意业。口业，就是你说的话，会带来业力；身业，就是身体上的行为，会带来业力；意业，就是意识上，你只要起心动念，就会有业力。观察一下日常生活，有些人喜欢和人聊八卦，喜欢聊别人的隐私，或者说别人的坏话，那么，一定会卷入纠缠不清的人际关系。

因此，身、口、意，要保持清净，不乱动，不乱说，不乱想。说，说得云淡风轻；动，动得合乎法度；想，想得行云流水，"无所住而生其心"。逢人不说人间事，便是人间无事人。

第76首 | 王安石：还似梦中随梦境，成就河沙梦功德

> 知世如梦无所求，无所求心普空寂。
> 还似梦中随梦境，成就河沙梦功德。

这首诗的题目叫《梦》。关于梦，道家和佛家喜欢说"世事一场大梦""浮生若梦"。"知世如梦无所求"，明白了浮生若梦，就不会再妄求什么。"无所求心普空寂"，不再妄求了，心就变得空寂。"还似梦中随梦境，成就河沙梦功德。"虽然在梦中随着梦境，没有什么妄求了，但是，还要在梦里成就像恒河沙那样多的功德。

这首诗表达的意思，就是《金刚经》里说的"于法不说断灭相"。虽然凡事皆为虚妄，但不能流于虚无。另一部佛经里说得更加明白：有些人修佛，以为证悟了空性，就可以端坐在云端，从此不食人间烟火；但是，佛陀说，虽然修证了无相及无愿三昧，但还是不舍离众生。有些人修佛，以为证悟了空性，就是对什么都没有分别，从此什么也不做；但是佛陀说，虽然修证得了诸佛平等不二的见地，但仍然供养佛，虽然修证得了观空智门，却仍然勤奋地积聚福德。有些人修佛，以为证悟了空性，已经出离了三界，从此再也不管世间如何；但是佛陀说，虽然远离了三界，却仍然趋庄严三界。有些人修佛，以为证悟了空性，已经没有烦恼了，看着别人的烦恼只觉得可笑；但是佛陀说，虽然断除了烦恼的火焰，却能够怀着悲悯设法为众生熄灭烦恼。有些人修

佛，以为证悟了空性，觉得并没有善恶的究竟分别，连善事也不去做了；但是佛陀说，虽然明白一切的现象不过梦幻，不过水中花镜中像，但仍然随心去做无量差别的善业，虽然知道一切国土都是虚空，却仍以清净无染的妙行去修饰佛土。

作家李敖对这首诗有一个精彩的解释："人生如梦，有什么好追求的呢？什么都不追求，我心如止水。可是，就在一个梦到另一个梦里，我为人间留下了数不清的功德。"佛教里有"福德"和"功德"的说法。甲骨文的"德"字，左边是"彳"，有行走的意思；右边是"直"字，字形像是一只眼睛上面有一条直线，后来加了"心"字，行得正，看得直，还要心正，后来引申为德行、品德等。"德"这个字本身表达的不是外在的东西，而是内在的看不见的机制，如何走路的机制、如何观看的机制、如何思想的机制，正是这些机制会带来善。

"福德"和"功德"，都是德，说明佛教对于心极度重视，区别在于"福"和"功"。"福"字的甲骨文，是一个双手举酒祭天的形象，大意是通过祭祖拜神，求得神的庇护。"功"的金文，象形意味着人在用自己的力气干活。这是"福"和"功"在字形上的差异，"福"是外求的，而"功"是依靠自己的力气。

关于"福德"和"功德"，慧能有过一个解释：造寺、布施、供养，只是培植福气，不能将培植福气当作功德。功德在于佛性，不在于福田。要从自己的佛性上产生功德。如果自己的思想还是虚妄的，那么，你就不可能有真正的功德。在每一个念头中保持平等、真诚的心态，不自高自大，内心自然会生起真正的功德。行为上总是恭敬，自己修炼身体，即为功，自己修炼心灵，即为德。功德来自于自己的心性，与福德并不相同。

这首诗的作者王安石（1021—1086），为北宋时期的政治家，以变法而留名青史，很多人把他看作中国历史上伟大的改革家。但是，王安石变法以失败告终，他晚年退隐到南京附近，成为一个佛教徒，留下了不少充满佛理的诗歌。从政治上的风云人物到平静的信佛老人，王安石是一个很好的范例。

第77首　苏轼：不识庐山真面目，只缘身在此山中

> 横看成岭侧成峰，远近高低各不同。
> 不识庐山真面目，只缘身在此山中。

这首诗的题目叫《题西林壁》。西林，指西林寺，在庐山的西面。这是苏轼题写在庐山西林寺墙壁上的诗。从字面上看，这首诗不复杂，只要认字的人都读得懂，讲的道理，正常人都会明白，所说不过一个自然现象。在山里走过路的人都会知道，从不同的角度或不同的高度，看到的是不一样的景色。横看，是山岭，侧看，就成了山峰，远近高低总是不同。诗人认不清庐山真正的面目，是什么原因呢？因为自身就在山里面。意思是：你想要看到庐山的全貌就要走出庐山，要站得比庐山更高更远。这个道理，甚至还可以运用到人生的一切方面，比如，你想要认知自我，就要跳出自我；你想要看清股市，就要跳出股市，等等。

但想更深入地理解这首诗的内涵，就要对"不识庐山真面

目"这一句的"真面目"有所探究。

对于苏轼而言，庐山是不可替换的，只能是庐山，不能是别的山。为什么呢？因为苏轼在黄州时有两个重大变化：一是信仰佛教，成了佛教徒；二是更加喜欢陶渊明。可以说，佛教以及陶渊明帮助苏轼渡过了最艰难的时光。而庐山和陶渊明，以及佛教的禅宗，都有着深厚的联系。

陶渊明归隐田园，就在庐山的南边。他的《饮酒》诗第五首，讲了自己"采菊东篱下，悠然见南山"，然后就感觉到"此中有真意"，想要去分辨、捕捉，却难以言说，"欲辨已忘言"。这里讲了自然的韵味，让人陶醉，可以让人忘言；另外，也好像是说自然法则是不能用语言表达的，我们可以在审美之中去觉察，而很难用逻辑的语言去把握。苏轼说的"不识庐山真面目"，所谓的"真面目"，相当于"此中有真意"的"真意"。这是我们在读这首诗时要了解的有关背景。

另一个背景是佛教，尤其是佛教里的禅宗。庐山是东晋时慧远大师修行的地方。在苏轼的年代，这里也是禅师们修行的地方。苏轼很早就读过六祖慧能的《坛经》，应该知道有一个"本来面目"的禅宗公案。他去惠州经过韶关时，还把这个公案写到诗里了。慧能从黄梅回岭南，有人去追赶，想要去抢传法衣钵。有一个叫陈惠明的人追上了慧能，慧能把法衣给了他，他却不肯取，说我追了这么久，是为了求佛的道理，不是求衣钵。于是，慧能就问了他一个问题："不思善，不思恶，正与么时，哪个是明上座本来面目？"意思是：不要去想善，也不要去想恶，这个时候，我只问你哪一个是你的本来面目。这一问，陈惠明当下就觉悟了。

后来，在禅宗里，"哪个是明上座本来面目"成为参禅的一

04 禅　267

个话头。修行就是为了看清我们的本来面目，回到我们的本来面目。所谓"庐山真面目"，也不妨看作我们的本来面目。

苏轼说，不识本来面目，是因为局限在了小我的格局里；而王安石的《登飞来峰》表达了另一个观察："飞来山上千寻塔，闻说鸡鸣见日升。不畏浮云遮望眼，自缘身在最高层。"

第78首 苏轼：溪声便是广长舌，山色岂非清净身

溪声便是广长舌，山色岂非清净身。
夜来八万四千偈，他日如何举似人。

这首诗的题目叫《赠东林总长老》。东林总长老，东林寺的住持常总禅师，属于临济宗。这首诗是苏轼写给常总禅师的。诗里用了佛教的名词，广长舌，即很长的舌头，指的是佛善于说法。佛经里说，佛的舌头广而长，覆面至发际，可以说出美妙的佛法。前两句大意为：溪流的声音，就是佛在说法，而山峦的色彩缤纷，难道不就是清净的佛身吗？八万四千偈，佛经说佛针对不同的众生讲了八万四千法门。这当然是一个比喻。后两句大意为：晚上在庐山听到各种自然的声音，看到各种自然的色彩，其实就是佛在显现八万四千法门，我听到了看到了，却不知道怎么告诉别人。

苏轼表达的感悟，其实就是禅宗那句很有名的话："青青

翠竹，悉是法身；郁郁黄花，无非般若。"虽然世界千姿百态、千变万化，但是自性一直就在那里。另一个意思是，如果你觉悟了，那么不论你看到什么，你都能看见佛性。

第79首 | 朱熹：问渠那得清如许？为有源头活水来

其一

半亩方塘一鉴开，天光云影共徘徊。
问渠那得清如许？为有源头活水来。

其二

昨夜江边春水生，艨艟巨舰一毛轻。
向来枉费推移力，此日中流自在行。

这两首诗的题目叫《观书有感》，写的是读书体会。以诗的形式来写读书心得，不太容易，但朱熹（1130—1200）作为理学家，却写得形象而生动。"半亩方塘一鉴开，天光云影共徘徊。"鉴，本义是指用来盛水的青铜大盆，也可以理解为镜子。半亩水塘像一面镜子那样打开着，天空的光彩和浮云的影子，一起在水塘里徘徊。"问渠那得清如许？为有源头活水来。"为什么水塘那么清澈呢？因为它的源头有源源不断的活水在流过来。这是第一首。

关于镜子，我们会想起禅宗里的一个比喻，把心比作镜子，修行就是把镜子上的灰尘擦拭干净。后来王阳明也延续禅宗的理路，认为圣人的心像一尘不染的镜子，而普通人的心像遍布灰尘的镜子。禅宗和王阳明的着眼点在于镜子是否干净，而朱熹提供了另外一个思路：是否有活水源流？池塘里的水，如果没有活水源流，不仅会混浊，还会干涸。这里包含的哲理，既可以应用到心性层面，也可以应用到学习层面，甚至可以应用到一切事情上。需要思考的是，能够让我们生生不息、不断成长的活水源流是什么呢？

朱熹的"为有源头活水来"，和禅宗以及王阳明不太一样的是，他的重点不在于向内，而是博学，向外去探究事物的规律。他认为，如果只叫人自识本心，把向外的门关了，无异于把心也限制死了。他说："若只收此心，更无动用生意，又济得什么？"又说："心要活，活是生活之活，对着死字。活是天理，死是人欲。"向外，向广阔丰富的生活中去探寻，才是天理，才是自然；假如闭门打坐，守住自己的本心，追求安静，恰恰是人欲，反而是死了。这是朱熹和禅宗以及王阳明的重大区别。

再看第二首。"昨夜江边春水生，艨艟巨舰一毛轻。"艨艟，本义是指战舰，后来也指巨大的船。昨天晚上，春天的雨水涨到了江边，使得巨大的船都像羽毛那样轻盈。"向来枉费推移力，此日中流自在行。"如果没有丰富的雨水浮起它，你怎么用力都很难推动它，但现在它在水中央自在地航行。这是第二首，显示的哲理无非是如果时机不成熟，你再费力都没有用。引申开来讲的是，一个人修行，要坚持不懈地在基础上用功，那么，积累到一定程度，就像巨船在江水里自由自在地行进。

第一首讲的是你要在源流上下功夫，第二首讲的是你要在基础上下功夫。在这两个方面日积月累，那么，你的学习或修行，将取得长足的进步，就可以让你进入人生的大道。

第80首　王阳明：饥来吃饭倦来眠，只此修行玄更玄

> 饥来吃饭倦来眠，只此修行玄更玄。
> 说与世人浑不信，却从身外觅神仙。

这首诗是有人问王阳明什么是道，王阳明的一个回答，所以题目叫《答人问道》。他是怎么回答的呢？他说：饿了就吃饭，累了困了就睡觉，你只要这样去修行，就会进入越来越玄妙的境界。这也是修行？太简单了吧。所以，王阳明说：说给别人听，都不相信，非要向外去寻找神仙。王阳明的意思很简单，所谓修行，就是好好吃饭、好好睡觉，不要胡思乱想，不要胡作非为，在日常生活的平淡中，把每一天过好，自己的良知就会显现。

王阳明这首诗，完全是沿用了禅宗的公案。小和尚有源问他的师父大珠慧海：师父您已经得道了，还需要用功修行吗？慧海回答：当然需要用功啊。有源就问师父是怎么用功的，慧海就说："饥来吃饭，困来即眠。"有源很奇怪，便说：这算用功吗？大家都是这样的啊！那大家都跟您一样，算是在用功吗？慧海回答：不一样的，他们吃饭时不肯吃饭，百种需索；睡觉时不肯

睡，千般计较。

另外还有一则公案，意趣相同。小和尚崇信在道悟禅师那里学禅，过了很长时间，只是服侍师父，并没有学到什么禅宗的修行法门。崇信忍不住问师父：我来这里是要学习禅法心要的，为什么您什么都不说呢？道悟回答：自从你来了，我一直在开示禅法心要。崇信疑惑：我怎么没有觉得？悟道回答说：你给我沏茶，我认真喝你沏的茶；你为我煮饭，我认真吃你煮的饭。我什么地方没有开示你的禅法心要呢？崇信听了，就觉悟了，明白禅法就是当下见性，稍有思维就差之毫厘，谬以千里。

05

境

相比于西方古代诗歌,中国古代诗歌显著的特点是:意境之美。什么是意境呢?简单地说,心物合一,即为意境。心为心意,物是"境"象。王国维区分了有我之境和无我之境:"有我之境,以我观物,故物皆著我之色彩。无我之境,以物观物,故不知何者为我,何者为物。"(《人间词话》)宗白华对于"意境"的解释是:"艺术家以心灵映射万象,代山川而立言,他所表现的是主观的生命情调与客观的自然景象交融互渗,成就一个鸢飞鱼跃、活泼玲珑、渊然而深的灵境;这灵境就是构成艺术之所以为艺术的'意境'。"(《美学散步》)古典诗词里最优秀的作品,都呈现了意味无穷的意境,穿越时间的长河,积淀成为中国人的审美记忆。

第81首　陶渊明：此中有真意，欲辨已忘言

> 结庐在人境，而无车马喧。
> 问君何能尔？心远地自偏。
> 采菊东篱下，悠然见南山。
> 山气日夕佳，飞鸟相与还。
> 此中有真意，欲辨已忘言。

这是陶渊明《饮酒》的第五首。这首诗的前面几句"结庐在人境，而无车马喧。问君何能尔？心远地自偏"，写了一种居住的状态，住在世俗社会里，却没有车马的喧闹。如果活在今天，陶渊明会说：住在高速公路的旁边，却没有汽车声；住在铁路边，却没有火车声；住在街市里，却没有嘈杂声。

总之，住在热闹的人群里，却没有人群的热闹；住在混乱的环境里，却没有感觉到混乱。并不是没有车马声，并不是没有混乱，而是我的心不受这些声音的干扰，所以，即使很喧哗的地方，也好像是很安静的地方。如果我的心是清静的，那么，世界再混乱，我也不会乱。

后面"采菊东篱下，悠然见南山。山气日夕佳，飞鸟相与还。此中有真意，欲辨已忘言"几句，写的是一个劳动的场景。在东边篱笆下，采摘菊花，很悠闲的样子。这里的"见"，可以当作看见，见到南山，有一个看的主体和被看的客体在；另一种是读作"现"，南山浮现出来，看的主体和被看的客体之间，界限消失了，并没有主体，也没有客体，人和山，和谐统一。从意境上而言，读"现"更有意蕴。菊花在陶渊明那个时代是农作物，所以，"采菊东篱下"是在劳动。一个人很悠闲地在篱笆下劳动，南山就在身边，他并不感到寂寞。日夕，黄昏的意思。劳动到了黄昏，山里的气息更加美妙，而那些鸟儿也结伴回家了。这个画面里有"真"意，想要去说出来，却忘掉了语言。

"此中有真意"的"真意"，不太容易从字面上解释，大概可以体会出，劳动了一天的陶渊明，黄昏的时候看到鸟儿在归巢，闻到山间清新丰富的气味，突然有一种感觉，好像感受到了生命真正的意味是什么，也好像捕捉到了宇宙的奥秘是什么，但没有办法用语言去表达。

农夫的生活，在那个年代，无法用浪漫来形容，而是充满艰辛与困难。陶渊明在无可选择的困顿里安于当下，活出了另一种韵味。这是"心远"的另一个意义，即使在仿佛毫无选择的困境里，如果我们的心与这种困境保持距离，那么，我们的心还是可以把我们带到一个美好的所在。

陶渊明这首诗写了困顿生活里的一个片刻，此刻我在采摘菊花，南山、飞鸟、云雾，都是偶然相遇，也是有缘相遇，遇到了就遇到了，我忘掉了用什么语言去描述此情此景。我只觉得此刻非常安静与美好，还需要说什么呢？

此刻是如此的安静与美好。"心远地自偏"，这句引导我们在每个当下向着自然敞开，向着本源敞开，放下一切，享受此时此刻。即使明天就是世界末日，此刻，我还在享受世间的光与影，还是怀着纯洁的念头让生命盛开。

这首诗是陶渊明最有名的一首诗，也常常被认为是隐士飘逸生活的写照。隐士的生活多么悠闲啊！每天就是采采菊花、看看山。但事实上，这首诗不过是平实生活的再现，其中展现的隐逸生活一点也不轻松。或者说，轻松潇洒之下，暗涌着人生的无奈和痛苦。又或者说，这首诗不过写出了人生再无奈再痛苦，也还是要活得轻松和潇洒的态度。

陶渊明不愿意当官，回到田园，严格地说不是隐居，而是换一种活法。他辞官，不是为了逃避生活，而是因为热爱生活、热爱生命。所以，他辞了官，不是躲到深山里去与鸟兽为伍，而是回到家里，和妻儿一起过着农夫的生活。所以，他的房子还是在人世间，他还是活在人世间。这首诗表达的不是一个隐士的飘逸情怀，而是对生活在当下的一番感悟，一种当下就能从生活中体味到喜悦的那种审美的力量。这种力量，以"采菊东篱下，悠然见南山"那样一个意境，千百年来给予中国人一个安心之所。

第82首 | 张若虚：春江潮水连海平，海上明月共潮生

春江潮水连海平，海上明月共潮生。
滟滟随波千万里，何处春江无月明！
江流宛转绕芳甸，月照花林皆似霰。
空里流霜不觉飞，汀上白沙看不见。
江天一色无纤尘，皎皎空中孤月轮。
江畔何人初见月？江月何年初照人？
人生代代无穷已，江月年年望相似。
不知江月待何人，但见长江送流水。
白云一片去悠悠，青枫浦上不胜愁。
谁家今夜扁舟子？何处相思明月楼？
可怜楼上月徘徊，应照离人妆镜台。
玉户帘中卷不去，捣衣砧上拂还来。
此时相望不相闻，愿逐月华流照君。
鸿雁长飞光不度，鱼龙潜跃水成文。
昨夜闲潭梦落花，可怜春半不还家。
江水流春去欲尽，江潭落月复西斜。
斜月沉沉藏海雾，碣石潇湘无限路。
不知乘月几人归，落月摇情满江树。

这首张若虚（约660—约720）的《春江花月夜》，闻一多对它赞不绝口："在这种诗面前，一切的赞叹是饶舌，几乎是亵

浊""是诗中的诗,顶峰上的顶峰"。有人说这首诗开启了大唐盛世的繁华景象。在我看来,这首诗以"春、江、花、月、夜"五个意象,构建了一个最能代表中国古典审美经验的意境,或者说,营造了最美的中国古典意境。

我把这首诗分成四个部分。

第一部分:"春江潮水连海平,海上明月共潮生。滟滟随波千万里,何处春江无月明!江流宛转绕芳甸,月照花林皆似霰。空里流霜不觉飞,汀上白沙看不见。江天一色无纤尘,皎皎空中孤月轮。"春天的江面上,潮水浩荡,和海平面连成了一线,海上的明月,好像随着潮水一起涌来。这是点出了地点和时间。因为月光的照耀,江水波光粼粼,闪耀千里。这个时候,哪里的春江没有明亮的月光呢?江水蜿蜒流过长满花草的原野,月光下的花朵像细小的冰珠在闪烁,晶莹洁白。月光像霜一样,所以,感觉不到霜在空中飞过,沙洲上的白沙和月光融为一体,分不清彼此。江和天也合成了一种色彩,洁净得没有一点尘埃,皎洁的天空上,悬着的唯有一轮明月。

第一部分写的是春天月夜的江景,核心是月亮,因为月亮的光芒,把江水、花、树木、原野、沙洲联系在了一起,形成生动的景象,而突出的点是:皎洁。这个景象干净得没有一点瑕疵,有冰清玉洁之感。江水的奔流不息和月光的宁静,也构成了动静的对比。这里虽然只是写景,但我们读的时候还是可以强烈地感觉到有一种惊喜贯穿其中。当诗人从现实社会抽身而出,面对月光下的江景时,像突然发现了另外一个世界,有一种不可名状的惊喜。

第二部分:"江畔何人初见月?江月何年初照人?人生代代无穷已,江月年年望相似。不知江月待何人,但见长江送流水。"

在江畔最初见到月亮的人是谁呢？江上的月亮从什么时候开始照耀着人呢？人生一代又一代，无穷无尽，而江上的月亮，年复一年，还是那个月亮。不知道江上的月亮在等待着谁，只看见长江年复一年送走的，是流水。

第二部分是惊喜之后的疑问，江景的壮观和深邃，唤醒了诗人的生命意识和宇宙意识，诗人发出了一连串的追问。追问中有旷达，时间带不走月光，一直照耀着江水和人；又有感伤，月光照耀的人生是多么短暂。

第三部分："白云一片去悠悠，青枫浦上不胜愁。谁家今夜扁舟子？何处相思明月楼？可怜楼上月徘徊，应照离人妆镜台。玉户帘中卷不去，捣衣砧上拂还来。此时相望不相闻，愿逐月华流照君。鸿雁长飞光不度，鱼龙潜跃水成文。昨夜闲潭梦落花，可怜春半不还家。"青枫浦，在今湖南境内，意为长满枫林的水边，这里泛指游子所在的地方。游子像白云一样飘荡着去了远方，剩下思念的女子在青枫浦上不胜哀愁。哪一家的游子今晚坐着小船在漂流？哪里有人在明月照耀的楼上相思？楼上徘徊的月光，显得可怜，照耀着思妇的梳妆台。华丽的楼阁上，月光好像被门帘卷走了，但不一会儿又照到了捣衣砧（捶布石）上，怎么都抹不掉。这个时候互相望着的是同一个月亮，却不能互相听到声音，多么希望能随着月光照耀着您。鸿雁不管飞得多远，都飞不出无边的月光照耀，鱼和龙在水中跳跃，激起水的波纹。昨夜做梦，梦见幽静的水潭里落满了花朵，可惜春天过去了一半，游子还是不能回家。

第三部分聚焦到了人世间的离愁，用了游子思乡、女子期盼游子归来的意象，写出了同一片月光下相望不能相见的哀愁。像月光一样，人世间的哀愁无处不在，怎么擦，怎么抹，都无法擦抹掉。

第四部分:"江水流春去欲尽,江潭落月复西斜。斜月沉沉藏海雾,碣石潇湘无限路。不知乘月几人归,落月摇情满江树。"春天随着江水流淌,流着流着,快要消失了。虽然四季在流转,但江上的月亮每一天都重复着往西沉落。倾斜的月亮慢慢下沉,藏在海的雾气里了。渤海的碣石和潇湘的青枫浦,隔着遥远的路途。乘着月光,不知道有多少人踏上了归途。唯有落月摇荡着人间情意,洒满了江边的树林。

第四部分是离愁的进一步升华。人无法跳出时间的局限,唯有月光,目送着春去秋来,一代一代凋谢,一代一代生长。人也无法越过空间的阻隔,唯有月光能流转在游子与思妇身上。无论多么短暂,无论多么遥远,不管有多少人能够踏上归途,江面上的月光总好像荡漾着满满的情意。

从当下的江边月夜,到无限时空里的江月,再到离别的情景,最后定格在落月和归途上,写出了从惊喜到疑问,再到离愁,再到感伤的过程,形成了境和意的合一、心和物的合一,烘托出了古典中国那种纷繁而又洁净、旷达而又感伤的美。

第83首　王之涣:欲穷千里目,更上一层楼

白日依山尽,黄河入海流。
欲穷千里目,更上一层楼。

这首诗的题目叫《登鹳雀楼》，是王之涣（688—742）登上鹳雀楼有感所写。鹳雀楼在黄河边上，因为经常有鹳鸟栖息在这里，所以叫鹳雀楼。王之涣登楼的时候应该是黄昏了，他却感受到了一种蓬勃向上的力量，写出了一种富有向上的力量感的恢宏意境。

　　"白日依山尽，黄河入海流。"太阳依傍着山，慢慢下沉，最后完全消失，而黄河向着大海的方向滔滔向东流去。王之涣在鹳雀楼上看到的，是太阳、山，还有奔流的黄河。海是看不见的，是想象的。"白日依山尽"中的"尽"字，有暗淡的一面，一天到头了，太阳消失，黑夜就要来临了。但接着一句"黄河入海流"，一下子把"尽"隐含的暗淡一扫而光。太阳下山了，但黄河还在奔流，还在源源不断地汇入大海，写出了时间上和空间上的恢宏。

　　"欲穷千里目，更上一层楼。"一个"欲"字，带着强烈的意志色彩。想要什么呢？想要看得更远，那么，就要再上一层楼。这好像是事实性的描述，但实际上更是一种精神性的描述。想要看得更远，是一种有意的追求，是一种想要获得更大视野的自我期许。"欲穷千里目，更上一层楼"，是一种强烈的自我激励。

　　"白日依山尽，黄河入海流。欲穷千里目，更上一层楼。"前面一联是所见，后面一联是所想，所见、所想构成了一个激励人心的意境。李商隐有一首《登乐游原》，也是写黄昏所见所想，但意境和《登鹳雀楼》迥然不同：

　　　　　　向晚意不适，驱车登古原。
　　　　　　夕阳无限好，只是近黄昏。

黄昏时心情不太好,坐着车子去游乐游原古庙。夕阳有无限的美好,可惜已经临近黄昏,再美好的事物也会消失。这首诗写出了感伤的往下沉的黄昏意境,和王之涣描写的向上走、向东流的黄昏意境,形成了鲜明的对比。

第84首 | 孟浩然:野旷天低树,江清月近人

> 移舟泊烟渚,日暮客愁新。
> 野旷天低树,江清月近人。

这首诗的题目叫《宿建德江》,应该是孟浩然在旅途中经过建德江,天黑了,就在那里过夜。孟浩然以简洁的文字,记述了这一次夜宿建德江的经历,烘托了一种安静落寞的氛围,写出了一个旅人在旅途中感受到的月夜意境。

"移舟泊烟渚,日暮客愁新。"烟渚,雾气笼罩中的小沙洲。划动小船,把船停靠在雾气笼罩的小沙洲上。客,点出了自己的状态,是一个客居他乡的旅人。天快黑了,是回家的时候了,不要说人,连鸟都会结伴归巢,而我,还在他乡的江边小船里,不禁又生发忧愁。诗人写的是停船靠岸,打算休息,但一个"愁"字,满是一个旅人在黄昏时的感伤。

"野旷天低树,江清月近人。"上面写愁,接下来却并没有渲染愁,而是视野一转,从船上移到船外。从船上看出去,看

到的是空旷的原野，天幕低垂，和地面上的树连在了一起。月光皎洁，江水清澈，倒映在水里的月亮好像在向人靠近。一个旅人思乡的忧愁，化解在了天地之间。在天地之间，旅人并不觉得孤单，天和树、人和月亮，都可以亲近，可以连接。

第85首 ｜ 崔颢：日暮乡关何处是？烟波江上使人愁

昔人已乘黄鹤去，此地空余黄鹤楼。
黄鹤一去不复返，白云千载空悠悠。
晴川历历汉阳树，芳草萋萋鹦鹉洲。
日暮乡关何处是？烟波江上使人愁。

崔颢（？—754）这首《黄鹤楼》，把黄鹤楼这样一个公共建筑物，写成了一个令人难忘的意境。据说，李白曾经登临黄鹤楼，想要写一首诗，却发现壁上已有崔颢的诗，就感叹："眼前有景道不得，崔颢题诗在上头。"严羽《沧浪诗话》认为："唐人七言律诗，当以崔颢《黄鹤楼》为第一。"这使得名气并不是很大的诗人崔颢却在文学史上留下了这首千古名篇《黄鹤楼》。

一般人写黄鹤楼，大概都会从眼前之景写起，但崔颢横空冒出一句："昔人已乘黄鹤去，此地空余黄鹤楼。"诗句横空而来，有点突兀，但恰恰巧妙地点出了黄鹤楼的来历。传说，在遥远的古代，仙人子安曾驾着鹤经过这里，所以，就有了黄鹤楼。还有一个民间故事，说是三国时期蜀国的大臣费祎在这里骑鹤而去，成了神仙。"昔人已乘黄鹤去，此地空余黄鹤楼。"过去子安和费祎在这里驾着仙鹤去了神仙之地，只留下这么一座黄鹤楼，空空荡荡的。"空余"两个字带着寂寞之感，好像繁华都让那两位仙人带走了，留下的只是寂寥。

更让人感伤的是，"黄鹤一去不复返，白云千载空悠悠"。黄鹤离去后，不知道为什么再也没有回来，只留下白云千百年来在这里悠悠飘荡。此处又用了一个"空"字，增强了无奈的感觉。仙人去了遥远的仙境，而我们这些凡人在无限的时间里，还在俗世的世界里轮回，无可奈何。好像那个遥不可及的仙境很繁华、很美好，而此地，空空荡荡，充满无奈。

"昔人已乘黄鹤去，此地空余黄鹤楼。黄鹤一去不复返，白云千载空悠悠"几句诗给人一种苍茫的气象。接着，回到眼前，"晴川历历汉阳树，芳草萋萋鹦鹉洲"。阳光照耀下的长江显得很清澈，能清晰地看到汉阳的树木；鹦鹉洲上茂盛的芳草，也尽收眼底。这仿佛带来了一种缓解，平静中的岁月，未尝不是一种静好，何必羡慕神仙。但紧接着，"日暮乡关何处是？烟波江上使人愁"。天黑了，应该回家了，但家在哪里呢？江面上烟波渺渺，让我的乡愁更加浓郁。

一个旅人，黄昏时到了黄鹤楼，起了乡愁，不知道什么时候能够回家，又从黄鹤楼的传说中感受到了人类的乡愁：哪里是美好的栖息地呢？应该要到哪里去呢？这首诗之所以受到喜爱，是因为把仙人的传说和个人的旅途寂寞，把去往神仙之地的愿望和个人的回家之想以及眼前的江景融合在了一起，营造出了一个意味深远的黄鹤楼意境。

第86首 | 王维：空山不见人，但闻人语响

> 空山不见人，但闻人语响。
> 返景入深林，复照青苔上。

　　这首诗的题目叫《鹿柴》。鹿柴，王维在辋川别业的一个景点，柴，通"寨"，指用树木围成的栅栏。空寂的山里见不到人，却能听到人的声音。夕阳的余晖照进树林，又照在幽暗的青苔上。即使在今天这样高度现代化的时代，到了山里，你也很容易发现大自然还是那个样子，还是王维看到的那种景象。走在山间小路上，见不到人，但突然听到了人的声音，不知道是从哪儿传来的。而夕阳透过层层叠叠的树枝树叶，变幻成千万道光影，又照在了树林深处的青苔上。回荡的声音、斑斑点点的光影，好像让互不相关的事物有了某种神奇的关联。

　　声音、光影，是很自然的景象，但王维用了一个"空"字，"空山不见人"，一下子呈现出了空灵的意境：空寂而灵动。这个意境让我想起《金刚经》里的四句偈："一切有为法，如梦幻泡影，如露亦如电，应作如是观。"山里远远的人声在回荡、在消失，阳光穿透繁茂的树林，光影变幻，如梦如幻。这是王维的空山，难道不也是"如是观"的心？当你如实地观照，那么，世界的纷扰都会被过滤掉，浮现出来的是声音和光影背后无处不在的空灵。

第87首 | 李白：举头望明月，低头思故乡

> 床前明月光，疑是地上霜。
> 举头望明月，低头思故乡。

李白这首《静夜思》，用最简单的画面写出了最美的思念故乡的意境。想象一下，一个在他乡的旅人，夜晚躺在床上，看到床前的地上一片银白色，以为是霜。为什么会以为是霜？霜折射出的是心中的寒意。这里写的是错觉，表现的是心境。旅人马上又明白这是月光，月光照进了房间，好像不肯离去，留在了地上。他抬起头，看看窗外的月亮，高悬在天上，于是低下头，思念起自己的故乡。故乡的人和旅人看到的是同一个月亮，却隔着千山万水，相望而不能相见。一个"望"字和一个"思"字，写尽了思乡之情。

有人说，这首诗其实算不上好诗，但因为是李白写的，人们先入为主地把它看成名作，也就成了名作。这个说法也许有一定的道理，但即使按照这种说法，一首并不怎么好的诗，在流传的过程中成了好诗，那么，这首诗实际上是无数中国读者创造出来的。一代一代的中国人把对故乡的感情投射在了"举头望明月，低头思故乡"这样一个意境当中。千百年来，因为这首诗，月亮成了乡愁的符号。无论在哪里，只要中国人看到月亮，就会思念故乡。

第88首　杜甫：随风潜入夜，润物细无声

> 好雨知时节，当春乃发生。
> 随风潜入夜，润物细无声。
> 野径云俱黑，江船火独明。
> 晓看红湿处，花重锦官城。

杜甫这首《春夜喜雨》，写出了最美的春天夜晚下雨的意境。一般人喜欢天晴，不太喜欢下雨。读读杜甫这首诗，会让人变得爱晴朗的天气，也爱下雨的天气。杜甫把雨写得好像是一个温婉美好的人。你看"好雨知时节，当春乃发生"，好雨好像知道什么时候是合适的时间，所以，到了春天万物萌发生长的时候就会来到。它好像担心打扰到这个世界，所以"随风潜入夜，润物细无声"。好雨担心白天会给别人带来不便，又或者白天太张扬了，特意到了夜晚随着风悄悄而来，细细地滋润着万物，却没有一点声音。

"野径云俱黑，江船火独明。"走在野外的小路上，乌云密布，只有江上的船还有灯火。"云俱黑"和"火独明"，一暗一明，形成对比，更加凸显了夜晚的冷清。但是，到了早上，"晓看红湿处，花重锦官城"，突然满城是湿漉漉的花朵，锦官城被淹没在繁花锦绣之中。从夜晚的冷清到早晨的灿烂，其实是从另一个角度表现了春雨的"润物细无声"。春雨像是一种无声的力量，不知不觉地给世界带来了迷人的美好，带来了生命的喜悦。

第89首 | 张继：姑苏城外寒山寺，夜半钟声到客船

> 月落乌啼霜满天，江枫渔火对愁眠。
> 姑苏城外寒山寺，夜半钟声到客船。

这首诗的题目叫《枫桥夜泊》。枫桥，苏州城外的一座桥。夜晚，诗人在这里靠岸停船休息，说明这是在旅途中。确实也是在旅途中，张继（？—约779）因为安史之乱逃离长安，回家途中经过苏州城外的枫桥，写下了这首诗。

"月落乌啼霜满天"，包含了三个意象：月亮西沉，是视觉上的意象；乌鸦啼鸣，是听觉上的意象；霜满天，好像是一种视觉意象，其实是心理意象，霜在地上，不可能在空中，霜满天，并非看到的，而是心理投射，是内心感受到了寒意，才会产生"霜满天"的错觉。船上的旅人，夜泊在枫桥边，看到了西沉的月亮，听到了乌鸦的啼叫，感到漫天都是寒冷的霜。

"江枫渔火对愁眠"，也包含了三个意象：江枫，江边的枫树，江是吴淞江，也叫"苏州河"；渔火，渔船的灯火；对愁眠，应该是船上的人对愁眠，说是眠，其实是无眠。一个旅人，夜泊在枫桥边，江边的枫树、渔船的灯火、船上的人，好像都对着忧愁无法入眠。

"姑苏城外寒山寺"，视线转移到了附近的寒山寺。据说，寒山曾经在这里住过，所以叫寒山寺，当然这只是一个传说。"寒山"这个名字里，有一个"寒"字，寒冷的"寒"。寒山

这个人，又是一个远离世俗隐居在寒山的人。"夜半钟声到客船"，聚焦在钟声上。夜深人静，寺院的钟声响了，钟声好像一个人，到了客船上。这是孤独旅人的一种心理感受，隐含着一种期盼，期盼着有人来陪伴自己。

从"月落乌啼霜满天，江枫渔火对愁眠"到"姑苏城外寒山寺，夜半钟声到客船"，从繁复的意象到单一的寺院钟声，整个意境定格在回荡的钟声里。寒山寺夜半，悠远空灵的钟声在回荡，净化了旅途中张继的忧愁，也成为最具中国风格的意象之一，沉淀在中国人的集体记忆里。

第90首　张志和：西塞山前白鹭飞，桃花流水鳜鱼肥

> 西塞山前白鹭飞，桃花流水鳜鱼肥。
> 青箬笠，绿蓑衣，斜风细雨不须归。

张志和（732—774）这首词，据说是在湖州时和颜真卿的唱和之作。那个时候，湖州还有陆羽、皎然等人，他们有时候聚在一起，喝茶，喝酒，写诗，可谓星光璀璨。关于那个春天的那场聚会，好像没有留下什么文献记载，但张志和的这首词成了千古绝唱，留下了一个最明媚的春天意境，以及这种意境里恬淡自由的人生状态，令无数人神往。

"西塞山前白鹭飞，桃花流水鳜鱼肥。"白鹭在山前高飞，

桃花在河边盛开，河水因为春潮而上涨，上涨的水面上落满了桃花，肥美的鳜鱼游来游去。这是在春天，生机盎然。"青箬笠，绿蓑衣，斜风细雨不须归。"简单几笔，勾画出一个生动的渔父形象：渔父戴着竹叶做成的斗笠，穿着绿色的蓑衣。突然起风了，下起了小雨，但这点斜风细雨算什么呢？渔父还是淡定地在河里捕鱼。

前面写了西塞山、白鹭、桃花、流水、鳜鱼，有山有水，有鸟有鱼，还有鲜花盛开；后面聚焦在渔父身上，写斜风细雨中渔父的淡定，好像绚烂至极后归于平淡。张志和这个平淡的渔父，影响了后来不少人。你看后来的皇帝李煜，也就是李后主，也羡慕渔父，模拟渔父的口吻，写过这样的词：

浪花有意千里雪，桃花无言一队春。
一壶酒，一竿身，快活如侬有几人。

浪花重重叠叠，好像有意卷起千里雪；桃花默默开放，好像列队而来的春意；腰里挂着一壶酒，手中拿着一根渔竿，这个世界上像我这样快活的人有几个呢？确实很少，但正因为很少，所以更加要让自己快乐，人生中总时不时有斜风细雨，但算得了什么呢？不须归。

第91首 | 柳宗元：千山鸟飞绝，万径人踪灭

> 千山鸟飞绝，万径人踪灭。
> 孤舟蓑笠翁，独钓寒江雪。

这首诗叫《江雪》，江上的雪。这个江在今天湖南永州，柳宗元（773—819）作为被贬谪的官员在那里生活了十年。那个时候是永州的冬天，大雪纷飞。有一天，柳宗元和朋友去江边赏雪，一艘小小的渔船和渔船上专心钓鱼的老翁吸引了他。说不上是什么奇特的景象，但是，这个老翁孤独的身影深深打动了柳宗元。从少年得志到流落到蛮荒之地永州，其间的悲愤和郁闷，尤其是孑然一身的凄凉，都被这个孤独的身影触动了。于是，就有了《江雪》这首诗。

千千万万座山里，鸟的飞行都绝迹了，万万千千条路上，人的踪迹都毁灭了。用《红楼梦》里的话："落了片白茫茫大地真干净！"白雪覆盖了这个世界，一切的一切都消失了，见到的只是一片望不到尽头的白色。这一片无垠的白色里，有一只孤单的小船，一个戴着斗笠、穿着蓑衣的老翁，独自在寒冷的江上钓鱼，像一尊雕塑。

捕鱼的老翁，在古典诗词里反复出现，他们的出现带来的往往是智慧和喜悦，在柳宗元的笔下带来的却是巨大的孤独。找不到第二首古典诗词能把孤独写得如此广大深远。这是最孤独的意境，让我想起书载的佛陀第一次来到人间时说的话："天上天下，惟我独尊。"这个"尊"，不是妄自尊大的"尊"，而是自尊，

自己对自己充满信心，对自己独一无二的自性充满信心。

"千山鸟飞绝，万径人踪灭。孤舟蓑笠翁，独钓寒江雪。""千""万""孤""独"，四个字贯穿始终。那位老翁在"千""万"的背景下，显得"孤""独"。这是一种失去了所有依靠的孤独，好像被扔到浩瀚无垠的宇宙里，唯一可以依靠的就是自己。这种孤独，既因为背景的无限而显得渺小，又因为无所依靠而显得高大，有一种不屈的孤傲姿态。

第92首 ｜ 白居易：晚来天欲雪，能饮一杯无

> 绿蚁新醅酒，红泥小火炉。
> 晚来天欲雪，能饮一杯无？

这首诗的题目很有意思，叫《问刘十九》。白居易要向一个叫刘十九的人问什么呢？我们来看诗歌，"绿蚁新醅酒，红泥小火炉"。绿蚁，是一种泡沫，浮在新酿的还没有过滤的米酒上面的泡沫。炉子里在烧火，看上去炉子是红的，所以说"红泥小火炉"。"晚来天欲雪，能饮一杯无？"晚上好像要下雪了，天气会更冷，你要不要来喝一杯呢？原来，白居易问的问题是：你要不要来喝一杯？

因为天冷了，所以特别准备了新酿的酒，还把炉子烧得红红的，洋溢着暖暖的气氛。因为想到天冷了，所以特意去问朋友：

要不要过来喝一杯酒？这个问候，使得这首诗有了最温暖的意境。如果说，柳宗元在下雪天传达了一种旷古的孤独，那么，白居易则在下雪天传达了一种细微的温暖。一壶新酿的酒，一只燃烧着的小火炉，一句轻轻的问候，仅仅这一些，就已经足够了，就已经是寒冷人间里温暖的光。

第93首　韦庄：人人尽说江南好，游人只合江南老

> 人人尽说江南好，游人只合江南老。春水碧于天，画船听雨眠。
> 垆边人似月，皓腕凝霜雪。未老莫还乡，还乡须断肠。

这首《菩萨蛮·人人尽说江南好》的作者是唐朝末年长安人韦庄。该诗写出了很美的江南意境。大家都说江南很好，游客到了江南，就应该留在江南直到老去。那么，江南好在哪里呢？"春水碧于天，画船听雨眠。"那里春天的江水清澈得比天空还要蓝，下雨的时候，在画船里听着雨声入眠。这是自然的清秀美好。还有，"垆边人似月，皓腕凝霜雪"。小酒馆里卖酒的女子，美得像月亮，露出的双臂像霜雪那样洁白。这是人的靓丽美好。景和人，构成了岁月静好。如果我们了解到韦庄写这首词的时候，北方中原地区正陷于战乱之中，那么，就会理解他最后为什

么会说："未老莫还乡，还乡须断肠。"还没有老的时候千万不要回到中原家乡，那里只会令人悲痛。

这首词表面看是赞美江南，但实际上在曲折地表达对故乡的思念，在抒发无法返乡的悲哀。但我之所以选择这首词，确实是因为他写了"江南好"。在中国古典诗词里，这首词在"江南意境"营造上有着重要的地位。在中国古典文学里，"江南"也许是最具有诗意的一个地理名词。中国历史上的大部分时期，所谓江南，也就是太湖流域一带，基本上是一个远离政治中心的地方。但从魏晋南北朝开始，由于北方地区经常被少数民族征服，大批的汉族士人迁移到江南，尤其是在东晋和南宋，整个汉族政权迁移到江南，使得江南不仅有秀美的风景，还有沉甸甸的文化内涵。

一直到今天，当中国人说"江南"的时候，意味着"古典中国"的一种想象。其他区域，像西北、东北、岭南、西南等，都不具有"江南"那样的意蕴。当余光中在春天想起江南，想起唐诗里的江南、小杜的江南、苏小小的江南、想回也回不去的江南时，他怀想的，是在时间动乱里消失了的中国的美。

在韦庄之前，白居易就写过一组《忆江南》：

其一

江南好，风景旧曾谙。日出江花红胜火，春来江水绿如蓝。能不忆江南？

其二

江南忆，最忆是杭州。山寺月中寻桂子，郡亭枕上看潮头。何日更重游？

其三

江南忆,其次忆吴宫。吴酒一杯春竹叶,吴娃双舞醉芙蓉。早晚复相逢?

白居易写了江南风景的美,尤其喜爱杭州和苏州,也写了人的美。韦庄的江南,显然和白居易的一脉相承,但韦庄的江南,在诗意之外又多了一重治愈的意义,对于流落在异乡的游子而言,江南被看作不是故乡的故乡,在混乱的世道里可以安放身心。

第94首 宋祁:绿杨烟外晓寒轻,红杏枝头春意闹

东城渐觉风光好。縠皱波纹迎客棹。绿杨烟外晓寒轻,红杏枝头春意闹。

浮生长恨欢娱少。肯爱千金轻一笑。为君持酒劝斜阳,且向花间留晚照。

宋祁(998—1061)的这首《玉楼春·春景》之所以成为名篇,很大程度上是因为他有一个字用得巧妙。什么字呢?"红杏枝头春意闹"的"闹"字。按照王国维的说法,一个"闹"字,境界全出。意思是,这个"闹"字让这首词有了意境。写春天的诗词多如牛毛,宋祁以一个"闹"字营造出独特的春天意境,可以看出汉字的特别。

当然，这首词整体上也略有特别之处。写春天的景色，先从对春天的感受写起。在城东感觉到了风光越来越好，春天从东边而来，波光粼粼的水面上有船儿在行驶。杨柳梢头，早晨略有寒意，而红杏开在枝头显得很耀眼，像是在欢闹，洋溢着春天的气息。这是上阕，写的是春天早晨的景色。下阕全是感叹。感叹什么呢？漂浮不定的短暂人生，欢乐太少了，谁又怜惜千金而轻视美人一笑呢？我手持着酒杯，为这春天的美景劝说夕阳，请它在花间多待一会儿，让人间多一会儿花间的晚霞。劝说夕阳在花间停留一会儿，好像时间可以为我们停下脚步，显得别出心裁。

但确实，上半部分的写景，下半部分的感叹人生短暂、及时行乐，都因为"红杏枝头春意闹"这一句而变得鲜活、生动。红杏枝头展现的，是春天的憧憬、希望、激情和美好。一个"闹"字，带给我们一个最有活力的春天意境。

第95首　欧阳修：泪眼问花花不语，乱红飞过秋千去

> 庭院深深深几许，杨柳堆烟，帘幕无重数。玉勒雕鞍游冶处，楼高不见章台路。
> 雨横风狂三月暮，门掩黄昏，无计留春住。泪眼问花花不语，乱红飞过秋千去。

这首《蝶恋花·庭院深深深几许》，写了女子很深的哀怨。该

词出自欧阳修（1007—1072）这样一个政治家和文学大家之手，今天的我们可能会觉得有一点奇怪，但在中国古代这很常见。士大夫不论做多大的官，一般还是保留着文人的习惯，照样写诗、画画、写字，甚至还写艳情诗。在官员和文人身份之间，他们可以自如地切换。这是古代中国士大夫的特别之处。这首词写了一个女子的哀怨。什么哀怨呢？用今天的话来说，就是她的丈夫是一个渣男，成天不回家，留她一个人独守空房。

先写了空间。第一句"庭院深深深几许"一连用了三个"深"字，可见这个庭院有多么幽深，也可以看出这个女子的贵族身份。那么，庭院有多深呢？"杨柳堆烟，帘幕无重数。"一排排的杨柳，浓密的云雾，还有一重一重的帘幕，数不胜数。这是女子生活的环境。一个字——深。然后，视线一转，到了外面，"玉勒雕鞍游冶处，楼高不见章台路"。章台路，是汉代长安的一条街，后来泛指灯红酒绿的地方。自己的丈夫坐着豪华的马车，现在在哪里玩乐呢？即使登上高楼，也看不见他的所在之处。"庭院深深"和"章台路"，是空间上的对比，包含着女子强烈的情绪。所以，王国维说这首词写的是"有我之境"。

然后，写了时间。"雨横风狂三月暮"，三月末有狂风暴雨，感觉春天快要过去了。"门掩黄昏，无计留春住。"把门关上，却怎么都无法留住春天。"泪眼问花花不语，乱红飞过秋千去。"含着眼泪问花，花却不说话，不仅不说话，还飞过秋千而去。从字面上看没有什么问题，但满满的都是问题。为什么会流泪？问花，问花什么问题呢？为什么花不回答呢？为什么落花飞过秋千去呢？

"泪眼问花花不语，乱红飞过秋千去"句激活了整首词，意境一下就出来了。这首词按惯例会被归入闺怨诗，甚至有人将之解读为怀人。词中确实有哀怨，但并没有什么怀人，只有哀怨。这首词的意境，比一般的闺怨诗更加打动人，有比哀怨更深层的意蕴，体现在"问"这个字上。问，是一个关键。从一开始问"庭院深深深几许"到最后的"泪眼问花"，写出了女子内心的疑问：被禁锢在深深的庭院，等待着在外面放浪的丈夫，值得吗？春天转瞬即逝，时光飞逝，这样的生活值得吗？

"泪眼问花花不语，乱红飞过秋千去。"一个"问"字，是一种觉醒，对于自身困境的觉醒。但是，这样的问题并没有答案，也没有解决的办法，所以，花只是默默无语，随着风飘过秋千而去，落花也无可奈何。这是比闺怨更深的哀怨，质疑、觉醒，却无路可走，好像很难逃出命运的囚笼，是一个很悲伤的意境。但"泪眼问花"，即使花不语，即使乱红飞过秋千去，也还是要问，所以，悲伤里仍有不甘，仍有憧憬和努力。

第96首 | 张先：沙上并禽池上暝，云破月来花弄影

水调数声持酒听，午醉醒来愁未醒。送春春去几时回？临晚镜，伤流景，往事后期空记省。

沙上并禽池上暝，云破月来花弄影。重重帘幕密遮灯，风不定，人初静，明日落红应满径。

张先（990—1078）这首《天仙子·水调数声持酒听》，因为"云破月来花弄影"这句而传诵至今。如果没有这一句，这首词其实有点平淡，写的无非是百无聊赖的烦愁。想象一个中年人，在春日的某一天，不知道做什么好，做什么都觉得没有意思。有意思的事总是很快过去，或者，有意思的事总是错过，在回忆里感伤，所以，懒得做事。但总要做一点什么，那么，就喝酒吧。大中午的，就听着《水调》曲调的音乐，喝着小酒。喝得醉眼蒙眬，就去睡觉。醒来之后，还是忧愁。春天快要过去了，什么时候春天再回来呢？转眼一天又过去了，晚上照镜子，镜子里的自己又老了。多少光景又流逝了，多少往事空自怀想？

他走到户外的园子里，看到一对鸳鸯在水池边栖息，感到了孤单，更加无聊。这个时候，天上的乌云突然散开了，月光洒向大地，花影摇曳，好像是在耍弄着自己的影子。园子里一重重的帘幕遮住了灯光，风还在吹，人都安静下来了。到了明天，大概又是满地的落花吧！

这首词写了一个中年人无所事事的一天，感叹着快乐的时光总是短暂，只能在回忆里回味，或者遗憾。这种情怀在中国古典诗歌里很常见，说不上有多么惊艳，从头至尾，有点沉闷。当中忽然跳出"云破月来花弄影"，却让人有惊喜之感。用"破"这个字来描写云的散开，有一种大刀阔斧的感觉，瞬间打开一个缺口，展现一个新的世界。而用"弄"这个字来描写花的摇动，有一点调皮。这首词整体上给人感觉是懒洋洋的，觉得人生百般无趣，却因为"破"和"弄"，莫名地具有了某种力量和趣味。

"云破月来花弄影"，这句词流传了千百年，受到人们的喜爱。也许，不管人生多么沉闷，多么令人感伤，只要还有"云破月来花弄影",哪怕是灵光一现,人生都会因为这灵光一现的力量和趣味,而值得我们热爱。

第97首 | 苏轼:归去,也无风雨也无晴

莫听穿林打叶声,何妨吟啸且徐行。竹杖芒鞋轻胜马,谁怕?一蓑烟雨任平生。

料峭春风吹酒醒,微冷,山头斜照却相迎。回首向来萧瑟处,归去,也无风雨也无晴。

《定风波》这个词牌,最初的意思是平定社会动乱,后来得到广泛运用,在苏轼这首词里,不妨将其看作"平定内心的风波"。这是苏轼被贬到黄州之后写的词,写出了内心真正的平静。

"莫听穿林打叶声,何妨吟啸且徐行。"经常有人把"莫听穿林打叶声"解释为"不要去听穿过树林打在叶子上的雨声"。字面上这样说好像没有错,但我们一定要注意,"莫听穿林打叶声"和"何妨吟啸且徐行",是一个完整的句子,要从整体上去理解,确切的意思应该是:不要听到那么大的雨声,就害怕了,以为不能走路了,其实风雨并不妨碍我们一边唱歌一边慢慢往前走。很微妙的区别,意义上却大有不同。把"莫听穿林打叶声"理解成"不要去听风雨声"是一种误导,导致自欺欺人地自我安慰。风雨声来了,你怎么可能不去听呢?就算不去听,雨会因为

你不听而不下吗？

所以，苏轼真正要表达的是，风雨来了，猝不及防，出人意料，但是，并不能影响我继续走我自己的路。听到了风雨声，不要以为世界就完蛋了，不要逃避，不要不去听，而是老老实实面对它，老老实实解决它。在没有雨具的情况下，解决它最好的办法是继续"吟啸且徐行"，继续做自己能够做的事情，继续自己的生活。

下雨了，我们总要向外去寻求，找雨伞，找挡雨的地方。挫折来了，总想着要寻求外部的援助……但苏轼说，下雨了，我还是继续走路，挫折和意外发生了，我还是要继续我自己的人生，不能一味去等待。

"竹杖芒鞋轻胜马，谁怕？"虽然我没有高头大马，只有简单的一根竹杖、一双芒鞋，但轻便胜过高头大马，有什么好怕的呢？就像现在我们没有豪车，只有一辆破单车，但我们也能轻轻松松走我们自己人生的路，没有什么好怕的。"一蓑烟雨任平生"，就算这一辈子都在风雨里，我也很坦然。这是第一段。

第二段开头："料峭春风吹酒醒。"料峭的春风吹来，把醉酒的我吹醒了。看来在旅途上，苏轼还喝了酒。"微冷"，微微有一点寒意。"山头斜照却相迎"，山上斜斜的太阳照耀，雨后天晴。"回首向来萧瑟处"，再回头看刚才的风吹雨打，有了不同的感受，觉得也不过如此。当风雨来的时候，我们本能地感到害怕，阳光灿烂的时候，我们本能地感到喜悦，但风雨之后总会有阳光，阳光之后总会有风雨。所以，我们既不必害怕，也不必高兴。所以，根本没有风雨，也没有晴天，"也无风雨也无晴"。归去是回家吗？当然是回家。但苏轼这里显然有更深一层的意思，就是要越过风雨和晴朗这两个表象，回到本来。这是第二段。

这两段每一段的前面，都是讲那天下雨发生的很平常的事情，但最后一句上升到人生哲学，一下子让平常的事情变得不平常。第一段的前面讲了突然下雨，最后一句"一蓑烟雨任平生"，上升到人生哲理，是要打破我们一般人对于"晴"的执念。我们执着于阳光明媚、繁花似锦，执着于成功幸福，但苏轼说，我们更应该接纳风雨，接纳挫败，学会在风雨挫败中过好自己的一生。晴朗是生活，风雨也是生活。

第二段讲了春风吹来，天气转晴，最后一句"也无风雨也无晴"上升到人生哲理的层面，从下雨后又天晴这么一个自然的现象，上升到要打破我们分别时内心的执念。下雨、天晴，都是变化的表象。下雨，一定会过去；天晴，也一定会过去。不要执着于晴朗，也不要执着于风雨。这些都是烟云，都像梦幻泡影。

第98首 | 晏几道：落花人独立，微雨燕双飞

梦后楼台高锁，酒醒帘幕低垂。去年春恨却来时。落花人独立，微雨燕双飞。

记得小蘋初见，两重心字罗衣。琵琶弦上说相思。当时明月在，曾照彩云归。

晏几道（1038—1110）这首《临江仙·梦后楼台高锁》，写一个人在微雨、落花之中，怀想从前的情人。这是最婉约的惆怅

意境。主人公先是做梦，应该是梦到了从前在高楼台阁里的欢歌乐舞，但梦醒之后，高楼台阁的门紧闭着，空无一人。然后是借酒消愁，醉眼蒙眬里，他大概是看到了从前的帘幕打开，多么热闹，但酒醒之后，那些一重一重的帘幕低垂着，悄然无声。去年春天里就有了的遗恨，到现在，今年的春天，还是没有消散。"落花人独立，微雨燕双飞。"所有的怀念、遗恨，都蕴含在这样一个画面里。一个人站在树下，花瓣飘落，而微雨中燕子双双飞翔。鲜明的对比，突出的是孤独，失去了旧爱之后那种怅然若失的孤独。

接下来，主人公开始回忆，回忆那个叫小蘋的女孩子。第一次见面的时候，她穿着两重心字的罗衣，弹着琵琶，是一首相思的曲子。当时是在一个有月亮的晚上，现在头顶上的还是那个时候的月亮，曾经照耀着美人像彩云那样翩翩归去。"当时明月在，曾照彩云归。"当时的明月还在，但是，人呢，去哪里了呢？

"落花人独立，微雨燕双飞。"人在落花中独自站立，好像随着时间流逝，也在慢慢凋零；燕子在微雨中双飞，好像彼此相爱，也能抵御世间的风雨。而彼此相爱，好像只能在回忆里体会，"当时明月在，曾照彩云归"。

第99首　贺铸：一川烟草，满城风絮，梅子黄时雨

凌波不过横塘路。但目送、芳尘去。锦瑟华年谁与度？月桥花院，琐窗朱户。只有春知处。

> 飞云冉冉蘅皋暮。彩笔新题断肠句。试问闲情都几许？一川烟草，满城风絮。梅子黄时雨。

这是贺铸（1052—1125）的《青玉案·凌波不过横塘路》。"一川烟草，满城风絮。梅子黄时雨。"这几句，因为出现在一些流行歌曲里，变成现代歌词，很好听，那个意境也让人想起江南的梅雨季节，一片烟雾里，花花草草旺盛，满城柳絮翻飞，梅子熟了，细雨绵绵，有点茫然。当你读完上面这首词，就会发现，这么美的意境，来自贺铸的一次臆想，那年的梅雨季节，他在苏州横塘看到一位女子在前面步履轻盈地走过，心里起了波澜。

"凌波不过横塘路"，化用了曹植《洛神赋》里的句子，"凌波微步，罗袜生尘"，形容洛神体态轻盈，好像不用着地走路。在贺铸眼中，这位路过的女子像女神。"但目送、芳尘去。"只能目送她，像云一样飘过。"锦瑟华年谁与度？"会有谁陪伴她一起度过那么美好的青春岁月呢？这一问里有关心，又有深深的失落。"月桥花院，琐窗朱户"，她是住在月下桥边的花院里呢，还是住在花窗朱门大户里呢？"只有春知处"，大概只有春风知道吧。

"飞云冉冉蘅皋暮。彩笔新题断肠句。"飞云缓缓飘过郊外，黄昏了，我挥起彩色的笔，写下了断肠的诗句。"试问闲情都几许？"古代汉语中的"闲情"有"闲情逸致"的意思，也有男女之爱的意思，如果你要问我现在的心情有多少牵挂、多少萌动，"一川烟草，满城风絮。梅子黄时雨"。

弄清楚了来龙去脉，再读这几句，会有更深的感受。横塘路上的惊鸿一瞥，激起了词人心中那一份莫名的情意。对于美的那一份情不自禁的热爱，朦朦胧胧。明知道这是无望之爱，但情意还是像梅雨一样缠绵不断，挥之不去，说不清，道不尽。

第100首 ｜ 马致远：夕阳西下，断肠人在天涯

> 枯藤老树昏鸦，小桥流水人家，古道西风瘦马。
> 夕阳西下，断肠人在天涯。

马致远（约1250—1321后）的这首《天净沙·秋思》让王国维赞不绝口："《天净沙》小令，纯是天籁，仿佛唐人绝句。""寥寥数语，深得唐人绝句妙境。"这首小令，最显著的特点是没有任何阅读障碍，几乎是孩童的语言，只有名词的排列。枯藤、老树、昏鸦、小桥、流水、人家、古道、西风、瘦马，一连排列了九个事物，然后定格在一个画面上："夕阳西下，断肠人在天涯。"这首小令表达的，不过是一个羁旅天涯的旅人，在黄昏时的那种寂寞和悲伤。

马致远一连用了九个物象，像电影镜头那样，慢慢推移，最后定格在天涯的断肠人身上。这个时候，观众才明白，前面的那些事物都是那个断肠人看到的，回头再读，就会读出更多意味。藤是枯藤，树是老树，鸦是昏鸦，桥是小桥，道是古道，马是瘦马，这些点缀性的词，一方面凸显出季节是秋天，另一方面，也

是那个断肠人心情的折射。九个名词之间的连接，也有它的逻辑性。"枯藤老树昏鸦"，构成了一个场景，藤缠绕着老树，昏鸦栖息在老树上。"小桥流水人家"也是一个场景，小桥下面有流水，桥边有人家。"古道西风瘦马"也是一个场景，西风吹到了古道上，有一匹瘦马在前行，不知道要去哪里。最后的"断肠人在天涯"，其实也是一个场景。四个场景可以有多种组合，构成了一种开放性的意境，给了读者无穷的想象空间。

这种手法在诗学上叫"并置"，把事物平等地组合起来，让它们相互之间产生对话，从而不断地延伸出微妙的意味，是用语言超越语言，表现的是语言无法表现的。事物本身会说话，不需要我们用力去说，只要用心去感受。并置是最基本的创造诗意的方法，我们可以经常练习，把看到的事物用并置加以排列，并尝试不同的组合，看看接下来会发生什么。一只杯子、窗外的一棵树、电脑、风的声音、公交车、立交桥，等等，我们的生活里处处是这个世界给予我们的种种事物。试着去观察它们，在并置的排列里，梳理出这个世界的脉络，让事物从混乱和各种人为的秩序里解放出来，回到它本身，这就是诗意。我们不仅要做一个诗歌欣赏者，更要成为一个诗意酿造者。

参考书目

[1] 林庚，冯沅君.中国历代诗歌选 [M].北京：人民文学出版社，1979.

[2] 王国维.人间词话 [M].沈阳：万卷出版公司，2021.

[3] 胡适.胡适选注：每天一首诗 [M].北京：北京联合出版公司，2013.

[4] 闻一多.唐诗杂论 [M].北京：商务印书馆国际有限公司，2015.

[5] 宗白华.美学散步 [M].上海：上海人民出版社，2020.

[6] 朱光潜.诗论 [M].上海：华东师范大学出版社，2018.

[7] 夏承焘.唐宋词欣赏 [M].杭州：浙江古籍出版社，2012.

[8] 林庚.唐诗综论 [M].北京：商务印书馆，2011.

[9] 唐圭璋.宋词三百首笺注 [M].北京：人民文学出版社，2005.

[10] 叶嘉莹.古诗词课 [M].北京：生活·读书·新知三联书店，2018.

[11] 蒋勋.蒋勋说唐诗 [M].北京：中信出版集团，2012.

[12] 蒋勋.蒋勋说宋词 [M].北京：中信出版集团，2012.

激发个人成长

多年以来,千千万万有经验的读者,都会定期查看熊猫君家的最新书目,挑选满足自己成长需求的新书。

读客图书以"激发个人成长"为使命,在以下三个方面为您精选优质图书:

1. 精神成长

熊猫君家精彩绝伦的小说文库和人文类图书,帮助你成为永远充满梦想、勇气和爱的人!

2. 知识结构成长

熊猫君家的历史类、社科类图书,帮助你了解从宇宙诞生、文明演变直至今日世界之形成的方方面面。

3. 工作技能成长

熊猫君家的经管类、家教类图书,指引你更好地工作、更有效率地生活,减少人生中的烦恼。

每一本读客图书都轻松好读,精彩绝伦,充满无穷阅读乐趣!

认准读客熊猫

读客所有图书，在书脊、腰封、封底和前后勒口都有"读客熊猫"标志。

两步帮你快速找到读客图书

1. 找读客熊猫

2. 找黑白格子

马上扫二维码，关注**"熊猫君"**

和千万读者一起成长吧！